U0841201

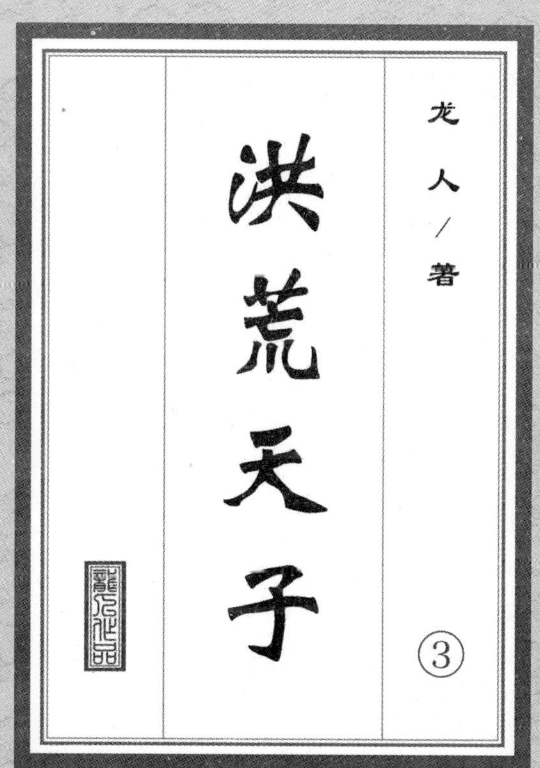

二十一世纪出版社集团
21st Century Publishing Group
全国百佳出版社

图书在版编目（CIP）数据

洪荒天子 : 全 10 册 / 龙人著 . -- 南昌 : 二十一世纪出版社集团 , 2017.11

ISBN 978-7-5568-3103-6

Ⅰ . ①洪… Ⅱ . ①龙… Ⅲ . ①侠义小说—中国—当代 Ⅳ . ① I247.5

中国版本图书馆 CIP 数据核字 (2017) 第 243742 号

洪荒天子：全10册 龙 人 著

责任编辑 敖登格日乐
出版发行 二十一世纪出版社集团
（江西省南昌市子安路75号 330025）
www.21cccc.com cc21@163.net
出 版 人 张秋林
经 销 新华书店
印 刷 北京龙跃印务有限公司
版 次 2018年2月第1版 2018年2月第1次印刷
开 本 710mm × 1000mm 1/16
印 张 160
字 数 1731千
书 号 ISBN 978-7-5568-3103-6
定 价 498.00元（全10册）

赣版权登字—04—2017—745

目　录

目录

第三十一章　猿洞疗伤

身处猿洞中的轩辕和叶皇不由得心中一阵苦笑，但却又不得不领猿人的这份好意。

那只曾受伤的猿人在给两人抹上了草药之后，又指了指自己身上已涂得满是草药的伤口，比画了一下，意思是说：“你看，我也受伤了，正是用的这种草药。”

轩辕和叶皇相视而笑，不由得向两只猿人点了点头。那受伤的猿人似乎又有些不好意思起来，龇嘴露出一个难看的笑容，搔耳挠腮地傻笑着。

轩辕和叶皇为之捧腹，不过那草药涂在伤口之上后，伤口处再也没有火辣辣的疼痛感，而生出一股清凉的感觉，两人不由得对这猿人刮目相看。可见两只猿人并不笨，也挺懂得生存之道，更知道感恩图报，两人也不觉得它们怎么丑陋和可怕了。

轩辕和叶皇曾是猎人，自然知道猿人的可怕和凶悍，那种野性便连虎豹和大黑熊都不是其对手，更是力大无穷。没有猎人听到猿人而不为之紧张的，但此刻这两只猿人却如此乖驯，知恩图报实在是极为难得。

轩辕不禁友好地伸出手与猿人那毛茸茸的大手相互拍了拍，将两颗大野果分别塞到两只猿人手中，然后又拾了两颗，与叶皇一人一颗，津津有味地吃了起来。

两只猿人傻傻地笑了笑，极为高兴地望着轩辕和叶皇，然后滑稽地学着轩辕两人的样子把野果吃了下去，但他们吃的速度比轩辕和叶皇快多了。

轩辕两人看得禁不住笑得直打战，差点忘了洞外的柔水公主和那群共工氏部落之人。

猿人见两人笑了，又是一阵搔耳挠腮的傻笑。

轩辕和叶皇出来的地方是一个大树洞，这棵古树空心部分有六尺见方，轩辕和叶皇顺着那盘根错节的洞壁攀上来之时，柔水公主差点没急得要顺藤攀下去看看，那一副急得像热窝上的蚂蚁的样子的确很有趣。

轩辕不禁重重地拍了一下叶皇的肩头，笑得极为古怪。

叶皇自然明白轩辕那古怪的笑容是什么意思，但心中却一阵苦涩。

共工氏竟来了十余人，这些人应该都是柔水公主的亲卫，在共工寨中轩辕似乎并未见过这些人。

最早发现轩辕和叶皇的是柔水公主的一个婢女，她的目光极为警惕地四面扫视着，因此第一个发现了自草丛中钻出来的轩辕和叶皇。但是她也同时发出惊呼，因为她看见轩辕和叶皇背后各立着一只如小山似的巨大猿人，是以，她忍不住发出了一声惊呼。

众人都顺着她的目光一望，也全都跟着大惊失色。

“小心，你们背后!”柔水公主忍不住惊叫起来。

轩辕和叶皇禁不住相视而笑，转身向两只大猿人笑了笑。

两只猿人极为配合，双手将轩辕及叶皇一提，分别放在各自的肩头，引得柔水公主和众护卫又是一阵尖叫，只差点便要动手用弓箭了，但是等他们发现猿人并不是如往常一般撕裂人的躯体时，又不由有些傻呆了。

轩辕和叶皇各自坐在猿人的肩头，向柔水公主扮了个鬼脸，随着猿人的步伐迅速向柔水公主靠近。

那十多名护卫忙在柔水公主面前围成一圈，以防备猿人突然袭击，到此刻他们仍然无法摆脱一脸戒备之色。

“这就是我们的朋友，你们怎么来了?”轩辕笑着自猿人的肩头跃了下来，轻盈至极。

柔水更是一脸惑然的神情，她几乎不敢相信轩辕和叶皇竟能够与这两只猿人相处得这么好。

“你们受伤了?”柔水望了轩辕和叶皇一眼，突然问道。

“我没事，些许小伤，你去看一下他伤势如何吧。”轩辕故意向叶皇指了指，并对柔水使了个眼色。

柔水岂会不明白轩辕的意思？对轩辕如此识趣和配合不由得大感欢喜，立刻会意地向轩辕投以迷人至极的一笑，施施然地分开护卫，来到叶皇身边，柔声地问道："你受伤了？"

轩辕心中不由得大叫厉害，暗忖道："美人一笑就是不同，幸亏没勾引我，否则的话……"

叶皇脸上有些尴尬的红润，淡漠地道："我没事，些许小伤，轩辕伤得比我更重！"

"谁说的？我可是生龙活虎的，公主，你赶快给叶皇检查一下，看哪几处受了伤。"轩辕见叶皇如此不领美人恩，不由好笑地道。此际，他对柔水更多了几分佩服和感激，一个敢为自己所爱而千里相追的女人，的确让轩辕生出敬意，而叶皇现在已经可算是自己的好兄弟，他自然乐意撮合这样一对有情人。何况，如果能够得到共工氏的相助，又有青云剑宗，那么对将来自己的行事肯定是有百利而无一害，是以，轩辕对叶皇的表现极不满意。

"你可别动啊，让我看看，你是哪里受了伤？"柔水公主没有一点羞涩，而是一本正经地说出这句话，让人不明白她是在装傻还是真是如此。

轩辕差点没暗自笑破肚皮，他还是第一次认识柔水这般有个性的美人，说干就干，竟要为叶皇当众解开上衣。

叶皇大窘，可柔水那故作认真的神情又使他不好意思作出过激的反应，本来有些苍白的脸色竟难得地红了起来，并伸手推开柔水的手，退了两步，有些紧张地道："没事，只是背上有两道箭伤，已经上了药。"

轩辕再也忍不住放声大笑起来，柔水却是一副得意的模样，却忍住了笑声并未笑出来，她的那群护卫也大感有趣，却不敢发笑。

柔水也不再紧逼，只是松开手温柔地道："那好吧，就让我看看你背上的伤，再给你换药好了。"

叶皇似乎从没见过如此阵仗，柔水不依不饶，步步紧逼，倒真让他有力没地方使，甚至连最初的冷漠和镇定也被柔水过分的关心击得溃不成军，慌忙道："我的药是刚才上的，暂时不用换！"

“哦，我不看一下怎么放心?”柔水仍然不依不饶地道，目光却紧紧地逼视着叶皇，一分不移，更是柔情似水的模样。

叶皇从来都没有想过自己会有害怕一个女人的时候，就算面对最可怕的野兽，面对最强的敌人，他也从来都没有回避过，可是此刻他却不自觉地不敢与柔水的目光对视，只是长长地吸了口气，仍然冷冷地道：“公主难道就没有别的事情可以做吗?”

轩辕心中禁不住想大骂叶皇是个不解风情的浑蛋，但也无可奈何，他实在不知该如何去说，也实在无法将叶皇与有邑族族人口中所传的那个形象联系在一起。

柔水的脸色也变了变，但很快又恢复了正常，稍移了一下身子，再一次捕捉到叶皇的目光，与其丝毫不移地对视着。半晌才认真而温柔地道：“不错，我的确有别的事情可做，但别的任何事情都没有现在这件事情更重要，你明白吗?”

轩辕一呆，禁不住暗自叫绝，柔水的表现实在太出人意料了，如果易身而处，只怕轩辕早就被感动得向柔水投降了。

叶皇也是一愣，自柔水的鼻翼之中呼出的热气在他面部不住地轻拂着，更有一股淡淡的清香杂夹其中，的确让他神志有些昏眩。

叶皇望着柔水那两点寒星般的眸子，竟被其中的神韵所震慑，再一次避开柔水的目光，叹了口气，无可奈何地道：“你要看就看吧，但我却要先问你一个问题。”

“好，你问吧，我知道的一定全都告诉你!”柔水大为欢喜，又似乎有些得意，因为叶皇终于让步了。能够让叶皇让步的人，这个世上并不多，柔水绝对知道这一点。以叶皇的性格，居然作出如此让步，实已够她得意的了。

“你们怎么会出现在这里?”叶皇将轩辕最初问的问题又重新问了一遍。

柔水傲然地挺了一下胸脯，自豪地道：“在共工集之中，如果我想去查找一个人的下落，这是轻而易举之事，不管你们以什么样的方式离开共工集，都不可能逃过我们的耳目。我以前说过，我绝不会轻言放弃的!”

说到这里，柔水猛然转身再次面对叶皇，深情地注视着叶皇道，“我愿意为我所爱的人付出一切代价，因此，你到哪里，我就会跟到哪里!”

轩辕和叶皇禁不住目瞪口呆，这种场面他们倒真的是第一次遇到，如此大胆直露的美人，他们更是第一次遇到，但却绝对没有任何人敢鄙视柔水。相反，柔水的坚决和执着实是足以感动任何人的最佳武器。

轩辕和叶皇并没有笑，因为这并不好笑，他们心中只是为柔水的真情所震撼。柔水的那些护卫和婢女们并不意外，或许，他们太了解柔水的性情了。

叶皇静静地望着眼前这美丽得炫目的女人，他竟不知道该如何说，该说什么或是该做什么，他只是望着柔水，静静地望着，犹如一尊石像，脸上的表情依然平静如水。

柔水丝毫不回避叶皇的目光，她清楚地觉察到叶皇平静的表情之下，那波动的情绪。

眼睛可以出卖一个人，出卖叶皇的是他的眼睛，而柔水所有的信息都是自叶皇的眼神之中得来的。

半晌，柔水才低下头，似乎有些畏怯叶皇的目光，只是低着头抚弄着自己的衣角，幽幽地道：“其实我早就发现了你，但是怕你讨厌我，所以才一直不敢出来与你相见。可当你们进入了九黎禁山之后，我才发现，这座山中伏有很多九黎部武士，便知道你们会弄出乱子来，而我们人少，也不能与九黎部发生正面冲突。我估计你们被逼无奈后一定会向这边跑来，因为这里是一面绝壁，九黎部之人并不会在此设立森严的防卫，虽有几人，却被我事先解决了。果然，你们真的弄出乱子来了……”柔水顿了一顿，又小声地对叶皇道，“我本来仍不准备来见你的。”

叶皇的手动了动，似乎是因为感动想抓住柔水的肩臂，但又突地收了回来，猛然转过身去，以背对着柔水，深深地吸了口气道：“谢谢你。轩辕，我们该走了。”

轩辕和柔水全都呆住了，共工氏的护卫人人勃然大怒，铿地全都拔出了兵刃，他们似乎没有想到叶皇竟如此绝情，如此冷酷。柔水公主不惜千里相随，甘冒大险相救，更表露出如此爱慕之意，却换来叶皇这样的回报，这简直是对他们敬爱的柔水公主的一种污辱。

柔水公主气得直打战，望着叶皇的背影，脸色煞白。

“公主，公主……”几个婢女忙扶住柔水，关切地呼道，同时向叶皇投以憎恨和鄙视的目光。

“叶皇，我要你的命！”有两名护卫见公主气成这样，终于按捺不住心中的怒火，挥刀向叶皇飞扑而去。

“无鹰，无鹫，给我住手！”柔水突然呵斥道。

那两名护卫的身子突地停住，而此刻两人的刀只距叶皇不过一尺，只要稍一用力便可将叶皇砍成三段。但在柔水的呼喝声中，他们的刀再也砍不下去了，只是气得手在发抖。

叶皇没有动，连一根手指头都没有动，他似乎无意作出任何反应，也像是不知道自己刚才已经在鬼门关前走了一遭，只是静静地立着，犹如一棵干枯的古树。

“无鹰，无鹫，我们走！”柔水说完深深地吸了口气，怨恨地望了叶皇一眼，强忍着不让自己的泪水流下来。

轩辕望着柔水那几乎要让人心碎的眼神，差点恨不得给叶皇几记耳光，但这一刻他又能说什么呢？又能做什么呢？只是傻傻地望着呆呆的叶皇，暗暗叹了口气。

“叶皇，最好不要让我们再看到你！”无鹰和无鹫杀机未减，极为愤怒，他们对公主的命令绝对服从。

叶皇依然没有反应，像是泥塑一般，也不吱声，甚至也不回头看众人一眼，似乎感觉不到柔水那让人心碎的眼神。

轩辕的心在痛，不知道从什么时候开始，他竟有些恨叶皇，那是一种恨铁不成钢的恨，甚至有些为柔水不值。望着虚弱地转过身去，在几个婢女扶持之下的柔水，他很想去安慰几句，但却知道此刻的任何安慰都是于事无补的，没有什么语言可以抚慰柔水内心所受的伤害。

柔水在众护卫的环护之下，迅速地向山下行去，没有回头看叶皇一眼。

叶皇依然没有回头，只是静静地站着，轩辕也陪着叶皇静静地站着，两个人，像是两截朽木，唯有两只猿人不解地注视着他们。

良久，轩辕再也忍不住气了，走到叶皇的身后，用力一揪叶皇的衣服，气恨地呼道：“你是怎么了？你还是不是人……”

但轩辕的话只说到一半，便再也说不下去了，不是因为别人封住了他的嘴，而是他发现了叶皇的意外——极为意外的表现。

此时叶皇的嘴角滑出了一缕血丝，脸上的肌肉似乎都在扭曲抽搐着，陷入了一种极度的痛苦之中。

“你怎么了？究竟发生了什么事？”轩辕忙抓住叶皇的脉门，惊问道。

叶皇的笑容极为痛苦，身子开始发抖，但却似乎并不能说话。

轩辕的脸色变得十分难看，惊讶地道：“你是中毒了！”说话间将目光投向柔水消失的方向，恨声道，“他们好卑鄙，你在这里等一会儿，我去找他们要解药，你暂时不会有性命之忧！”

轩辕将叶皇向两只猿人手上推了过去，竟以人语道：“拜托你们，将他带到你们洞中去等我回来！”

叶皇脸上显出一丝惶急之色，似乎想表达什么，但却说不出话来。

“没事的，我很快就会回来！”轩辕见叶皇这种表情，心中猜测，可能是怕自己打不过柔水的那么多人，是以才如此说。

叶皇脸上的表情没有一丝改变，反而急得又喷出一口血来。

“你，你……”轩辕大惊，他似乎没有想到叶皇竟如此激动，但突然间，他想起了自己并不畏惧毒物，那岂不是自己的血液……想到这里，轩辕拔出猎刀，在手腕上割开一道血口，捏起叶皇的喉咙，不让叶皇有丝毫的抗拒，使自己的血液流入对方的口中。

叶皇更惊，但轩辕的力道极大，他竟全无抗拒之力，微腥的血液之中竟似乎散发出一种淡淡的清香，血液入喉，如同一股清泉注入体中，全身在刹那间似又恢复了活力。

轩辕露出了一丝笑意，但却并没有停止的意思。

叶皇突然间猛地推开轩辕的手，抹了一下嘴角的血渍，惶急地道：“你怎么可以这样？快包扎伤口！”说话间撕下一片衣角将轩辕手腕上的伤口包扎起来，激动之下，他脸上泛起一阵异样的红润。

“感觉好了些没有?”轩辕见叶皇又恢复了活动能力，不由欢喜地问道。

“没事了，你怎可不爱惜自己的生命呢?”叶皇很少这般关心一个人，但看到轩辕不顾自己的生命，以鲜血救他，这种大义，实是已经让叶皇深深地感动了。

“没事就好，我们去把那两个卑鄙小人教训一顿，竟敢暗中下毒!”轩辕似乎根本就不知道自己也受了伤和失血极多，怒气冲冲地道。

“这不关他们的事!”叶皇叹了口气道。

“不关他们的事?你都差点被他们毒死了!”轩辕怒气难消地道。

“这毒并不是他们下的!”叶皇又道。

“不是他们下的?那是谁下的?”轩辕愤然地反问道。

叶皇吸了口气，抬头望天，却无言以对。

轩辕似乎也感觉到了其中的不对劲，抓住叶皇的肩，认真地问道:“刚才究竟是怎么回事?”

叶皇又禁不住轻叹一声，望了望柔水消失的方向，露出一丝苦笑。

“如果你不想说的话，我不勉强!”轩辕有些生气。

“天黑了，我们不如到山洞中去说吧。”叶皇出言道。

轩辕伸手为他把了把脉，脸色稍稍缓和:“嗯，毒势似乎稍稍压制住了，此时不宜动怒，我帮你将毒逼出来吧!”

叶皇苦涩地笑了笑:“没用的，天下间除了她之外，没有任何人能够将它逼出来，你……”说到这里，叶皇突然住口不语，似乎知道自己突然说漏了嘴，这才突然打住话锋。

“她是谁?”轩辕并不是个粗心之人，他立刻听出叶皇语气之中的不对劲，逼视着叶皇问道。

叶皇稍稍避开轩辕的目光，声音又变得很淡漠:“知道了对你没有半点好处，我也不希望你知道。”

轩辕一呆，稍转了个角度，又再一次逼视着叶皇的目光，冷声问道:“是不是那个人下的毒?”

叶皇点了点头，并不否认。

“她在哪里?你怕她，我轩辕却不是怕事之人!”轩辕斩钉截铁地道。

叶皇笑了笑，道："我也不知道，也许她仍在千里之外，也许就在附近，没有人知道她的行踪。"

轩辕愣愣地不知道该说什么好，叶皇的那种表情并不像是在说谎，轩辕也知道叶皇不是说谎之人。虽然两人相交不过十多天时间，但却如同已相识了数十年的知己，他很了解叶皇的性格，不过，他却无法明白，为什么叶皇对柔水公主那么绝情？

叶皇见轩辕没有言语，禁不住又叹了一口气，目光向柔水消失的方向投了过去，却已是黑暗的一片，更不见柔水的影踪。

"她已经走了，我真不明白你怎么忍心伤害她，更不明白你竟会是这样一根不解风情的木头，如果你此刻去追，或许还来得及。"轩辕看出了叶皇目光之中的惆怅和无奈，气鼓鼓地道。

叶皇忙收回目光，抬头望了望那已经升起的月亮，长长地叹了口气："总有一天你会明白的！"

"我怎么能够明白？只怕我永远都无法明白，这样好的一个姑娘，难得的是她那一片执着的爱意，肯为你千里相随，冒险相救。一个姑娘肯为一个男人如此放下脸皮，实在是难得，如果换成是我，早就投降了一百次……"

"但你却不是我！有些事情并不是心之所想，便可以行有所动的，将来你自会明白，我不希望你再说下去了！"叶皇猛然打断了轩辕的话头，双手紧抓住轩辕的肩头，声音有些激动。

轩辕竟被叶皇的激动所震，像是望着一个陌生人一般望着叶皇，半晌未语。

叶皇也发觉自己有些失态了，缓缓地松开了紧抓轩辕肩头的手，微带歉意地道："对不起，我失态了！"

轩辕却突然笑了，笑得有些古怪，以一种极为怪异的眼神看着叶皇，半晌才道："你在骗自己，也在骗柔水，其实你是爱她的，对吗？"

叶皇的脸色霎时变得苍白，忙转过身去不再与轩辕的目光相对。

月升日落，天地间一片昏沉，此时轩辕不再注意身旁的叶皇，而是专心倾听着自远处传来的些微动静。

两只猿人的耳朵似乎也竖了起来，并发出叽咕的怪叫声。

“你们听到了什么?”轩辕向两只猿人问道。

两只猿人望了望轩辕，又望了望叶皇，两只粗壮的爪子不断地挥舞着，并朝山下的那片林子比画了一下。

叶皇的脸色一变，轩辕却道：“我们下去看看，似乎是柔水他们遇到了敌人!”

叶皇一听轩辕如此说，二话没说，扭头便向山下掠去。

轩辕见叶皇反应如此之快，不禁摇头苦笑了笑，他不明白为什么叶皇要这样自欺欺人，这不是自己找罪受吗？正想间，一只猿人已将他提起向其宽阔的肩头一送，如一阵风般朝声音传来之处奔去。

轩辕先是一惊，随即一喜，猿人奔行的速度之快，比叶皇有过之而无不及，简直像是一匹发狂的野马，而且平稳至极。

叶皇只感风声一紧，也被带到另一只猿人的肩头，向山下疾奔而去。

林间极暗，但却并不能模糊轩辕的视线，黑暗之中，他依然能够看清林间的一切，而他最先看到的，却是血迹和尸体。

尸体，是那群曾追得他无路可逃的人之中的几个，轩辕认识。

不用说，定是这群人见轩辕上了绝壁之顶，便立刻改道自山下围追而来。

猿人放下叶皇和轩辕，吸了吸鼻子，极为警惕地朝四面望了望。

轩辕来到尸体旁，忙伸手摸了一下尸体，皱了皱眉头道：“刚死，我想这群人仍在附近!”

叶皇的目光扫过那几具尸体，却发现这几人全都是因为喉管被捏碎抓破而亡，禁不住大感疑惑，他想不起柔水身边有哪人善于碎喉，而这碎喉之人，不可否认是个极为可怕的高手。

轩辕的目光移向被踏得一塌糊涂的灌木和枯草，叶皇立刻会意地迅速朝那方向追去。

轩辕又岂不明白叶皇的心思？虽然叶皇极力回避柔水，但如果说他对柔水不关心，那是不可能的，只是他弄不清叶皇的心中究竟在想些什么，为什么要如此去面对感情。

叶皇在距刚才发现尸体处五十步左右的地方，又发现了十余具尸体，显然这一场激战很是激烈，周围的树干和树枝都显得极为凌乱，枯草更是乱成一片。只不过，轩辕很意外地发现了一具应该不属于九黎部成员的尸体，因为这具尸体的头发竟是棕褐色的。

在夜晚，轩辕依然可极为清晰地辨明颜色，而叶皇则没有这个能耐。是以，叶皇并不知道这是一具有棕褐色头发的尸体。

“好像不是柔水他们遇敌了！”轩辕自言自语道。

“你怎么知道？”叶皇问道。

“你看这具尸体，应该不是九黎部的人，但也绝不是柔水身边的人，他的头发是棕褐色的！”轩辕指了指脚下的那具尸体道。

叶皇身子一震，忙来到轩辕的身旁蹲下，惊讶地问道：“是棕褐色的？”

在夜色之中，棕褐色的头发与黑色的头发颜色并无多大的区别，虽然叶皇极力运足目力，也依然看不出其中的区别。

轩辕肯定地点了点头，突然若有所悟地道：“哦，我想起来了，我们在追击叶帝之时，掳走柔水公主的不也是棕褐色头发的人吗？”

“祝融人！”叶皇忍不住发出一声低低的惊呼，他自然知道轩辕所说的是谁，因为他曾与那批人交过手，自然知道那群人的可怕之处。当日他能够自祝融人的手中逃出已是极为艰难的事，甚至有些侥幸，却没想到那群人竟然也跟到这么远的地方来了。

“他们一定是为柔水而来的！”叶皇肯定地道，他对祝融人的目的十分清楚。

“你怎么知道？”轩辕讶然问道。

“因为火神祝融练功走火入魔，使得功力大减，仅剩三成，而他要想使自己的功力恢复，甚至更进一步的话，就必须得到水神真诀，或者以一个练习过水神真诀的女人做药引子，从而使他的烈火神功达到水火相融之境，也只有这样才能够使他恢复武功。”叶皇将自己自柔水那里听来的话重述了一遍。

“你是说，柔水公主便是练习过水神真诀的女人？”轩辕讶然问道。

“不错！”叶皇立身而起，又道，“不行，我一定要去阻止祝融人！”

“我想祝融人此刻一定头都大了，有九黎部人缠着他，相信够他们受的了，咱们只需在旁边看戏便行了。不过这件事要对柔水讲清，否则的话，她仍不知有人跟踪她。”轩辕认真地道。

“祝融人与九黎人该不会合作对付柔水吧？”叶皇是关心则乱，极为担心地道。

轩辕不由得呆了一呆，有些好笑地望着叶皇，拍了拍他的肩头，笑道：“老兄，看来你对她爱得极深呀，你刚才不是不理她吗？现在干吗这么关心她呢？”

叶皇脸色有些难看地推开轩辕的手，脸色苍白地道：“请你不要再说这种奚落我的话好不好？我说的可是正事！”

轩辕也立刻会意自己的玩笑似乎有点过分了些，当然，若是对别人可能并不过分，但轩辕小看了叶皇心中的苦衷。不过，轩辕并不在意叶皇的语气，只是神情一肃：“不说就不说，不过老兄你是关心则乱，没有考虑到实际。你仔细想想，若祝融人和九黎人联手，其实力有多强？又岂是柔水那十余人可以抵抗的？如果他们要反抗的话，一开始就被围堵死了，还能够跑出这么远，杀死这么多敌人，而自己人的尸体一具也没留？这完全是不可能的。因此，可能的只是祝融人和九黎人交上了手，而祝融人的实力也不会小，这才使得这一场厮杀多了许多存活率！”

叶皇静静地听着，也同时点了点头，细细想了想，事实也的确如此。他想到这里又不禁脸红起来，因为自己的心思又一次被轩辕看穿了。

两只猿人见叶皇和轩辕没动，它们也并不走开，只是静静地立着，不停地吸着林间所弥漫开来的血腥味，也不时地扭头四顾张望。

“我们去找柔水，告诉他们祝融人也来了！”叶皇认真地道。

轩辕不语，只是定定地望着叶皇的双眸。

“你怎么了？”叶皇被轩辕看得浑身不自在，禁不住问道。

轩辕突然反问道：“若这次你见到了她，还会不会出言伤害她？”

叶皇一呆，怔了半晌，脸上又显出一丝痛苦的表情，嘴唇嚅动了一下，但没有说出话来，目光却避开了轩辕那逼人的眼神。

“你有什么心事就说出来，也许我可以帮你，但如果你硬要憋在心里的话，可能会更为痛苦，说不定，我们一起还能够想出解决的办法呢。”轩辕诚恳而认真地道。

叶皇长长地吸了一口气，苦涩地道：“你说得不错，我不仅是在骗柔水，也是在骗自己，其实我也不想这样，但现实却使我不得不去骗她，不得不自欺欺人地逃避!”

“这么说来，你是爱她的了?”轩辕逼问道。

“不错，她是第二个打动我心的女人，如果说我没被她感动，任谁也不会相信。在离开共工集之时，我曾警告过自己不能对任何女人动情，可我实在没有想到她会千里追来，可能是我真的伤了她的心……”叶皇说到最后却不再言语，只是长长地吸了口气。

“这真是奇怪了，男欢女爱又不是什么见不得人之事，用得着这样回避吗？难道动情不好吗?”轩辕愕然反问道。

叶皇苦涩地笑了笑，道：“对于你们来说，或许可以随心所欲地去爱一个人，或接受一个人，但我却不同!”

“有什么不同?”轩辕奇怪地问道。

“因为我是一个绝对不能对女人动情的人!”叶皇无可奈何道。

“绝对不能对女人动情的人?”轩辕简直想大骂几句，但却忍住了，只是以一种极为怪异的目光扫视着叶皇。

叶皇并没有回避，坦然地对视着轩辕的目光，无可奈何却又极为伤感地向轩辕问道：“你可曾听说过一种叫作情蛊的异虫?”

“情蛊？那是什么东西?”轩辕不解地问道。他的确从来没有听说过这种东西，但既自叶皇的口中说出来，相信定与叶皇自身有关，因此轩辕听得很认真。

“那不是什么东西，而是一种有生命的毒物，是人一手培养出来的一种异虫。也许，这种生命比我们人类的历史更久远，它们的生命形式是我们根本无法理解的，它们也的确存在着一种极为特异的灵性……”

“那这情蛊与你又有什么关系?”轩辕似乎并不想对这些玩意儿了解得太清楚。

叶皇苦涩地笑了笑，道："你何不听我说完？"顿了一顿，见轩辕又在倾听，便接着道，"这种异虫最大的特征就是能够与其主人心灵相通，不管是相隔万里还是相距咫尺，它都能听到主人的召唤，因为这种异虫本身就是在人体内圈养而成的。"

轩辕脸色变幻不定，他隐隐听出了其中的一些玄机，这让他想起了叶皇曾提及的那个神秘的"她"。

"也许你会很惊讶和不解，但事实就是如此。"叶皇深深地吸了口气，接着道，"圈养这种异虫的人必须本身有着超强的意志和功力，更需深谙此道，否则的话，不仅养不了这种异虫，反而会被这种异虫噬穿五脏六腑而亡，甚至会使体内积满毒汁，使全身上下慢慢腐化，生不如死。因此，这种异虫在这世上大概也不过那么一两只而已，它的作用只是其主人用来遥遥控制别人。当它主人需要控制某个人时，便将它以某种手段移入那人的体内，这样一来，它的主人要那人死，那人就不能不死！要怎么折磨那人都可以……"

"难道……难道你中了情蛊？"轩辕打断叶皇的话，脸色变得很难看。

叶皇依然只是露出一丝苦涩的笑容，并不否认地点了点头，道："不错，我的确中了情蛊，这种蛊虫更有另外一种特性，它可以觉察到它所寄生之人的情感，而当它觉察到它所寄生之人动了情，那么它的主人就算是相隔千里之外，也知道被控制之人的情绪。而当我对别的女人动情之时，蛊虫的主人在千里之外便立刻知道了，只要蛊虫的主人在千里之外以一种特殊的方式催逼它，它就立刻可生出一种奇异的毒素，甚至是啃噬我的五脏六腑。因此，它便被称之为情蛊！"

轩辕的心中升起一股莫名的寒意，脸色变得更为难看，骇然问道："那刚才你突然中毒，就是因为她在千里之外催动了蛊毒？"

"不错，那一刻，我无法自制地对柔水动情了，可当我想抱住她的双肩之时，蛊虫的主人便催蛊了，因此，我只好转过身去，不想让柔水看见我痛苦的表情，更要尽量克制自己的情感。这也是我不得不欺骗她，也不得不欺骗自己的原因。其实，我何尝想伤害她呢？"叶皇无可奈何地叹息道。

“是什么人?”叶皇突然有所觉，因为在他刚说完之时，便听到一声轻响，更有一根树枝被踩断落下，这才惊醒了他。

两只猿人也似乎发现了敌踪，向头顶那棵大树之上望了望，身子飞速向上攀登。

“猿人，回来!”轩辕在唤住两只猿人的同时，伸手一拉正要飞掠相追的叶皇。

嚓……那棵古树之上的一道人影迅速掠上另一棵大树，在林间几个纵跃便已消失不见。

轩辕的身子如云雀般冲天而起，在叶皇满脸愕然时伸手朝夜空中一抓，这才冉冉而落。

“是什么东西?”叶皇发现轩辕手中所抓的竟是一块衣角!

“她给你的信!”轩辕看也不看便将那块衣角递给了叶皇。

叶皇接过衣角时，轩辕迅速折下一截枯枝，以他那独特的手法很快点燃松枝，凑到叶皇眼前。

兽皮之上却只有八个血字：“我全知道了，我走了……”字迹绢秀，却很模糊，显然是咬破手指所写。

叶皇不禁呆呆地望着字迹，心中涌出一阵莫名的感觉，逼视着轩辕，质问道：“你知道这个人是谁?”

轩辕略带歉意地点了点头。

“这个人是谁?”叶皇又问道。

“你应该知道的。”轩辕所答之话再次让叶皇呆了一呆。

“难道是柔水?”半晌，叶皇才虚弱地反问道。

轩辕只得再次点了点头，虽然是在黑夜之中，但他的眼力和灵觉反而比白天更为敏锐。刚才逸走之人的确是柔水，其实他在来到这里之时便已经发现了柔水的存在，虽然柔水屏息不动，甚至在血腥的掩盖下瞒过了两只猿人的嗅觉，但却无法瞒过轩辕的灵觉。正因为轩辕知道柔水的存在，这才向叶皇逼问出真相，但他却没想到真相却是这样。

“你早就知道她在这里?”叶皇望了轩辕一眼，伤感地问道。

轩辕点了点头，微带歉意地道：“对不起，我不知道这之中会是这个原因……”

“算了，她知道了也好，至少我心里少了一份内疚，希望她能明白这一切。但她怎会一个人出现在这里呢？”叶皇打断了轩辕的话，问道。

“或许她和我们一样，是听到这里有异样的动静，这才独自赶了过来，不过她的武功竟然这么好，真是出乎我的意料。”轩辕在猜测的同时，不免又多赞了几句。

第三十二章　快如疾电

叶皇并不意外，他知道柔水绝对不是一个普通的弱女子，那日之所以被擒，全是因为内奸所致。一开始她便没有出手的机会，否则又有谁能够在共工寨之中掳走她呢？正如共工所说，即使青云剑宗宗主青天亲自出手，只怕也未必能够得手。何况，柔水还是水神真诀的传人！

“还要不要去看看九黎人和祝融人的激战？”轩辕问道。

叶皇想了想道：“我们不必去管了，就让他们狗咬狗吧。”

轩辕望了望柔水消失的方向，吸了口气，道：“走吧。”

“来，让我给你把把脉！”回到猿人的那个山洞中，轩辕对叶皇道。

叶皇先是一呆，有些讶异地望了望轩辕，但依然将手伸给了轩辕。

轩辕的面容极为严肃，并不似在开玩笑，他伸手搭住叶皇的脉门，仔细地察看着……

叶皇见轩辕的脸色数变，不由问道：“是不是很难察觉？”

轩辕不答反问道：“那东西是不是在你体内活动着的？”

叶皇有些惊异，问道：“你怎么知道？”

轩辕没有回答，只是自言自语道：“脉浮而不躁急，其病在阳分，此时它已到足三阴经之中……你有没有微微发热的感觉？”

“有一点……”叶皇不解地答道。

“哦，它又到了手三阳经了，脉象浮而且躁……又到了手三阴经，脉细而沉……”说到这里，轩辕突地松开叶皇的手，脸色苍白地望着叶皇，苦涩地笑了笑道，“实在太奇怪了，它对你的经脉并没有破坏作用，可是它此刻似乎是活的，在你经脉之中乱窜，而其速度正在慢慢变缓，想来可能会在某一刻停下来……”

叶皇显然对轩辕也有着一种高深莫测的感觉，问道：“你懂医理？”

“略懂一些，我曾向一个叫歧富的前辈请教过一些。”轩辕并不否认。

“那可有方法制伏它？”叶皇充满希望地问道。

“我现在仍没有办法，如果它只是死物，我或许可以将它逼出来，可它却是活物，一个不好，反而会遭到它的反噬伤了你的经脉。但依我看来，天下间并不只有那下蛊者能够解除它，只要我们能够找到歧富前辈，就必定可以逼出这只异虫！”轩辕自信地道。

“歧富前辈是什么人？他又在什么地方呢？”叶皇充满希望地问道，他相信轩辕并不是在说谎，因为轩辕并没有骗他的必要。

“他是一个绝世奇人，也是我见过的武功最深不可测的人，就连青云也不一定可以胜过他！”想到歧伯，轩辕心中又禁不住多了一份向往，如果不是因为歧伯，他便不会有今天。那是他自孩提时就极为向往的一个人物，虽然两人相处的时间极短，不过数月而已，但轩辕在他那里所学到的东西却有着不可估量的价值。

轩辕记忆最为深刻的却是那日歧伯与鬼三的交手，那是他从来都不敢想象的一战，简直已经不再是人能达到的境界。他从来没有想过人居然可以如鸟一般在虚空中飞翔，而歧伯和鬼三却做到了，而且他们的速度绝对比叶皇更快十倍！那完全已脱离了人体的极限……

“连青云也不一定可以胜过他？”叶皇也吃了一惊，青云的武功他可是有切身体会的，但轩辕却说这是一个比青云的武功更为可怕的高手，那这又是一个什么样的人呢？

“不错，虽然青云的剑术已臻化境，可这位前辈却像是天外飞仙，根本就无法揣测！”轩辕肯定地道。

叶皇听轩辕说得如此肯定，也不禁对那高深莫测的歧富前辈更多添了几分信心，心中忖道：“如果这人比青云更厉害的话，说不定真的可以为我逼出体内的蛊毒。”

“究竟是谁将这种世所罕见的异虫种入你体内的?”轩辕不由好奇地问道。

“那是一个女人，一个很古怪的女人!”叶皇谈到这个女人时表情极为古怪，也有不胜唏嘘之感。

“一个女人?”轩辕的表情不由得也有些古怪，望着叶皇小心地问道。

“是的，她将蛊虫种入我的体内时，我是知道的！只不过，那个时候我答应过她，她也说过只要我陪她三年，便会将蛊虫召回去，可是她却骗了我!”叶皇苦涩地笑了笑。

轩辕禁不住有些头大，看向叶皇的眼神更显得怪异，却不再说什么。

“你不必这样看着我，我并不是你所想象的那种人！更没有对不起她，从一开始便是受了她的威胁!”叶皇见轩辕目光如此古怪地望着他，不由微微有些生气。

轩辕一呆，他早在有邑族人的口中得知叶皇风流的过去，听叶皇刚才那么一说，自然便想到他那些过去的传闻。是以，轩辕看向叶皇的表情不免有些怪怪的，此刻听叶皇这样辩驳，不由笑道：“男人嘛，在女人身上犯错这很正常，好色是人的本性……”

“你说得不错，但事实上不是我的错，我也从来未做过泯灭良心的事情，总有一天你会知道的。虽然我叶皇不敢说是顶天立地的正人君子，但却绝对无愧于天地族人!”叶皇突然语气变得激昂地道。

轩辕再次呆了呆，有些疑惑地望着叶皇，却发现叶皇脸上的表情无比肃穆，那双眸子之中也闪烁着傲然的神采，似乎是对自己那高尚人格的一种欣赏，轩辕很难将此刻的叶皇与传闻之中的叶皇联系在一起。

“那个女人不是美女，却可以说是丑女。不仅如此，她还比我大了十八岁!”叶皇说出这话之时，脸上现出一种无比羞愤而痛苦的神色，目光之中更充满了恨意。

“什么?”轩辕几乎不敢相信自己的耳朵，叶皇居然说那个女人竟是一个可做他母亲且又老又丑的女人，这是多么不可思议的事情?轩辕在一怔之时，更像遭受雷击一般，傻愣愣地望着叶皇。

“呀……”叶皇突然双手捂住胸口惨号起来。

这一变故吓了轩辕一大跳，他本来为叶皇的话所震惊，但此刻叶皇突如其来的惨号更是没有半点征兆。

“你怎么了，叶皇……”轩辕正要伸手去扶住叶皇。

叶皇却突然一声怒吼，如发狂般的撞向轩辕。

轩辕一惊，忙一闪身，却依然被叶皇撞在肩头之上。他感到叶皇的力气大得惊人，他本天生神力，但这一下竟被叶皇撞倒在地。

叶皇并没有再继续对轩辕作任何动作，只是捂着胸口怒吼着向洞外跑去。

“叶皇，叶皇……”轩辕也不知道究竟发生了什么变故，迅速从地上跃起，强忍着肩头的剧痛，尾随叶皇追了出去，而他的半边身子几乎麻木了。可见叶皇这一撞实在可怕。如果刚才所撞的不是肩膀，而是胸口的话，只怕此刻轩辕已身受重伤了。

叶皇似乎根本就没曾听到轩辕的呼喊，像一头疯兽般冲出洞口。那两只猿人不明所以，只是望着叶皇和轩辕相继冲出洞口，并没有追出去。

“叶皇，究竟发生了什么事？叶皇……”轩辕拼命地狂追，竟然还追不上叶皇，不禁急得大叫，但却并不知道发生了什么事。

叶皇的速度也似乎提到了极限，如一道魅影般，带着狂号之声一路奔行。

轩辕很快便追丢了叶皇，只能凭着叶皇的声音快速地追赶，在这个陌生的地方处处藏着杀机，到处都可能存在着敌人，至少到目前为止，轩辕知道有四股敌对的势力，如果行事稍不小心，就很可能九死一生。因此，轩辕绝不能够丢下叶皇不管，至少，他要弄清楚到底发生了什么事。

片刻间，叶皇的声音也变得有些微弱甚至消失，轩辕更急，只能凭着感觉和一路之上留下的断枝追寻叶皇的踪迹。这个时候，他后悔没让两只猿人背着自己追赶，那样就不会将叶皇追丢了。正当轩辕自怨自艾之时，突然听到一阵呼喊之声传了过来。

“满苍夷，你给我出来，你这个恶妇……满苍夷，给我滚出来……不敢见我吗？我知道你就在这附近……”

轩辕一惊，他自然听出了这正是叶皇的声音，但满苍夷又是谁呢？不由心中忖道：“难道满苍夷正是叶皇所说的那个下蛊的女人？难道那女人竟然也到这里来了？”正想间，他突然觉得有一缕微风自脑后袭来。

轩辕本能地闪了一下，正欲扭头之时，蓦地觉得一股寒气重落在自己的肩头。

砰……轩辕禁不住惨号一声，重重地跌了出去，肩头被人击了一掌，掌劲大得惊人。

轩辕在跌出的同时，眼角闪过一道暗影，这道暗影追着他飞跌而出的身子，再次攻到。

轩辕大惊，身躯还没来得及着地，便又砰地中了一脚，他的身子禁不住又被抛出，头脑一片昏沉。如果不是他的体质特异，只怕中了对方这两招，就已半死不活了，甚至连最初那自脑后暗袭而至的一指也无法觉察。

这人的速度比叶皇更快，在轩辕的躯体刚刚再次跌出时，便又追了上来，简直是不要轩辕落地。

轩辕骇异莫名，却不知道自己什么地方得罪了这样一个可怕的敌人，还没有看清敌人是什么模样，便已受了两记重击，要不是他丹田之中的那股无法控制的真气自动生出抗力，此刻他只怕已骨折喷血而亡了。不过，他却知道，如此下去，自己迟早难免一死。因为他根本就无法抗拒对方的攻击，身在空中，更无借力之处，浑身力气根本施展不出来，哪还有还手之机？不过他的心中始终保持着清醒，在这种时候清醒最为重要。

砰……轩辕不可避免地又中了一脚，不过这次轩辕已经有备，真气聚于中招之处，受创并不重，不过背上的箭伤又裂了开来，迸出血水。当轩辕的身子再度跌出之时，他已经撞向了一棵大树的树干。

轩辕猛地伸手，想也不想便抓住树干，身子一荡，横移而过。

那神秘人物咦了一声，轰地又一脚踢在树干上，这脚本来是准备踢在轩辕身上的，但她似乎并没有料到轩辕在连受三记重击之后，仍能够有如此应变能力，是以这一脚踢了个空。

轩辕在身子荡到一边之时，立刻看清了神秘人的面目，竟是一个中年妇人，脸上有几道交叉的刀疤，显得极为狰狞可怕。酒糟鼻，高颧骨，在黑暗之中看上去，倒的确吓了轩辕一大跳。

“噗……”轩辕还没来得及自惊愕中复苏过来，便又中了一掌，只觉眼中金星直冒。

中年妇人的速度似乎比叶皇更快、更狠，“看了老娘的面容，你死定了!”中年妇人语气之中杀意极浓。

轩辕大惊，所幸这妇人并没有用兵刃，否则此刻他已不知道死了多少次，但这妇人的功力也非同小可，几乎击得他五脏俱裂。

呼……轩辕双手死命地抱着树干，踢出一脚，却踢空了。而那丑妇人又自他的背后攻来，变招之快，无以复加，简直犹如鬼魅。

轩辕惊骇之余忙再翻身落地，双足刚刚着地之时，背上又重重中了两脚。

这两脚极重，连连身受重击的轩辕再也忍不住喷出一大口鲜血，仆倒在地。

轩辕仆倒的同时微微侧翻，身子刚倒地之时，那妇人已经落脚于他刚才仆倒之处，如果不是轩辕微微侧翻身形，只怕此刻又受了一记重击，但轩辕并没有太多喘息的机会，那妇人的脚又踢了过来。

轩辕从来都没有这么狼狈过，便是对青云，仍能够与之正面交手，可是在这个丑陋妇人手下却连还手的机会都没有，这怎叫他不惊怒交加？而且，他连这个女人是谁都不知道，就被对方莫名其妙地打得满地找牙。

铮……轩辕的剑终于出了鞘，在他侧翻之时已顺利拔剑在手，身子一着地便以利剑护住全身要害。

那妇人没想到轩辕的应变能力如此之强，反应速度也如此之快，更低估了轩辕的抗打能力，刚才见轩辕喷出一大口鲜血，还以为他已经受了重伤没有还手之力，却没想到轩辕却借侧翻之机出剑相护，当她发现轩辕有剑在手之时，仍然是迟了一些，竟被削下一片裤管。

轩辕仰面而躺，屈膝，却并不起身相追。

那妇人一退立刻又进，但轩辕只是躺着以剑护住全身。

砰砰……轩辕这样一来，便减少了防护范围，而那妇人更不能施展开那神出鬼没般的打法，竟被轩辕挡开了数脚。

“你这个无赖!”中年妇人见轩辕一直躺在地上以逸待劳，死守不攻，不由得怒骂道。

轩辕也大骂道：“你这个疯婆子，我与你无冤无仇，竟然施下如此毒手!”心中却暗自惭愧，对付这样一个女人，却要耍这种无赖的手段才能够保命，不过又一想：“只要能够保命，管他什么无赖不无赖。”

砰……那妇人大怒，又猛攻一阵子，但轩辕上身以剑护得丝风不透，同时又有双脚相护，中年妇人根本就攻不进。而且轩辕如此躺在地上，而她却是立着与之交手，高低相差甚远，使得手臂根本用不上，只能用腿，如此一来攻击的范围大受限制。无论她从哪个方向进攻，都逃不过轩辕的眼睛，她在无迹可寻的情况下，那神出鬼没的攻击力自然大大减弱，不禁气得立在一旁不再进攻。

轩辕依然紧握着剑，屈着腿，准备随时防守，目光死死地盯着那妇人。

“你起来!”那妇人喝道。

“偏不，你叫我起来我就要起来呀?”轩辕又怎会不知，只要自己一起身，就立刻会四面受到攻击，而这一刻，几乎只有一面受袭，他又怎会傻得去挨打呢?当然，在他的心中，并不觉得这有什么丢脸，对方是个几乎可做自己母亲的妇人，也没有什么颜面可讲，如果对方只是与自己同样大小的年轻人，这样做可还真是太过无赖，只怕轩辕自己也会羞愧若死。不过，轩辕很自信，这种情况绝对不会出现。当然，这只是一种自信，事实是否如此，他就无法清楚了，因为他对自己一向自视甚高。

“你这个小无赖!”那妇人怒骂道。

“你这个母夜叉，疯婆子!”轩辕也出口大骂道。此刻他浑身如散了架似的发痛，刚才这个妇人的攻击的确对他损伤挺大。若非他体质特异，早已一命呜呼，怎叫他不怒呢?因此，他也忍不住骂道。

那妇人的气得脸都发绿了，在黑暗之中，轩辕发现对方眼里都快喷出火焰来，不由得暗自高兴，只要能够伤害对手，他自然不会客气，对方差点都让他死了，他根本就没有必要顾忌这么多，但却不明白对方为什么要杀他，禁不住骂问道："疯婆子，我哪里得罪了你？你居然要赶尽杀绝，欲置我于死地？"

"你死了之后去问阎王吧！"那妇人似乎发起狠来，一心要置轩辕于死地，根本就不回答轩辕的话，而是双掌向一棵碗口粗的小树上击去。

咔嚓一声，那棵小树应声而断，却是砸向轩辕。

轩辕不由得大惊，他没想到这女人竟然这么狠，忙将身子一滚。

哗……那棵小树正砸在他刚才身子所躺的地方，那些枝叶重重地砸在轩辕的背上，只痛得轩辕一声惨哼。

"去死吧！"那妇人大喝一声，飞速向轩辕攻来，而此刻正是轩辕身子还未停稳，剑来不及回护之际。

"哇……"轩辕的背上再受重击，喷出一大口鲜血跌了出去，身子又撞在一棵大树之上，再反弹而回，倒在地上一动不动，长剑更倒刺入自己的肋部，显然是刚才那一撞之下，手中的剑未曾控制好，反而伤了自己。

那妇人似乎没有料到轩辕会死在自己的剑下，她本对自己那要命的一脚极有信心，再看轩辕如此一动不动，料定轩辕已死，不由得冷哼一声，阴森森地发出一阵低沉的怪笑，像是夜枭在啼鸣，刺耳至极。

"看了老娘的面容，便是死了也不能留下你的双眼！"那妇人极为狠辣地森然道，说话间大步逼向轩辕的尸体，伸指便向轩辕的眼眶挖下，动作却有些不紧不慢，像是在做一件极为优雅的事。

蓦地，她发现轩辕的眼睛突然睁开，一道暗影自轩辕的袖间射出，快如疾电，等她反应过来，欲急速退开之时，那暗影已经深深刺入了她的腹中。

那妇人发出一声狂号，身子疾退，而轩辕的腿也在此时弹出，一切都像是经过精确的计算。

轰……那妇人疾退的身形无法控制地倒飞而出，在虚空之中，喷出一大口鲜血。

轩辕的身子迅速弹起，那妇人惊骇之际，身子撞在背后小树之上。

咔嚓……小树竟然撞折，那妇人又发出一声惨呼，这才发现刺入小腹之中的，只是一柄八寸长的猎刀。

轩辕冷哼着挥剑而出，他实在已对这鬼女人恨极，竟连尸体也不肯放过，如此恶毒、如此凶残的女人他还是第一次见过，而这个女人的可怕绝对是不容置疑的，如果不是用诡计，恐怕根本就不可能伤得了这恶毒的女人。因此，轩辕绝对不肯放过置这妇人于死地的机会，也必须杀死这可怕的女人。

在这种情况之下，若仍杀不了对方的话，待对方复原了，那么轩辕恐怕只有死路一条，这绝对不是无稽之谈。

那妇人也着实吃了一惊，她哪里想到轩辕在这种时候仍有着如此强的攻击能力，更没想到轩辕竟会如此精明狡猾，应变能力如此之强。轩辕那刺入肋下的一剑根本就没有沾上皮肉，仅是插入衣衫之中，而鲜血则是自己喷上去的，在黑暗之中，那妇人并没有看得很清楚，竟被轩辕给骗了。

其实，这并不能怪那妇人，换了谁都会以为轩辕在这种情况之下非死不可，根本就不可能估到轩辕在受如此重击的情况下，仍能保持头脑清醒，而且角度和尺寸选得如此之准，又有谁能够受此重击而不失去攻击力呢？就是不死，也绝对会重伤不起，因此，轩辕的那些假象实在是让人丝毫不加怀疑，也没有怀疑的必要。

轩辕自身的存在本就是一个意外，任何小看他的人，都可能遭到更大的意外。而这个妇人只是第一次与轩辕交手，已经数次重击轩辕，本就够意外，却没想到仍是低估了轩辕，这便付出了本不应该付出的代价。

哧哧……轩辕的剑落空，那妇人撞断了那棵小树干之后仍不作丝毫的停留，因为她似乎明白轩辕杀她的决心，因此她迅速倒退，此刻她虽受了重创，但速度依然快得惊人。

“满苍夷，你这恶妇，我知道你在这里，不要走……”叶皇的声音迅速传来，显然是因为听到刚才的怪笑才赶来。

那妇人似乎吃了一惊，在避开轩辕的剑后，怪啸一声，转身便迅速向黑暗中掠去，她的身形之快，似乎根本就不受伤势的影响。

轩辕并不追赶，只是望着那妇人的背影远去，笑声隐隐传来，叶皇已如一阵风般自他身边掠过时，他已经猜到这恶妇的身份和击杀他的原因。

“轩辕！”叶皇显然也发现了立于黑暗之中的轩辕，忍不住驻足惊叫。

轩辕缓缓地扭过头来向叶皇望了一眼，露出一丝极为苦涩的笑容，哇地又喷出一口热血，整个身子一软，眼前似乎有千万的火星在飞舞，而一切也在这一刻变得虚幻空无。

“轩辕……”叶皇骇然失色，忙扶住轩辕倒下的身子，眼睛扫过周围那一片狼藉之地，哪里还会不明白发生了什么事？

轩辕听到了叶皇最后的惊叫，但是他实在太累了，虽然他也想极力支撑下去，可是体力早已透支，受伤也着实不轻，能够勉强撑住吓跑那恶妇，已经算是一个了不起的奇迹。

“满苍夷，你这恶妇，我绝对不会放过你！”叶皇怨恨地吼道，他已经看清了那妇人的背影，即使烧成了灰也认得出她的背影。

叶皇忙探了一下轩辕的鼻息，仍有气息，只是有些混乱，当下不由得稍松了一口气，知道轩辕并无生命之忧，只是受了一些内伤，又因耗力费神过度而昏了过去而已，只要休息一阵子自然会醒来。但叶皇那颗刚安定下来的心又提了起来，因为他已经感到了一阵危机的逼临。

叶皇轻轻地放倒轩辕，缓缓地站起身来，在他的周围已如幽灵般出现了六条暗影，浓浓的危机便来自这一群人的身上。

叶皇对这六个人并不感到陌生，正因为如此，他心中才真正地生出了寒意。

“你好，我们又见面了！”其中一道暗影语气极为冷漠，像是在搅动着一桶玄冰，而说话之人正是祝融人融冰。这六人全都是祝融的高手，的确是冤家路窄，而这又是不可逃避的现实。

这的确是不可逃避的现实，或许这便是命运，上天要如此安排，逃也逃不了。叶皇感到一阵无可奈何的疲倦。

叶皇不想再多说什么，因为说得再多也是无济于事，到最后仍需要以武力解决，而这一战叶皇绝对不能逃，只因他绝不会放下轩辕而独自求生。但他又岂不明白以他一人之力，想要胜过这六名祝融高手，那实在是极为艰难之事，简直有点不可能，况且，他此时已有伤在身。

“你乖乖地束手就擒吧！否则，你只会换来更多的痛苦!”融雪也冷然道。

叶皇傲然一笑，手中的剑连鞘一起缓缓抬起，平举于胸前，不再说话。

不说话，但行动已经说出了叶皇心中的一切，也将证明一切——他绝对不会屈服，无论是谁!

融冰的脸上浮现出一丝冷酷的笑容，也有一些欣赏的成分。

“那你只好死了!”融雪说话间，已经出刀，对这样一个敌人，他绝对不会留情。他实在已恨极叶皇，本来是追着柔水来到这里，却没想到在这黑暗的老林之中，如此冤家路窄地遇到了叶皇。

叶皇又岂会不知这群人是听到他的呼喊这才赶来的，说白了，就是自己惹火上身。此刻，想得太多根本就没有用处，所要做的，便是战，是杀!

铿……一声轻吟，叶皇手中的剑鞘如一支劲箭般飞射而出，而叶皇的身子也在突然之间倾倒。

叶皇倾倒的一刹那，一道厉风自下而上，由一个无可想象的角度劈出——那是叶皇的剑。

叶皇绝对不会让先机给别人，因此，他在融雪出刀之时便已出剑。

论速度，没有几人可以与叶皇相比，融雪也不可以。

融冰也出招了，但在他出刀之时，眼前却出现了一簇暗影，并带起了一阵狂野的风声，他不得不出招相护。但他很快便发现，这一簇暗影只不过是几根树枝，在叶皇倾身的一刹那，挑断了几根树枝，而这几根树枝当然也就成了武器，这是被那妇人击断的树。

当……融雪的刀出到一半，叶皇的剑鞘已经破空而至，充盈着无尽的杀机，他只好将刀势一改，斩在剑鞘之上，但很快他又吃了一惊，因为叶皇已经出现在他的眼前，还有叶皇的剑!

融雪不得不退，叶皇的剑实在太快，也太猛。当然，叶皇想杀他也是不可能，只要他退得及时，便会有人为他挡开这一剑。

叮叮叮……融雪猜得没错，在他退开的一刹那，便有两柄刀横插而过，挡住了叶皇的剑势，而叶皇在这瞬间，竟击出了七十八剑之多，其中有四十九剑是攻击的，另有二十九剑却是挡开向自身侧攻来的敌人。

呼……叶皇的身子突地在原地旋成一阵风，犹如一个陀螺般转动起来，手中的剑由高向低卷起层层剑浪，犹如怒涛之中的漩涡，充盈着无尽的毁灭性力道，所过之处，枝飞、尘扬、叶碎、气裂、风起……

黑夜已将叶皇吞没，甚至将这一片天与地也完全吞没，只有杀机，战意在作无穷无尽的酝酿，酿成一团强烈的风暴，然后炸开。

融冰和融雪还有另外四名祝融高手全都不自自主地发出一声惊呼，并飞掠退开。

叶皇的这一剑气势之强，杀气之重，剑意之霸，确实让人心惊莫名。

叮……融冰一退再退，因为叶皇借这团风暴的掩护，飞速向他杀到，竟一口气连攻了三十九剑。

融冰在几乎无法抵挡之时，只感一阵轻风自他的身边拂过，叶皇竟不攻而退。

叶皇不攻而退，这的确有些出乎人的意料，当然，这或许是最为明智的抉择。

“追，不要让他跑了！”融冰一声急呼，他似乎也明白叶皇与柔水之间可能有着某种关系，如果能够抓住叶皇，说不定便可再抓到柔水，况且叶皇杀了数名祝融武士，又救走了柔水，本就已经是祝融人的大敌，他们又岂能让叶皇逃脱呢？

当然，他们也为叶皇刚才那玄奥的一剑所惊，自不敢分开来追击叶皇。他们早就上过叶皇的当，吃过叶皇的亏，自然知道分开来可能会被叶皇各个击破。论单打独斗，他们之中根本就没有人是叶皇的对手。

叶皇的脑子嗡的一下，全都化成空白，像是个白痴一般呆呆地望着轩辕刚才所躺的地方。

地上只有几根残枝败叶，也有一摊血迹，而轩辕却失去了踪影。

“啊……”叶皇双手抱头，两腿重重地跪在被露水沾湿的泥土之上发出绝望的号叫，像是一只失偶的孤狼望着满月而嚎。

叶皇刚才突出重围之时，并没有带走轩辕，因为他若带上轩辕，那绝对不可能逃过祝融人的追杀。因此，他用了一招置之死地而后生之法，自己先逃走，引开六名祝融高手追击。他估计，这六名祝融人绝对不可能在意轩辕而放过他，因为祝融人并不知他和轩辕之间是什么关系，也从来未见过轩辕，自然不会去留意了。因此，他只要引开祝融人，再以最快的速度摆脱这几人的追踪，回头来将轩辕带走即可。

这正是置之死地而后生的战略，而叶皇也的确做到了，他岂会不知道这种老林之中的猛兽极多？如果回来迟了，很可能轩辕已葬身狼腹，但却值得一赌，否则的话，两人都会死于祝融人之手，绝没有活命的希望，而这一赌至少有一线生机，可是现在……

叶皇心中只有恨，无尽的恨！恨祝融人，恨那恶妇满苍夷，也恨自己……甚至恨天下所有的生命。

虽然轩辕与他相处的时间并不长，但在出生入死之间，两人之间已经建立起了外人根本就无法理解的情感。叶皇并不是一个喜欢表达的人，可是轩辕对他的真诚，更将他自阴暗的世界里拉了回来……这之间的情谊甚至比手足之情更珍贵。

叶皇的朋友并不多，这与他的性格有关系，他从不喜欢接受外人，更不喜欢向别人坦露自己，因此他从来都是独来独往，没有朋友，而像他这样的人，一旦接受了一个朋友，那他便可以为他的朋友去做一切，哪怕代价是付出生命！也只有他这种人才会对友情绝对忠诚，叶皇比任何人都珍惜友情，这是他的性格所决定，可是此刻……

轩辕可以说是因为他才会遇到这样的事情，如果不是他，轩辕也不会受此重伤，也不会失踪。

叶皇不敢想象轩辕还活着，在这野兽出没无常的地方，甚至有比野兽更可怕的长臂怪人，这是一群吃人的怪物。因此，轩辕仍能够活着的希望几乎不到百分之十的可能……叶皇的心中只有恨，无可抑制的恨。

他想杀人，杀满苍夷，杀祝融人，甚至杀天下所有的人，包括他自己。蓦然间，他发现了轩辕的剑，剑与鞘分离，而剑却隐在枯枝败叶之下，只有剑柄露在外面，但叶皇一眼便认出了这是轩辕的剑。

叶皇抽出轩辕的剑，入手冰寒，不禁再一次抱头狂号，像是要将心中所有的痛苦和仇恨尽数发泄出来，那狂号的声音若鬼哭，似狼嚎，凄惨如鸮啼，便连这秋夜也为之战栗……没有人能够以语言描述出其中所包含的感情，那是一种揪心的痛楚和悔恨。

良久，良久，似乎经过了无数个世纪，声音也哑了，叶皇发现自己流泪了，他竟然流泪了！冰寒冰寒的，像是手中的剑，像是这深秋的夜。

叶皇拄剑而跪，目光空洞地望着黑沉沉的密林，他竟没有发觉那个在他身前站立了一盏茶时间的人……

这像是一个好笑的笑话，但却是事实。

那人正是追丢了叶皇的融冰，融冰没有说话，只是冷冷地注视着眼前这个可怕的对手，望着他流泪，像是在欣赏一场极为赏心悦目的戏曲。

围在叶皇周围的不仅仅是融冰，还有与融冰一起的另外五人，他们都没有出手。在这一盏茶的时间中，他们可以杀死叶皇一万次，甚至可以将他剁成肉酱，但他们没有出手，他们并不觉得杀一个毫无抵抗能力的对手比看一个冷酷的人流泪伤心更有趣。因此，他们都站在一旁倾听着叶皇那让人心酸的凄号，看着叶皇颓丧欲死的表情和那流泪的面容。

这或许有些残酷，但在这个根本就没有真理可讲的世界中，没有什么事情叫作真正的残酷。

融冰的脸上表情极为兴奋，看见自己的敌人痛苦，他竟有一种莫名的兴奋。不过，他并不知道叶皇为什么会如此痛苦，也不明白为什么叶皇逃走了之后仍会去而复返，又回到这个地方。

当然，他又不得不佩服叶皇逃生的本领和那鬼魅般的速度，居然能够自他们的包围之中冲出去，再甩开追踪。如果不是听到叶皇那神鬼俱惊的凄号，他们很可能根本就不知道叶皇是在这个地方，因为他们根本就想不到叶皇会重新回到这里。

叶皇的目光依然空洞，但已经不再号叫，只是定定地望着前方，似乎在注视着另一层空间，一切都显得极不真实。

融冰向融雪使了一个眼色，他知道叶皇可能快要自悲痛中醒来，是以不想再作拖延，虽然他不信叶皇在这种情况下还有再战之力，但小心一些总是好的。

融雪自然明白融冰的意思，可是他觉得让叶皇这样死了实在太便宜他了，何况，也许还可自叶皇的身上获得柔水的情况，他自不想杀死叶皇，而只是悠然地出掌。

融雪的脸上带着一种极为残酷的笑容，望着那丝毫没有反应的叶皇，似乎多了一丝鄙夷和不屑。

融冰没有出手，他只是想看着叶皇痛苦的时候是什么表情，那似乎比美人的微笑更让人心动。但是，他的脸色突然变了，他的脸色变了，是因为叶皇的眼睛变了。

在突然之间，叶皇的眼睛变了，眼神之中充满了无尽的恨意，而这无尽的恨意自眸子里射出来时，却成了两道疯狂的杀机。

好亮的眼神，叶皇的眼神在骤然之间犹如天际的明星，似乎喷出火来，在这黑暗的夜晚中，有种说不出的诡异，而这一切，融雪并没有看到，因为他在叶皇的背面。

“小心……”融冰忍不住惊呼，在此同时，他也出刀，他不得不出刀，因为他在刹那间才知道，自己等人在叶皇的眼里只不过是一群傻子，一群被戏耍的傻子！是以，他惊，他怒，他不得不出刀。

叶皇一声怒号，手一扳，那插在身前地下的剑斜挑而起，剑尖挑起之时，一撮泥土直射向正面的融冰，而在融雪刚听到那呼声之时，叶皇的剑已自低转高，绝不留情地掠起。

“啊……”融雪一声惨号，手臂已成两截，不仅如此，上半截身子也飞了出去——那是因为叶皇的一脚。

叶皇出剑的同时旋身而起，脚下飞速踢在至死仍瞪着眼的融雪的上身上，于是融雪的上半身便飞了出去，这一截躯体早已被叶皇的剑削断。

血飞溅，染红了叶皇身上的衣衫，也迷糊了那几个祝融人的眼睛。

砰……一个祝融人不得不伸手接住融雪的上半截躯体，而叶皇的身子也在刻不容缓的刹那间撞入了他的怀中。

这一切都发生得极为突然，突然得让人有些难以接受。

“呀……”那名祝融人在尚不明白是怎么回事的时候，已被叶皇的剑贯胸而死。

“杀!”融冰的眼睛都红了，他怎么也没有想到叶皇如此凶悍，如此狡猾，在刹那之间便损失了两名高手，而他被叶皇挑起的泥土扰乱了视线，根本就来不及相救。

叶皇如同发狂的野兽，刺入敌人胸膛的剑一绞，合着那具尸体向另一名攻至的祝融人撞去，他竟是一副不要命的打法。

那祝融人只见叶皇的眸子中射出火一般的光彩，那疯狂的杀机自有一股慑人心魄的异力，让他心头发寒，竟在紧要的关头被叶皇的气势所逼，呆了一呆。

噗……叶皇的剑透过尸体直刺入那人的胸口。

“呀……”那人发出一声惨号之际，叶皇也发出了一声低低的冷哼，他的背上被斩了一刀。

第三十三章　含沙剑寒

鲜血飞溅的同时，叶皇反腿踢出，那刀手忙避开，却给了叶皇喘息的机会。

噗……叶皇拔剑而出，那两具尸体同时倒地。

叮……融冰的刀刚好斩在叶皇反抽而回的剑上，竟断成两截，大惊之下急速而退。

叶皇并未抢攻，而只是缓缓地移开双脚，剑尖斜指地面，浑身浴血地冷冷扫视着融冰和他的两位同伴，散发出浓如烈酒的杀机，仿佛是自地狱之中钻出的魔神！

融冰和他的两位同伴竟不约而同地倒退了一步，他们无法想象此刻叶皇身上的那股无法形容的杀机究竟产生了什么样的压力。

深秋的夜，好寒好寒，融冰似乎是这一刻才真正感觉到秋夜的寒冷。他们从来都没有如此心寒过，也从来没有遇到这般可怕的对手。

让他们心寒的，并不是叶皇的武功，而是叶皇那两道比野兽更凶猛的眼神，没有半点人类的感情，没有一点生机，空洞之中又充盈着无尽的杀机，更带着一股死亡的气息，只能说他像死神。

血，自剑尖滴答滴答地滴下，叶皇的背上依然在淌血，长长的刀痕并没有影响那浓浓的杀机。

叶皇的脚步缓缓地向融冰移去，每一步都极为沉重，便像是踏在每个人的心头，且每踏进一步，虚空之中的杀气便更浓几分。

融冰没来由地生出一种从来没有过的惧意，他不明白是什么突然之间给了叶皇如此不可思议的力量，竟勇悍如斯。

“杀……”融冰身边的两人一声狂吼，全都向叶皇扑去。

“杀……”叶皇的吼声更狂，在一声长吼之际，他的剑已如电弧一般划出，黑暗之中，根本就找不到剑迹所在，似乎虚空的每一寸空间都是剑，又似乎每一寸空间都是虚无的。

叶皇的身子也成了幻影，模糊的幻影。

叮叮……“呀……”两声轻响夹着两声惨号，两条手臂与四截断刀一起飞了出去。

叶皇所用的，是轩辕的含沙神剑，在心中充满恨意之时出剑，只怕连叶皇也没有想到会有如此可怕的力量。不过，叶皇并未注意到这些，他的心思已经不再属于自己，在他的脑子之中，只有一个意念，那就是——杀！在他心中，也只有一种情绪，那就是——恨！

恨所有与轩辕失踪有关的人，杀所有与轩辕失踪有关的人，这就是叶皇全部的情绪。

那两人惨号着飞退，差点没有昏过去。但叶皇依然是不紧不慢地向融冰逼去，剑依然斜指地面，血依然在流淌，杀气依然在疯涨。

这是融冰绝对没有想到的结果，竟再一次为叶皇的气势所慑，叶皇进一步，他则退一步，他的目光不经意地落在自己只剩下一截的断刀上，又望了望面目被长发所罩的叶皇一眼，禁不住低低地念叨着：“魔鬼！他是个魔鬼！我们走！他是个魔鬼……”

那两人听融冰这么一说，哪里还有半点停留的意思？强忍着断手的剧痛向黑暗中疾退。

融冰将手中的半截刀向叶皇狂掷过去，身子却也向黑暗之中疾退！

叮……那断刀再断两截，悠然地坠在叶皇的身边。

叶皇却狂吼一声向融冰扑去，融冰惊呼着加快脚步向黑暗中狂奔而去。

叶皇的速度似乎有些迟缓，并没能截住融冰。因此，他停下了脚步，也就在此时，他听到了一声叹息。

这声叹息就响在叶皇的身边，而在叶皇转身之时，一只手已斩在他颈项的大动脉之上。

叶皇昏了过去，不可抗拒地昏了过去。

叶皇并不知道自己睡了多久，却知道自己做了许多噩梦，但具体做了什么梦却又想不起来，只觉头脑一片昏沉。

光线似乎极为刺眼，当叶皇看清周围物体之时，首先发现这是一间木屋，有着大窗的木屋，屋顶之上尚有一些青藤鲜花相饰，使得木屋有种典雅而古朴的气息。

叶皇深深地吸了口气，伸手在身边抓了一下，却没有感觉到剑的存在，不由得一惊坐起，陡然间感到一阵昏眩，一股疲倦之意又袭上心头，浑身竟似没有了力量一般，只得又倒回床上，半晌又沉沉睡去。

当叶皇再次醒来之时，仍是风和日丽，不过似乎是早晨，鸟叫声极杂，各种各样的鸟鸣之声听起来极为悦耳。

依然是同样的木屋，依然是同样典雅清幽的环境，只是，这一次却多了一个人。

一个极为俏丽而修长的少女，倾泻的秀发极为惬意地拂落在肩头、胸前、背上，一身素白的衣裙，在透窗而入的阳光下，简直像个精灵，特别是那双细长的凤眼更衬出几分高贵而脱俗的雅韵。

“你醒了?”那女人很快便发现叶皇已经醒来了，是以极为温柔地唤了一声。

叶皇呆了呆，疑惑地望望面前美丽的女人，惊奇地问道：“这是哪里?我怎么会在这里?”

“这是神谷，至于你是怎么来的，我也不知道，是巡察使说你会在这个时候醒来，让我来陪你说说话而已!”那少女露出一个淡淡的甜笑，轻柔地道。

叶皇呆了呆，惑然地望了望这美少女，问道：“神谷又是什么地方?”

少女有些好笑地望了叶皇一眼，扑哧笑道：“神谷就是神谷，还会是什么地方?”

叶皇伸手摸了摸头，也感到有些好笑，但却没有任何心情发笑，他的心中依然存着无尽的愧疚，是因为轩辕。

“我睡了多长时间?”叶皇吸了口气，问道。

“大概有三天了，你失血过多，如今身子还很虚弱，就先好好休息，不要想太多，要是你闷的话，就让我陪你说说话，相信你定会心情好一些。”那少女想了想，优雅地笑了笑道。

叶皇一惊，似乎没有想到自己竟睡了三天之久，他的目光紧紧地逼视着这美丽的少女，却发现对方的脸上绽出一丝纯真的笑颜，并不似在说谎，而且也没有说谎的必要，不由得吸了口气，极力使自己的语调变得平和一些，问道：“我该如何称呼姑娘呢?”

“哦，叫我彩云好了。”那少女笑的时候竟露出了一个甜甜的酒窝。

“彩云?”叶皇低念了一声，又问道，“我的剑呢?”

“这个可就要问巡察使喽，我是不知道的。”彩云摊了摊手，扮了一个极为可爱的鬼脸，笑道。

叶皇的眉头皱了皱，他并不怎么欣赏这种活泼型的女人，只是淡漠地向门口望了一眼，冷冷地道：“我想见你们的巡察使!”

彩云仍是淡淡地笑了笑，道：“巡察使现在正在忙，等他忙完了便自然会来看你，此刻还请你先休息一会儿吧。”

叶皇的脸色一变，冷冷地望了彩云一眼，心中生出一股莫名的怒意，他的直觉告诉自己，面前这个少女并不简单，从一开始便不露半点口风，显然是经过训练的，而巡察使这个名称让他想到了一些组织，因此，他敢断定这个地方定是一个极为神秘之所。是以，他并不想感激对方的相救之恩。抑或，对方根本就是将他掳来的，只是这段记忆他竟很模糊。

叶皇不语，只是缓缓地运力于臂，但似乎仍有些疲惫，力道不够，可能真的是因为失血过多的原因吧。

彩云见叶皇这样子，不由得淡淡地笑了笑，道：“你在这里等会儿好了，我去帮你把巡察使找来，否则的话，你恐怕会生我的气了。”

叶皇一愣，见彩云煞有介事的样子，倒有些不好意思起来，但却仍没有什么表示，只是暗惊这少女善解人意。

彩云不再搭理叶皇，转身如一只天鹅般行了出去，身影依然极为优雅，唯留下叶皇呆呆地躺在床上，脑子里仍是一片混乱，也不想坐起来。

脚步声打断了叶皇的思绪，当叶皇扭头向门口望去之时，不禁呆住了。

“你醒了?”

“叶帝?”叶皇忍不住一声低呼。

自外行进来的人竟然是与叶皇同胞的孪生兄长叶帝，这怎叫叶皇不吃惊?

叶皇和叶帝乃是孪生兄弟，自小到大都未以兄弟相称，因为两人谁也不知道哪个早出生，哪个晚出生，因此，他们打一开始便只呼对方的名字。

“感觉好些了没有?你失血过多，需要好好调养!”叶帝的语气难得地亲切和真挚。

“我怎么会在这里?”叶皇立刻开口问道。

“你与几个祝融人交手，受了重伤，我刚好听到你的吼声，也就赶了过去，幸好及时赶到!”叶帝淡淡地道。

叶皇经叶帝一提，立刻又清晰地记起那晚所发生的事，心中又涌起一丝愧疚，轻轻地叹了一口气，不再言语。

叶皇绝对放心叶帝，他知道，在这个世上，叶帝可以背叛任何人，但绝对不会伤害自己。因为自己本身就是对方生命的一半，虽然两个人是两个整体，但内在的精神却有着别人无法明了的联系。所以，叶皇绝对相信叶帝。

“那么说，这里是九黎境内了?”叶皇淡漠地望了叶帝一眼，问道。

叶帝深深地注视着叶皇，并不否认地点了点头，却并不言语。

“圣女和叶七诸人也是被你们所擒?”叶皇不依不饶地问道。

叶帝微微一怔，犹豫了一下，也点了点头，他并不觉得有否认的必要。

“我要你放了他们!”叶皇斩钉截铁地道，目光冷然地逼视着叶帝，似乎要揪紧他的每一丝表情。

叶帝神色一变，定定地望着叶皇，表情显得极为古怪，苦笑了笑，道:“这次我无能为力!”

叶皇的脸色也变得很难看，死死地盯着叶帝，却没有说半句话。

叶帝并不回避叶皇的目光，只是表情依然有些古怪，无可奈何地解释道："我到九黎来，只能算是一个客人，根本就不能插手他们的事务，而这里的最高首领便是九黎王，甚至连我也得听九黎王的，而没有九黎王的指令，任何人都不可能放得了叶七、圣女等人，我只知道他们被囚在神堡之中，至于具体在堡中何处却也不太清楚。因此，我也是无能为力了。"

"我不想听这些，我知道你有办法！"叶皇冷冷地道。

"你不想听也没办法，因为我只能说这么多。"叶帝依然是不愠不火地道。

叶皇猛然坐起身来，深深地吸了口气，望着叶帝漠然道："我的剑在哪里？送我出去！"

"你的伤还未痊愈……"

"这不关你的事，你只需要做这么多就行了！"叶皇打断叶帝的话，毫不领情地道。

叶帝无可奈何地望着叶皇，对叶皇的容忍他似乎是无限的，如果换作其他任何人，叶帝一定不会有如此好的脾气相对。

"你知道伤势未好的时候出去是一件很危险的事吗？"叶帝望着叶皇，似乎极希望打消叶皇离开的念头。

"这是我的事，如果连自己都保护不好，我也不配活在这个世界上！"叶皇冷然道。

"你太高估自己了，在这片森林之中，不仅仅只有九黎的人，还有食人族、花蟆凶人，甚至连鬼方和祝融都派来了高手，还有一些连我们也无法查知的高手再加上猛兽……"

"我忘了告诉你，满苍夷也到了这里！"叶皇打断叶帝的话，极为平静地道。

"啊？"叶帝身子一震，脸上泛起一阵苍白，低低地惊呼了一声，像是有些发呆，望着叶皇，半晌才反问道，"你说的是真的？"

"你怕了？"叶皇冷冷地问道。

叶帝的表情立刻变得极为古怪，甚至有一丝惊惧和不安，他的表情很明显地回答了叶皇的疑问。

叶皇冷笑一声，道："你其实早就应该有心理准备，因为她迟早有一天会找来的，只不过，此刻她的出现比你想象中的早了一些而已！"

叶帝依然不语，目光之中却露出了一丝凶狠的杀机。

"她在哪里？"叶帝冷冷地问道。

"如果我知道她在哪里，也一定不会放过她！"叶皇极为坚决地道。

叶帝呆了呆，望了望叶皇的表情，知道叶皇并不是在说谎，不由得干笑一声道："我们应该联手对付那恶妇，你不觉得吗？"

叶皇古怪地笑了笑，冷哼道："跟你联手，只怕没战我便已经死了！"

叶帝惑然地望着叶皇，不明白叶皇此话是什么意思，半晌才叹了一口气道："我知道欠你的太多，也有太多对不起你的事，这些年来你也为我吃了太多的苦，可是我却是诚心想还你一些什么，为什么你总不信任我呢？"

叶皇冷冷地笑了笑，道："过去的都已经过去了，我不愿想太多，我只知道现实是需要我们面对的，更不想逃避什么。一个人犯了错误并不可耻，可耻的是犯了错误却不知道悔改。叶帝，你该清醒了！"

"我没做错！我已经不再是当年的叶帝了，我现在所做的事情并没有任何错误！"叶帝激动地道。

"哼，杀害自己的族人，对付自己的族人，你还没有做错吗？这叫叛族！"叶皇愤然道。

"你知道什么？你知道这个天下有多大？你知道这个世上有多少人？你知道这个世道有多么残酷？就是因为像你们这样的人，只知道自己族人的利益，这才使得部落与部落、氏族与氏族之间的战争永无休止。你知道吗，在这个世间，大概有一万个部落，每天至少有两百个部落在互相残杀，每天也至少有两千人丧失生命，更多的人则成为奴隶，这是多么残酷的事情，你知道吗？"叶帝激愤地道，顿了顿又接着道，"是的，我对不起族人，但我却是为了千千万万的部落和平着想，只有将所有的部落和氏族全部合并在一起，或组成一个联盟，才可以让所有部落之间达成和平，每天就可以少死两千多人，就会有更多的人不用面对做奴隶的痛苦，你知道吗？"

叶皇不由得呆了一呆，他倒是从来都没有这么想过，更没有去计算过，但叶帝所说的确实很新鲜，也很实在。不过，他仍不想接受这些，冷然道：“可是你也不必伤害我们的族人呀！”

“我也不想，可是我不能让别人去破坏这和平的大计，当利益与和平大计相冲突之时，我自然不能取小舍大，我的所做也是迫不得已！”叶帝无可奈何地道。

叶皇冷笑道：“强词夺理，争取和平并不需要以武力去解决，而你敢说你杀死族人，是因为舍小取大吗？”

叶帝被叶皇的话说得脸色一阵红一阵白，不由有些恼怒：“反正我所做的没有错！事实会证明一切的！”

叶皇不置可否地笑了笑，声音显得极为平静：“将剑拿给我，我要走了。”

“可是……”

“没什么可是的，我不想受任何的阻挠，就算是死，我也宁可死在外面，哪怕是成为食人族的果腹之物！”叶皇想到食人族，立刻便知道肯定是指那些长臂怪人，心中也涌起了一丝寒意。不过，他却只得硬着性子，是以根本不给叶帝说话的机会。

叶帝见叶皇说话如此坚决，知道是无法挽留了，只好叹了口气，道：“好吧，不过你最好小心一些，如果有满苍夷的行踪，便来告诉我，可好？”

“哼！”叶皇站起身来向叶帝望了一眼，道，“如果你杀了满苍夷，那我也同样死定了！”

叶帝不解地望了叶皇一眼，惑然问道：“为什么？”

叶皇深深地吸了口气，涩然苦笑道：“她将我当成了你，并在我体内植下了情蛊！”

“啊！”叶帝忍不住一声低低的惊呼，脸色唰的一下变得苍白。

叶帝自然知道情蛊的可怕，对于满苍夷，叶帝了解得比世上任何一个人更多。但此刻，他却对叶皇心生更深的歉意，因为这又是他所惹出来的祸。

“这是什么时候的事？”叶帝的声音有些冷瑟。

“四年前，我在南山思过的时候！”叶皇自然明白叶帝所问之话的意思，但他回答的声音仍然很平静。

“全是我害了你！”叶帝无可奈何，又充满歉意地道，“不是我，你就不会去南山思过了，更不会惹上那妖妇！”

“现在说什么也没用，你思量着办吧！”叶皇悠然地嘘了一口气道，同时举步便向外行去。

“我送你！”叶帝忙道，“没有我送，你走不出去的，除非你硬闯！”

叶皇望了叶帝一眼，并未说话，只是安静地跟着叶帝而行。

“你，你，你……给我过来！”一个壮硕如牛的汉子一脚踹开木棚的门，趾高气扬地喝道，手中的皮鞭在空中抽得啪啪作响。

这是奴隶所居的木棚之一，所有奴隶们的手脚都系有铁镣，虽然不是很粗，却也无法挣脱。

听到鞭响，众奴隶们忍不住全都打了一个哆嗦，那瘦骨伶仃的样子如芦柴棒似的，不自觉地缩了缩。

轩辕并没有死，在这个奴隶所居的木棚之中，他竟也是手脚系了铁镣的其中之一。

轩辕也不知道自己怎么会到这里来，但他醒来的时候，便有人将他送到这里做苦力。那时候他的伤势仍没有好，所做的事情却累得他伤口迸血。

他成了奴隶的一员，只是他记得在昏迷之前还隐约听到了叶皇的叫声，可是醒来时却没有看到叶皇，手脚之上反而多了铁镣，这使他吃惊不小，但在那种环境之下，他明白挣扎是全无用处的。因为他身边的敌人极多，没有神剑在手，又如何能凭套着镣铐的双手打败这么多人呢？何况还不知道这是什么地方。

他不知道叶皇怎么样了，但想来定是出了什么事故，而此刻他身上又有伤，唯一能做的就是不去想烦心的事，尽快调养好身体。轩辕绝对不想死得太早，对于生命，他还是极度珍惜的，虽然弄到了这种地步，但他仍充满了信心。从小到大，他从来都不会怀疑自己的力量，因为他是有侨族族长的孙子，体内流动着不甘平凡的血液，尽管轩辕在族中很少在大众场合表现自己，但那只是他的一种策略，为了达到目的的一种策略。在内心深处，轩辕还是不甘于平凡的，是以，他会抓住每一个机会，包括在有邑族中也是一样。而保护圣女，这绝对是一个机会。

轩辕自然知道祖族的存在，有侨族中的几位祭司便是来自祖族。可见祖族在各分支的部落之中有着多么高的威信，如果他能护送圣女回到祖族，那他将成为英雄，成为祖族的英雄，成为所有分支部落的英雄，那时候只要能好好把握机会，别说是得到有侨族族长的位置，连祖族的权利也可分享过来。因此，轩辕十分珍惜这次护花的任务，只不过，却没想到事情弄成了这样。

当然，这不能怪轩辕，轩辕也不会承认是他的错，这之中的一切变故实在太多，并不是他一人之力所能够解决的。因此，轩辕依然对自己充满信心，只要自己仍有一口气在，仍然活着，希望便一定会有的。

这一路来，也让轩辕学了很多东西，成长了很多。这次之所以出现这样的失败，皆因自己的力量太过单薄，如果能有更多的人由自己指挥的话，相信也不会出现这样的失败，也不会每一次都处在一种绝对的劣势，更不会仓皇逃命，这让轩辕明白团结的力量是多么强大。

轩辕不知道叶皇怎么样了，是死是伤，他不敢去多想，那样会影响情绪。如果已遭不测，想得再多也没有用，如果依然活着，自然不用担心。而眼下他最应该做的就是弄清身在何处，如何才能够逃出去。

轩辕在醒来的第二天，便已经弄清了这是哪里，当他清楚这是哪里时，却不想走了。

当然，并不是说这里是天堂，是温柔乡，相反，这里可以说是地狱，是鬼域。这里的人每天都在皮鞭下生活，每天都要干一些只有牛才干的苦力，搬石头、垒墙、挖坑、砍树……

这是一个奴隶营，当轩辕第一步踏入其中时，便知这里是奴隶营，而且知道自己也将成为奴隶的一员。然后，他看到了一处大湖，湖心有座岛，岛上一座石头砌成的堡垒看上去极为雄伟……就只看了这么多，轩辕便不想再走了，他觉得并没有离开这里的必要。因为这正是他和叶皇在山头之上俯望到的那个巨大的奴隶营地，且他和叶皇曾经想要混入其中，可是这一刻竟鬼使神差地让他来到了这个地方，连他自己都觉得有些莫名其妙。不过，这当然是件好事，对于他来说，这件事情的确不坏。至少省了他许多心思，免得考虑将如何混进来。

在这奴隶营中，度日如年，极为难熬，轩辕虽然极力干活，但还是挨了三鞭子。当然，这大概是奴隶营中挨鞭子的最少纪录。轩辕这样拼命地干了一天，伤口迸裂过一次，只因这里面看管奴隶的人都是没有人性的人，根本就不管轩辕是否受伤。所幸，轩辕的体质特异，竟然撑过来了，而且伤口还迅速结了疤。

当然，新来到这里的奴隶，又是受了伤的，多少受到奴隶同胞们的怜惜。但这种怜惜却是无可奈何的，只是为又一个陷入苦难深渊的人尽一点心意而已，根本就没有一点实际作用。

苦干了三天活，轩辕竟发现自己的内伤已经全都好了，而且体内的功力似乎更增进了一层，存于丹田之中的气息竟能够有小小的流动。这的确是一个好的兆头，这就说明，他在这次重伤之下，体内的潜能不自觉地被激发出来，慢慢地转化为内力可以自由支配。

这个发现使轩辕更充满了希望，至少，他找到了将体内龙丹真气化为己用的一个方法，那就是不断地借外力来刺激它。而且他还发现，每次自己累得快要虚脱之时，丹田之中的气劲就自动补至全身各处，使他不但没有疲劳感，而且更为精神，更觉功力倍增，这种奇异的现象不用猜也明白是龙丹在起作用。

轩辕在奴隶营中住了几天，便很快与这群奴隶兄弟建立起了感情，患难之中是最容易相处的。而轩辕又是有心与这群奴隶打成一片，自然很轻易地建立起相互信任的关系。而这一刻那粗壮如牛的汉子所点的几人，正有轩辕在其中，另外几人却是轩辕新结识的几位难兄难弟。

另外几人看上去比轩辕瘦多了，但精神并不差，虽然是在受苦受难，但却并不掩其铮铮傲骨。

这是轩辕最先发现的几个身手不错的人物，个子最高的叫贰负，虽是奴隶，但在这群奴隶兄弟中的声望并不小，便是监管奴隶的人也不想太过得罪贰负。这群监管奴隶的人当然不想奴隶们弄出什么乱子来，所以对贰负还是极为客气的。

另外三人乃是贰负的生死兄弟郎氏三兄弟，郎大、郎二、郎三！

轩辕之所以能与这四个人搞好关系，是因为这几个人最先向他表示关怀，不知道自哪里为轩辕弄来了伤药，这便使轩辕很轻易地结识了这四人。

木棚极大，但却很脏，百多人挤在一个大木棚之中，里面的味道说有多好闻那是在讲笑话。在这几天之中，轩辕倒也适应了这里的气味。

轩辕跟在贰负身后站了起来，大木棚之中立刻鸦雀无声，众人目光全都向他们投来。不过，大木棚中的人并不多，因为此时正是吃午饭的时候，大多数人都在外面就地吃，只有少数人不想在外面受冷风吹袭，也不想在那些监管之人的虎视眈眈之下吃饭，是以轩辕和贰负几人便入了木棚。

郎氏三兄弟也放下碗筷站了起来，贰负却淡淡地问道："不知伍老大有什么事吩咐我们干呢?"

那壮汉一笑之间露出一嘴的龅牙，还有些肉末夹在牙齿缝间未挖出来，那五官因为这一笑，几乎都挤到一块去了，看了让人直叫恶心。不过，他的笑有些古怪，说话也有些神神秘秘的。

"你们几个跟我来就是了，我们少主人想见你们，说不定少主人一高兴，就会免去你们奴隶的身份呢，这么好的机会，你们要不要?"伍老大依然面带那种怪笑。

贰负和轩辕几人对视了一眼，贰负的脸色却变得有些难看，轩辕并不知道伍老大所说的少主人是谁，也不明白为什么贰负听了这话后竟会色变。平时贰负干活再累再苦也不会有半点心慌，但此刻的表情实在让轩辕感到意外。

"为什么要把这个机会让给我们?我不想要，你送给别人吧。"贰负一口回绝道。

伍老大怪笑两声，那双被肥肉挤得快眯成一条缝的小眼射出两缕比野狼更凶狠的目光，不紧不慢地道："如果你愿意让你的兄弟代你去玩玩，我并不反对!"

贰负神色一凛，咬了咬牙，向轩辕和郎氏三兄弟及木棚之中的众人扫了一眼，愤然道："好，我去，但他们根本就不必去，就让他们留在这里吧！"

"贰负！"郎大急忙道，"你不能去，就让我代你去好了，你身上上次所负的伤还没好……"

"郎大！"贰负瞪了郎大一眼，大声叱道。

郎大一呆，立刻意识到自己说错了话，急道："可是，可是……"

"没什么可是的，伍老大，就让我一人去好了，他们留下！"贰负沉声道。

"好，讲义气，你考虑好了？"伍老大目光之中尽是鄙夷之色，在他的眼中，这群人与畜牲无异，根本就没有人格可言。不过，他并不想惹怒贰负，因为他知道，如果惹怒了贰负，虽然此刻贰负镣铐加身，但仍能够杀死他，尽管是畜牲，也有老虎和兔子的分别，而贰负这种人就属于老虎型的。

轩辕从贰负和郎氏三兄弟的对话和表情之中得知这件事可能极为棘手，否则的话，郎氏三兄弟和贰负也不会如此争执，难道这个少主比虎狼更可怕不成？但郎大刚才说贰负有伤在身，这可是轩辕所不知的。那么说贰负可能早已知道这少主是谁了，去见少主又是怎么回事？而且似乎上次还负了伤，由此看来，此行的确不简单，但是轩辕却有别的打算，他在这里还必须查出圣女的下落和踪迹，而这次有机会去见少主，便可趁机熟悉一下环境，他岂会同意贰负不让他去？因此不由道："不，我也去，请伍老大将我也一并带去！"

贰负和伍老大一愣，贰负却叱道："你不能去！"

轩辕向贰负和郎氏三兄弟望了一眼，坚决地道："两人有个伴，什么事情都好玩一些，不是吗？伍老大，何况我也不想错过这个机会！"

贰负和郎氏三兄弟皆是一愣，伍老大却哈哈大笑起来，道："对，对，你说得很对，两人有个伴好玩一些。年轻人，你想得很对，的确不应该错过这么好的机会。"

贰负不语，只是冷冷地望着轩辕，他并不明白轩辕真正的意图，半晌才道：“这件事情不像你想象的那么简单……”

“咱们都是兄弟，有福大家享，有难也就让我们共同分担好了，管他会是怎样的结果，即使是死，黄泉路上也不会太过寂寞，难道不是吗?”轩辕豪气干云地道。

贰负的身子颤了一下，抬起戴着铁镣的手，轩辕也在同时抬起手来，四只有力的手紧紧地握在一起。

轩辕和贰负相视望了一眼，竟同时发出一阵开心的豪爽大笑。

伍老大被笑得莫名其妙，郎氏三兄弟心情一阵激动，齐声道：“我们也去!”

“不必了，有我跟阿轩一起去就行，你们在这里好好干活，等我回来就是!”贰负威严地道。

“是啊，不必为我们担心，等我们的好消息就是!”轩辕自信地道。

郎氏三兄弟也许是受轩辕和贰负的豪情所染，全都重重地点了点头，像是生离死别一般，双眸之中竟含有泪水，三人六只手与轩辕、贰负的手紧紧握在一起，在铁镣叮当声中，沉声地道了声：“你们多保重!”

木棚之中竟响起一阵悲壮的歌声，那几十个吃完了午餐或没吃完的全都站起身来，用一种沙哑而低沉的声音轻唱着一支不知名的歌，并没有什么歌词，只有一种曲调，像唱其实又是哼，再加上木碗木筷敲击的声音，使得这种音韵变得苍凉而悲壮。

轩辕禁不住呆了，他没有想到这么多人竟然以这种方式来送行，而且这音韵极易感染一个人的情绪，几乎连他也被感动了。

“看到了没有，这些兄弟们都在为我祈祷，如果你取消……”

轩辕心中微恼，打断贰负的话道：“你不必说了，我是去定了!”说完转头向众奴隶兄弟自信地道，“你们等着吧，真神会保佑我们的，我们一定会回来的!”

“好了，该走了!”伍老大对这里的场面见怪不怪，出言提醒道。

“贰负兄，我们走吧!”轩辕竟有一种奔赴刑场的感觉，心中却在思忖着：“万一不行，我杀一个够本，杀两个赚一个!”心忖间，双手故意晃了晃手脚上那两根拇指粗的铁镣，暗忖道，“以这种铁镣便想锁住我？真是好笑!”

一路之上，怪石林立，古木参天，众奴隶兄弟都向轩辕一行投以讶异的目光，不知道又发生了什么事情。

轩辕和贰负反正已经豁出去了，都镇定自若地向众奴隶点头微笑，轩辕还是第一次发现这里的奴隶兄弟竟有七八百人之多。他当然知道，这里就是九黎部的地盘，能够控制七八百名奴隶的部落，绝对拥有两倍于奴隶的实力，或许更多。

轩辕一边走，一边想：“如果能够让这群奴隶起来反抗，一定可以制造出极大的乱子，说不定还可趁乱救出圣女和叶七诸人呢。但是又该怎样让这群奴隶反抗呢？而圣女又在哪里呢？如果圣女并不在九黎部，那又该如何呢？而现在去见那少主又会面对什么变故呢？难道真的是有去无回吗？”

在走路的同时，轩辕自然不忘观察四周的环境及一些布置。

伍老大走在前面，轩辕和贰负的身后还跟着四名手持长矛的汉子，这几人是负责处理奴隶闹事的刽子手，这时跟在轩辕和贰负之后，自然是起监视作用，准备随时应付轩辕和贰负的反抗。

当然，这几人轩辕还没有放在心上，他不时地看看贰负的表情，贰负显得极为冷漠，脸上看不到一丝表情，以至于没有人知道他在想些什么。倒是伍老大不时回过头来冷笑着看轩辕几眼，轩辕自然懂得伍老大眼里那种不屑和嘲讽的意味，那是对一个将死之人的怜悯，抑或是在看一只将死的狗。

走不多久，便到了湖边，轩辕这才发现湖面上竟有一座浮桥与湖心的石堡相连，那石堡像是一只巨大的下蛋海龟，趴在湖心那绿树成荫的小岛之上，倒是极有气势。

走过浮桥，伍老大突然自怀中掏出两块黑巾，肃然道：“自己把眼睛蒙上，我没让你们摘下，你们若私摘，休怪我不客气!”

轩辕一呆，心头禁不住涌起一抹阴影，贰负却坦然地接过黑巾，熟练地将之蒙在眼睛上，对轩辕淡淡地道：“蒙上。”

轩辕无可奈何，但却知道这并不是专门对付他的，而是入石堡的一种惯例，只看贰负那熟练的动作也知道——他已经不是第一次蒙黑巾进入石堡了。

轩辕再没犹豫，也便将黑巾蒙在头上，那冰凉的铁镣碰到额头之时，森寒到了心里。

伍老大冷酷地笑了笑，让贰负抓住一根竹竿，轩辕抓住贰负的肩头前行。

轩辕却在心中默默地计算着走过了多少步，拐过了多少弯。

第三十四章　人肉沙包

“人肉沙包带到——”伍老大的声音极高。

轩辕心里吃了一惊，他还没有弄清什么是人肉沙包之时，伍老大已经摘下了他头上的黑巾。

这是一个极大的石厅，里面几乎一切都是石头制成的，除四根粗木柱外。

厅中并无桌椅，倒有一个大兵器架，轩辕还是第一次发现兵器居然有这么多种类，包括刀、枪、剑、戟、凿、斧、锤、矛、鞭、锏、棍……带钩的、带刺的……竟多达二十多种。

轩辕看到这些，差点忘记了刚才走过一千三百七十六步，拐过了三十四道弯，不过地上的几具尸体让他又回到了现实。

地上有几摊血迹，在轩辕看清室内的一切之时，迅速有人拖走尸体，用清水冲干净了血迹。然后他和贰负的目光全都落在一个背对着他们的少年身上。

这少年身着以白虎皮制成的长袍，纤瘦而高长，头发在后脑打了个结，正将双手放在一个银盆之中搓洗着，口中却漫不经心地向伍老大问道：“是不是又带了几个脓包来了？”

“嘿，少主，这回你放心，保证不会三拳两脚就轻易死去！”伍老大低声下气地道。

那少年不经意地甩甩手上的水珠，立刻有人拿来干丝巾为其擦拭着手上的水迹，直到擦干了后，少年才缓缓转过身来，用不屑的眼光打量了轩辕一眼，目光又迅速落到贰负的脸上，这才露出了一丝难得的笑容。

伍老大忙大献殷勤："少主，这位便是上次那个贰负。"

"嗯，我知道。"那少年似乎与贰负是旧识一般，点了点头。

"这下少主定然能过瘾吧？"伍老大问道。

那少年并不答伍老大的话，反而向贰负笑了笑道："没想到你居然还活着，倒很出乎我的意料，如果今天你仍能让我尽兴而不死的话，你就不再是奴隶，而是自由人，我可以让你去管我的宠物们。"

"还不快谢谢少主！"伍老大听了那少年的话后禁不住一惊，又忙向贰负呼道。

贰负却立着不动，冷冷地扫了伍老大一眼，又转向那少年道："等我没死的时候再说吧，不过，我希望少主也能够将他一并还予自由之身！"

"他？"那少年这才扭头打量了轩辕一眼。

轩辕也不回避地与那少年对视着。

"哈哈哈，有趣，你叫什么名字？似乎有点意思！"那少年见轩辕似乎与他差不多大，就是大也大不了多少，却并不像其他奴隶一般见到他就发抖，而且还敢与他对视，不禁大感有意思。

"轩辕！"轩辕淡淡地回答道。

眼前的少年顶多十五岁，但长得极为高大，仍带一丝童稚之气的脸上挂着一丝邪异的笑容，更有着一双与其年龄绝不相配的眼睛，眼睛里闪烁着阴冷而充满杀性的厉芒，这使得那丝童稚之气显得更为异样和诡异。

"轩辕？"那少年低念了一声，懒洋洋地道，"好吧，只要你们能让我尽兴，便将你们两人全都变为自由人，去看管我的宠物们。"

"谢谢少主！"贰负露出一丝笑意，淡淡地道。

"你别先谢我，到时候再说，我可首先提醒你，本公子的掌力又有了提升，只怕你挺不了一阵子！"那少年漫不经心地道。

贰负脸色微微变了变，目光在大石厅中扫了扫，一共有二十八名护卫守在一旁，显然是为了保护这少年的安全，同时贰负更知道若想退出去已是不可能了，只好硬着头皮道："好，我挺着就是！"

"好！那我就拿你试试我的掌吧！"

贰负扭头向身后不远处一根碗口粗的石柱边走去，石柱刚好一人半高，上面并未到石厅之顶，贰负自觉地将双手的铁镣向石柱上一套，背靠着石柱，双手反锁于石柱之上，深深地吸了口气道："来吧！"

轩辕吃了一惊，这才明白人肉沙包是怎么回事，不由大急道："这怎么行？"

那少年冷冷地望了轩辕一眼，反问道："怎么不行？"

轩辕一呆，怒道："这不公平！"

那少年不由哈哈大笑起来，声音之中仍带一丝未脱的稚气，但此刻听起来竟是那般刺耳和诡异，那群守在一旁的护卫也禁不住大笑附和着。

轩辕脸色铁青地立着，如果是以往，他可能会走过去捏死那少年，但此刻他却不可以！只能忍着，忍着，等那少年笑完了，这才以最为平静的语调道："这不公平！"

"哼，你以为自己是什么东西？什么叫公平？你是我的奴隶，本公子要杀就杀，有什么公平不公平？你别傻了，好好地让本公子尽兴吧，到时候就可以给你自由了！"那少年漫不经心地行到轩辕的跟前，伸出一只极为白嫩的右手，在轩辕的脸上拍了拍，笑道。

那群守在石厅中的护卫又是一阵哄笑，连伍老大也笑得肥肉直抖。

轩辕的手禁不住握成了拳头，心中的怒火直冲而上，他真想一拳将这少年打死，他也相信自己这一拳下去，这少年必死无疑。但如此一来，不仅连累了贰负，更会坏了营救圣女的大计，只好忍气将怒火强压于心中。

那少年对着轩辕露出优雅的笑，戏谑道："你发怒的样子其实挺可爱的！"

"阿轩！"贰负忍不住低喝道。

轩辕深深地吸了口气，平息了心中的怒火，淡淡地道："就算少主说的是对的，可是少主认为这样就可以把掌法练好吗？"

"哦？"那少年转过身去，竟伸手在一根木柱上拍了一下，这才扭头向轩辕故作天真地问道，"你不觉得我的掌力很好吗？"

轩辕微感一阵讶异，那少年在木柱上一拍之际竟多了一个内陷的掌印，可见其功力的确不弱。不过单只这些轩辕并不放在眼里，但仍装作欣赏地道："你这一掌的掌力的确不错！"

“如果我能够练到第五重，便可以一掌将一棵千年古树击死，而只在树干上留下一个淡淡的掌印，甚至连掌印也不留，你信不信?”

轩辕一惊，立刻想起圣女营地不远处的一棵枯死的大树上的那个掌印，心中暗喜：“看来自己真的是来对地方了，也就是说，出手掳走圣女的人一定与眼前这少年有关。”想到这里，轩辕暗自嘘了一口气，深深地望了少年一眼，略带讥嘲地道：“我相信你的话，但我却想告诉你，当你与人对敌的时候，对方不是木头，也不是树，而是千变万化活动着的。你掌力再好，如果打不到对方，那照样没用。因此，练掌不只是打死靶，如此只怕这一生也练不好真正的掌法，难道少主不觉得吗?”

少年脸色一变，冷哼道：“我用得着你这奴才来教训吗？如果你再啰唆，我便立刻杀了你!”

轩辕怔了怔，心中忖道：“这浑蛋的性格乖张，变化无常，倒不好应付。但我能看着贰负就这样毫不抵抗地挨打吗?”

“阿轩，你走开，我的事不要你管!”贰负向轩辕叱道，同时对那少年道，“少主，来吧，你只管打!”

那少年得意地笑了笑，迅速出掌。

砰……少年一掌结结实实地击在贰负胸膛之上。

贰负只是挺起胸膛，一声都不哼。

砰……少年手背一翻，又是一掌击中贰负的胸膛。

贰负却在此时向轩辕使了个眼色，轩辕见贰负能不动声色地抵抗住这少年的两掌，知道仍能够撑一段时间，而此刻贰负的眼色他也立刻明白了，于是专心地看着少年出掌，每一个细节都绝不漏过。

砰砰……那少年似乎打得兴起，竟一口气出了一百多掌，而且花样百出，但轩辕却发现这少年的掌法到了第八十一掌便开始重复，只不过是改变了一下角度而已。

贰负已经喷出了两口鲜血，神色凄厉，但仍然坚强地挺着，连轩辕也为之骇然，这贰负的硬功几可与猎豹相媲美，竟然能抗这么多掌而不死，实在是惊人至极。不过，轩辕知道贰负已是强弩之末，若再坚持下去，可能就会真的死去，这可能是因为他上次的内伤犹未恢复的原因吧。

“痛快，痛快，好久都没有这么痛快了，人肉沙包的味道真是不错……”那少年打到这里，突然停手高声欢呼道。

伍老大立刻露出喜色，低声下气地问道：“少主尽兴了？”

那少年似乎心情大佳，向伍老大笑了笑，道：“你做得很好，我会在爹爹那里多为你说几句好话，你好好干吧，不过我兴致大起，还想再练两百掌！”

伍老大似乎没有听到少年后面的话似的，欢喜地道：“谢谢少主，谢谢少主！”

轩辕却大惊，这浑蛋少主可是说到做到，如果再让他打两百掌的话，贰负岂有命在？此刻的贰负别说再挨两百掌，就是二十掌也会死去。

贰负的精神显得极为萎靡，但仍沙哑着声音惨笑道：“只要少主能尽兴，来吧！”

“好，我就喜欢你这样子！”少年说话间迅速出手，这一掌竟似乎力道大增，隐带风雷之声，直劈向贰负。

轩辕大惊，吼道：“住手！”身子也迅速向那少年冲去，他知道这一掌下去，贰负不死也会成为废人。

轰……轩辕身子微微一震，那少年竟噔噔噔连退六步。

那少年几乎不敢相信眼前的事实，刚才他明明一掌结结实实地击在轩辕的胸膛上，为什么轩辕脚下移都没移动一下，而他却被一股强大的反震力震得倒退了六步？

石厅之中所有人都吃了一惊，连贰负也不例外，他也没有想到轩辕的功力竟如此之高。他本是练外功的，虽然算是铜皮铁骨，可是却并不能生出强大到可让对手震退数步的力道，但轩辕却做到了。因此，贰负可以断定轩辕所修习的是一门极为上乘的内功，这是一个意外。当然，他只与轩辕相处了几天，不知道这些是很正常的。他之所以吃惊，是轩辕的年龄与其功力竟让人无法联系在一起。

“这剩下的两百掌，就由我来吧！”轩辕沉声道。

那少年望了望自己的手掌，又望了望轩辕的胸膛，在那些护卫欲出手的当儿，又发出一阵大笑，显得极为快慰。

那些护卫见少主一笑，也就不再出手了，只是小心地注视着轩辕的动静。

伍老大也吃了一惊，他没想到轩辕小小年纪，竟比贰负更可怕，他之所以挑轩辕前来，只是看他身子健硕，可能会多挨几掌，却没想到自己看走眼了，竟找到一个极为危险的人物来到这里，而少年的笑声让他松了口气，使他不担心会受到责怪。

“果然有些意思！”那少年擦擦拳头，饶有兴致地望着轩辕。

轩辕并不理他，只是将贰负的手自石柱之上放下来，将之扶到一边，这才双手向后一负，根本就不需依柱而立，淡淡地道：“来吧！”

那少年见轩辕随便一站，竟生出一股强大的压迫感，不由得又犹豫了一下，脸上的表情微变，眼珠子一转，邪邪地笑道：“我现在觉得练掌不好玩，我想练矛，你就来陪我玩玩吧！”

轩辕和贰负的脸色不禁同时大变，若是那少年以长矛猛刺，血肉之躯就算是再怎么厉害，也无法抗拒，那样岂会有不死之理？是以，轩辕和贰负都丝毫不例外地变了脸色。

“你怕了？”少年得意地问道，他似乎对轩辕和贰负的表现极为满意。

“我想问一下你是怎样一个玩法？”轩辕强笑着问道，心中却在思忖着：“如果真的迫不得已，看来只好放弃原计划先离开这里再说了。”

“你认为我会是怎样一个玩法呢？”少年阴冷地望着轩辕，反问道。

“当然，这要看你是想练矛还是想杀人了！”轩辕也不作正面回答。

“练矛又如何？杀人又如何？”少年也似对轩辕的回答产生了兴趣，禁不住问道。

“练矛者需要的是一个对手，杀人者需要的是一个靶子。当然，对手和靶子对于你来说，地位是差不多的，所差的只是一个好玩，一个无聊没劲！”轩辕声音显得很平静，舒缓地道来，却有一种异样的气魄。

“阿轩！”贰负轻唤了一声，暗中向轩辕使了个眼色。

轩辕自然知道贰负是让他独自逃离这个地方，不禁暗暗又对他多了一份好感，只是向贰负笑了笑，因为事情仍未达到绝望的地步，轩辕绝对不想轻易放弃救圣女的机会，因此他想极力扳回局势。

少年高深莫测地笑了笑，冷冷地望了轩辕一眼，淡漠地道："你很聪明，居然知道为自己找退路，既然如此，我就放弃想喝你的血的打算，与你玩玩吧！"

轩辕吃了一惊，他竟发现自己低估了这个年纪小小的大孩子，只听他刚才一句话，便可知道他有着与其年龄极不相配的凶残和奸猾，甚至可以在谈笑间杀人，而并不像其表现的那般幼稚乖张。

少年所说出的话的确满是血腥味，小小年纪竟如此凶残，实出人意料，有这样的敌人在世上绝对不是一件好事。因此，轩辕暗下决心，如果真的要杀人的话，第一个就要击杀这个毛孩子，免得长大了为祸更深。

"不过，你也别太高兴，想做我的对手，是有条件的！"少年诡异地笑了笑。

轩辕淡然一笑，道："反正你我之间并没有公平可言，你的条件我是必须遵守的，这样的条件也不叫条件，而是约束，难道不是吗？"

少年笑了笑，道："对，你说得很对，看来你真的是一个聪明人，与你说话比跟那群奴才说话有趣多了，也省力很多。这样吧，你可以躲闪，但却不能还手，另外必须蒙上眼睛！"

"蒙住眼睛？"贰负忍不住惊呼出声。

轩辕的脸色也变了，他听到前面的时候还松了一口气，但让他蒙住眼睛不能还手，这就增加了许许多多的凶险。

那群护卫也全都不怀好意地望着轩辕，每个人都是一副幸灾乐祸的表情，他们绝不相信轩辕在眼不能视物、手不能进攻的情况下，能够抵挡得住长矛的攻击，而且对手是他们的少主！他们自然知道少主的武功不弱，虽然仍有些小孩子心性，但却绝对不是一个笨蛋。而轩辕只不过比他们的少主大两三岁而已，无论如何也无法让人相信他的武功能高到哪儿去。

那少年自然地感觉到轩辕体内气劲极强，如果自己以掌击他的话，只怕没伤着对方，反而自己先被震伤，他当然不会蠢得去以掌击轩辕，但年轻人总有一份好奇心，而他也不例外，总想看看轩辕究竟是个什么样的人物，是以才提出练矛之说。当然，他是绝对不会在意杀人的。在他的眼里，人命还不如一只狗。

“你不愿意?”少年见轩辕脸色变了变，不由得冷然问道。

轩辕深深地吸了口气，淡淡笑了笑，伸手向伍老大道：“拿黑巾来!”

“阿轩!”贰负一声惊呼，他简直不敢想象那会是怎样的一个结果，更没想到轩辕竟然答应了这等无理的要求。

伍老大也有些惊讶，亦不禁对轩辕的胆量生出几丝欣赏，但更多的却是幸灾乐祸，对于他们来说，看到别人痛苦自然是很有趣的，这也是他们所处的环境造成的。

轩辕向贰负望了一眼，自信地道：“你看着就是了!”然后扭头再一次仔细打量了整个石厅一眼，将石厅内的每一个细节、每一个角落都不遗漏地看了一遍，这才向伍老大道：“帮我蒙住眼睛吧!”

伍老大向那少年望了一眼，见少年向他点了点头，也便毫不犹豫地掏出黑巾。

在伍老大为轩辕蒙上眼睛之前的一刹那，轩辕便已看清了那少年所挑长矛的形状和长度，然后，轩辕的眼睛便被紧紧地蒙上了。

“好好陪少主玩玩吧！只要少主尽兴了，你就有意想不到的好处，从今以后再也不用去与那些猪猡住在一起了。”伍老大在轩辕的耳边小声地道。

轩辕没有理他，只是投以一声轻微的冷哼，双手平平抬起，铁镣发出极为轻微的叮当声。

贰负简直有些绝望，如果轩辕的身上没有铁镣，或许还有可能闪避开长矛的攻击，可是他手脚上全都锁着铁镣，移动之间必会发出响声，而这响声则足以掩盖住长矛的破空之声，几乎连耳朵也不起作用了。在眼、耳都不起作用的情况下，又如何能够避开少年致命的攻击呢?是以贰负对轩辕几乎有些绝望。

那少年见轩辕真的将眼睛蒙上，那古怪的样子，倒是真的让人大感有趣，不由大喝一声：“我刺!”

呼……轩辕的身子动也没有动一下，静立着犹如半截铁塔，而那杆长矛却是自轩辕耳畔擦过，并未真正刺在轩辕身上。

少年并未变招，只是又顺势带回，竟大笑几声道：“好，好胆量，竟然敢不闪不避，知道本公子这是一记空刺！难道你就不怕我中途变招吗?”

“生与死已经置之度外，便没有怕与不怕的概念，如果我判断失误的话，最多也只是死!”轩辕淡然道。

“很好！你注意了，我不会再空刺了……”话未说完，少年已经再次出招了，但他却刺空了。

的确，轩辕的身子像是劲风中的弱草，一晃之间，便已躲过了那狠辣而快捷的一刺，铁镣没有发出一点干扰的声音，因为轩辕的脚并没有动，而双手已将铁镣带紧，只是上身晃动，竟可使铁镣不发出任何声音。

“好!”伍老大和几个护卫禁不住为轩辕喝彩，贰负亦忍不住想叫好，但却知道这只是开头，真正的开始可能是在后头。

叮当……叮当……轩辕的身形开始游动，因为那少年似乎也看出了轩辕脚下的问题，因此直攻下盘，但他又开始感到惊讶了。

轩辕的每一次移动似乎都是在长矛刺到之前，与长矛的攻击有着无比默契的配合，而这个配合像是两人在演戏，一个打，一个躲，而打的人始终无法碰到躲的人的身体。

石厅之中四处响起了铁镣碰击之声，极为刺耳，可是这声音似乎对轩辕一点影响都没有，轩辕仿佛可以将少年攻击的每一招都看得极为清楚。

当……轩辕终于以手中的铁镣挡开了少年攻至的长矛，而他的身子也在一连串倒翻后落地不再移动。

轩辕心中一片清明，虽然眼不能视，耳又不明，可是有一种连他也不明白的奇妙感觉告诉他对方的每一击，每一个方位，就像有第三只眼睛在注视着这石厅之中的每一个细小变故。

他甚至感应到石厅之中每一个人心中的震惊和讶异，当然，这并不出轩辕的意料，他早知道这群人会感到震惊。

当当……轩辕不断地移动着双手之间的铁镣，竟然封锁了那少年自上盘攻来的所有招式。

贰负只看得心中感慨不已，伍老大却已眼花缭乱，几乎不敢相信这是事实，那些护卫们也暗暗心惊，因为那少年转眼便已攻了百多招，但却连轩辕的一片衣角都不曾沾到。

那少年似乎有些恼羞成怒，居然百多招仍然对一个眼不能看、耳不能听的人无可奈何，而且这是一个和自己差不多大的年轻人，怎叫他不怒？他又怎知轩辕的感官之强，对每一缕流动的风都极为敏感。虽然耳不能听、眼不能见，但却可完全通过肌肤对风的感应而判断出这少年是何种招式及招式的角度，这些与他在瀑布之下练功是绝对分不开的。

因瀑布的冲击，使他肌肤的细胞变得更具活力，再加上平时喜欢在有风的山头闭目静坐，因此，轩辕的肌肤比常人敏感了不知多少倍，就像一双双小眼……

那少年在攻击至第一百六十七招之时，终于忍耐不住了，恼羞成怒地道："大家一起来玩！"

轩辕和贰负禁不住全都大惊！

那少年的确是恼羞成怒了，他从来都没有想到，自己勤练这么多年的武功，竟连一个奴才也不如。这叫他的脸面往哪儿搁？何况每个人都有嫉妒的心理，轩辕的年龄与他相差无几，而武功却相差如此之远，怎不叫他嫉恨交加？

贰负和轩辕岂有不知"大家一起来玩"的意思？那即是说让所有人都来拿轩辕当靶子，而轩辕在眼、耳皆失去反应的情况之下岂不是只有死路一条？也即是说少年的这个命令与让人将轩辕处死没有什么分别。

轩辕不禁发出一声冷哼，迅速错步而出，以一种极为奇诡的步法向那少年撞去。

噗……轩辕的身子横撞在矛杆上，双手却如蛇行般快速地自矛杆上滑过。

那少年一惊，欲弃矛而退的当儿，轩辕已经抓住了他握矛的手。

"你敢……"伍老大一声惊呼，那少年已一声惨叫，双臂脱臼，而轩辕已经双臂一环，手中的铁镣在那少年的脖子上绕了两圈，任谁都知道，只要轩辕稍一用力，那少年的脖子就会立刻折断。

"如果你们想保住他的狗命，就给我放老实一些，否则的话，就等着你们的主子处理你们这帮垃圾吧！"轩辕说话的声音冷酷至极，更充盈着让人心寒的杀机。

这变故实在太快了，当然，这也许并不突然，只是轩辕的武功太出乎他们的意料，在眼、耳失去反应的情况之下，竟依然能以如此快的速度制伏对手。

那些护卫不敢轻举妄动，正如轩辕所说，如果他们的少主有什么闪失的话，他们的脑袋大概也难保了，因此，他们全都静立于原地。

轩辕缓缓拉下蒙眼的黑巾，望了望脸色苍白的少年，冷冷地问道："你叫什么名字?"

那少年感觉到冰凉的铁镣在脖子上轻轻蠕动，禁不住惊骇而慌乱地道："我爹会杀死你的！你……你要是……要是敢伤害我!"

"那你就试试吧!"轩辕说话间双手一带，铁镣一紧，那少年连惨哼都不能，呼吸立时变得极为困难……

"不要……你要怎样……你说……"伍老大见轩辕真的要下手绞死他的少主，终于慌了，惊恐地呼道。

轩辕冷冷地笑了笑，手再次放松，那少年已经脸色变青，张大的嘴巴一时合不拢，眼睛都差点翻白，险些窒息而死。

"你叫什么名字?"轩辕再次冷冷地问道。

半晌，那少年才似乎从刚才的死亡阴影中回过神来，突然哇的一声大哭起来。

"看来你是真的想死了！如果你再哭一声，我立刻让你的脑袋搬家!"轩辕杀气狂涌，声音冷厉无比。

"我……我……我不哭……不哭……"那少年突然嘎地刹住哭声，惊悚地道。

"你还没有回答我的问题呢!"轩辕心中暗笑，声音依然冰冷。

"我……我叫风扬，你别杀我，我听你的!"那少年一时间变得极为乖巧，他再也不敢怀疑轩辕是否敢杀他，因为他刚才实已自鬼门关走了一遭，那种死亡的感觉是那么的清晰，那么的实在，他不想再去尝试那种滋味。

伍老大和那群护卫的脸色都变得苍白，这是第一次发生在这里的突变，抑或轩辕是所有到这里来的奴隶之中最可怕的一人。

奴隶之中从来都不可能存在轩辕这类高手，他们也是怕这种人引导奴隶反抗，因此，对于一些高手，他们从不放入奴隶群中，而是另行安置，甚至加以厚待，这便是到目前为止，九黎族的奴隶仍没有发生大乱的原因。

而风扬之所以从奴隶之中挑人来练功，一是因为这群人在他的眼里，命贱得比狗都不如，可以任屠任杀；二是因为这群人中没有什么真的危险人物，就算有一两个厉害人物，却也不可能对他构成什么威胁。因此，他的这群护卫也极为放心，却没想到今日竟撞上了轩辕。

这些人此刻都恨极那将轩辕送入奴隶群中的人，竟把如此危险的人物放入其中，这分明是有违九黎族的规定，才会酿成如此局面。

“风扬？名字不错，叫他们给贰负解开铁镣！”轩辕冷声道。

“是，是，你们听到没有？”风扬忙喝道。

贰负也没料到事情变化会这么快，而且轩辕的这一手做得极为漂亮，也极为利落，确实是大快人心。

轩辕当然不敢贸然杀死风扬，因为他还要让风扬做自己的保护盾，如果风扬死了，他和贰负大概也只会立刻死在这二十多名护卫的乱刀之下。他自不是个傻子，更不想死，但他敢肯定别人比他更怕死，因此，他敢下手吓唬这群人，而此刻风扬在吃了亏之后便变乖多了，这就是最好的证明。

伍老大不敢怠慢，忙给贰负打开铁镣。

贰负知道事情已经没有回头的余地，到了这个地步，只有闹下去，反正是不死不休的结局。

“把所有钥匙交给贰负，来给我打开铁镣！”轩辕冷冷地道。

伍老大也无可奈何，只好将所有的钥匙都交出来，并指明哪一把可打开轩辕脚上的铁镣。

伍老大乃是奴隶营中的总管，其身份自然不低，不过，奴隶营的总管在九黎族中的地位并不高，只不过负责奴隶的饮食和掌管奴隶身上铁镣的钥匙。

奴隶们身上的铁镣很多都是用同一把钥匙打开，因此，虽然有数百奴隶，但只不过几十把钥匙而已。此刻将钥匙全都交给了贰负，伍老大的脸色变得极为难看，但为了风扬的命，他又不能不给。

贰负利用风扬击打轩辕之时调气养神了这么久，此刻也已回过神来，并能够行动自如，虽然要想完全恢复仍需三四天时间，不过，这似乎并不有碍行动。他接过钥匙后，便迅速为轩辕打开手脚的铁镣。

轩辕得意地笑了一声，从兵器架上顺手取来一刀一剑，对贰负道："随便挑几样称手的，多带两柄，外面的兄弟也需要。"

贰负老实不客气地挑了三件兵刃，更将墙上的一张大弓和几筒羽箭也摘了下来。

"好了，我们可以走了，伍老大你跟着一起出去！"轩辕说话间将铁镣一抛，但风扬还没有来得及动作，只觉背上又一凉，一柄短刀已顶在后心，只要轩辕用力一顶，便立刻可捅穿他的心脏。

"我们是好朋友，大家都是自己人，是吗？"轩辕轻轻地将风扬一搂，以手臂挡住那刀子的方位，让人几乎无法发现刀子的存在，不知情者还真以为两人是朋友。

"伍老大带路，若有一点异动，你看着办吧！"轩辕冷杀地道。

"是，是！"伍老大额头都渗出了一层冷汗，诚惶诚恐地应道。

"不好了，不好了……"轩辕正欲向外行去，突然迎面有一人慌里慌张地冲了进来。

"伍总管……快去……快去……"那人一见到伍老大，立刻如同见到了救星似的，但语气竟有些结巴，可能是因为一时气促。

"究竟发生了什么事？慌里慌张的！"伍老大叱道，他本来心情就不好，此刻差点就要动手打人了。

"那群猪猡闹事……闹事……"

"他娘的，这也用得着大惊小怪的，你们不会将他们摆平吗？这点小事也来烦我！"伍老大再也忍不住了，提起那肥硕的大掌，重重地给了来人一个巴掌。

那人的门牙差点给打掉了，捂着高肿的脸，支吾着道："可是……可是他们全都闹起来了，有好几百人！"

“什么?”伍老大一呆，连轩辕也呆了呆，谁也没想到所有奴隶竟全都闹起来了。

轩辕当然知道，猪猡是指他们这些奴隶，贰负脸上的表情也有些古怪，有喜有忧，喜的是这群人如此一闹，正合时宜，他隐隐猜到这次奴隶闹事很可能是郎氏三兄弟组织的，一定是因为他和轩辕两人的原因，所以，他又在担心郎氏三兄弟的安全。

“你们怎么对付他们?”伍老大的汗珠又出来了，这下子可真是两头犯难。如果这里的所有奴隶都闹起来的话，他还真不好痛下杀手，因为这样一来，势必会引起那些奴隶的强烈反抗，如此一来不仅仅自己的兄弟死伤惨重，还会影响兴建神堡的工程。若这群奴隶全死了，一时间又到哪里去找那么多奴隶来干活呢？又怎能够在明年春天前完成这项极为艰巨的工程呢?

“我们将他们围住了，调集了两百名弓箭手在他们的周围，另有人准备将镇守神谷的一百名弓箭手也请来……”

“有没有伤了他们?”伍老大急问道。

“副总管让大家不要轻举妄动，只要阻住他们就行，不要轻易杀人，另派小的前来请大总管回去主持大局。”那汉子语气急促地道。

伍老大长长地嘘了一口气，心中暗赞副总管做事有分寸，否则如果激怒了这群猪猡，自己的日子也不好过了。

“啊，贰负，对了，他们就是说要总管放了贰负和一个叫轩辕的人!”那汉子抬头之时，终于发现轩辕背后小心戒备的贰负，忙说道。

贰负在奴隶群中声望极高，是以贰负虽然是奴隶，但看管奴隶的人也都认识贰负，所以这人一看见贰负立刻便认了出来。

贰负一听，果然是因为自己才闹起来，不由得大为感动，也立刻明白组织者一定是郎氏三兄弟。

轩辕听了心中大喜，此刻既然事情已经闹起来了，何不趁机发动这群奴隶兄弟？如果有这样一群人相助的话，说不定可以大闹一场，而救出圣女等人也说不定呢。这一刻，石堡之中想必已经很轰动，第一是风扬遭俘之事，第二件事却是奴隶造反，这可是一件了不得的大事。

“快回去对他们说，就说贰负和轩辕很快就会回来，让他们迎接就是了！”轩辕沉声喝道。

那汉子打量了轩辕一眼，却面生得很，不由得向伍老大使了个眼色，作询问之意。

“还不快滚去，依他的吩咐说！”风扬见那人似乎对他视若不见，不由得怒叱道。

那汉子脸色一变，正想发作，伍老大又啪地给了他一记耳光，吼道：“快滚，难道连少主的话也敢不听吗？”

那汉子差点腿都吓软了，以他的身份，根本就没有资格见到风扬，此刻一听眼前的少年就是那脾气古怪、喜怒无常、极为嗜杀的少主，怎会不惊？哪里还敢说什么？转身连滚带爬地走出去，他甚至没有弄清楚少主是轩辕还是风扬。

轩辕不禁笑了笑，向伍老大道：“还不走快点？若慢了，只怕会闹出更大的乱子，到时只怕你更无法交差了。”

伍老大额头全都是汗珠，急忙加快脚步向外行去，立于路边通道上的士卫们见了禁不住大为惊讶，他们自然不只是因为伍老大的表情，因为他们已经知道奴隶们在闹事，他们惊讶的还有轩辕竟和风扬如此亲热地走过去，他们自然知道风扬的身份，哪会想到风扬此刻也是身不由己，还以为轩辕也是个什么很了不起的人物，竟可以受到少主如此礼遇。因此，全都不敢吱声，更不敢说半句多余的话，他们当然听说过少主风扬的传闻，只不过风扬并不常来神堡。

神堡，只是一个新建起，却仍未完全竣工的巨型建筑群，乃是九黎各部共同决定兴建的一处供各部高层人物享乐之所，也可以说是几位大神的行宫。因此，暂时并没有太多的重要人物居住在神堡，只是偶尔有人前来视察和散散心，而少主风扬就是这种偶尔前来散散心的那种。

神堡距九黎本部尚有百余里路，交通并不是很方便，而这片山谷也是近几年才发现的，这才开发出来。

铁镣叮当之声不绝于耳，呼喝声、怒骂声，使得施工之地一片混乱。

轩辕和贰负老远便看见了郎氏三兄弟手握粗长的木棍领着黑压压的一

大群奴隶兄弟与那些监工的人对峙着，四周两百名箭手神情极为紧张地注视着这群本来在他们眼中猪狗不如的奴隶，他们也弄不清楚为什么对这群人物也会生出紧张之心，也只有这一刻，他们才发现，这群人也是不容小觑的。

“大家都给我住手!”伍老大肥硕的身体几个轻灵的纵跃，来到与这群奴隶对峙着的九黎族人面前，吼道。

轩辕不由得对这伍老大另眼相看，他本以为这个胖子并没有什么了不起，不过此刻看来这胖子的身手应该还是挺灵活的。

“伍老大，贰负和轩辕在哪里？如果你们不放出他们，我们便不会干活!”郎大高声道。

“是啊，放出贰负和轩辕。不放他们，我们就不干活!”那群奴隶们高声呼喝道，他们平时受尽了欺负，此刻所有的人都聚在一起，见这群本来趾高气扬的人也变得紧张害怕，自然想一泄心中积压了许久的怨气，甚至想狠狠地大闹一场。

伍老大脸色铁青，从来没有奴隶如此威胁他，可是此刻他才发现，自己实在是低估了这群奴隶的实力和这群人存在的危险，心中也在暗暗发誓，如果今天的风波过去了，他绝对不会再让这群奴隶之中出现领头鸟，任何表现特异的人都会不择手段地击杀，绝不留情！如果这群奴隶之中没有人能够领头，那这群人只是一盘散沙，一群乌合之众，他甚至决定不再让这群人住在同一个大棚……

伍老大有些后悔上次没有杀死贰负，其实那次他已对贰负起了杀心，是以他将贰负拉去做人肉沙包，也就是想趁贰负仍未拥有足以联合众奴隶的声望之时，处死这样一个危险的人物。谁知道贰负不但没死，反而更是威望大涨，也被风扬所欣赏，甚至点名要让贰负下一次再做他的人肉沙包，伍老大不敢扫了风扬的兴，因此贰负侥幸留得一命，而这次风扬再来，伍老大再也不能让贰负活下去了，却又出现了一个轩辕，打乱了他的一切计划，而且将局面弄成了这个样子。

这个变故的确是个意外，极大的意外。

第三十五章　群起反抗

“你看他们是谁？我告诉你们，我们少主是极为仁慈的，对贰负和轩辕很好，你们不要听信谣传，快点去干活！”伍老大指了指缓缓行来的轩辕和贰负，高声道。

“贰负大哥，轩辕兄弟，你们没事吧？”郎氏三兄弟抬头一望，果见轩辕和贰负在几个护卫相随之下伴着一个少年缓缓而来，禁不住欢喜地呼道。

轩辕向贰负使了一个眼色，贰负忙凑过来，轩辕小声地说了几句外人根本听不清的话后，又向郎氏三兄弟高声喊道：“大家听着，少主对我们很好，你们看，他已经赦免了我们镣铐之罪！”

贰负忙配合着举起手，抬起脚，他的手脚之上再也没有铁镣便是最好的证明。

那群奴隶兄弟立刻议论纷纷起来，郎氏三兄弟冲破那一层与他们对峙的九黎族人的包围，欣喜地向贰负和轩辕行来。

那群九黎人因没有伍老大的吩咐，并没有对郎氏三兄弟作何阻拦，且事情的变故是他们根本就想不到的。

伍老大和几名护卫见轩辕在贰负耳边低语，他们并不知说了些什么，本来疑神疑鬼得脸色都变了，但这刻见贰负如此配合轩辕的动作，为他们说话，又松了口气，以为轩辕所说就是这些而已，也并不在意。

在伍老大的心中，只要奴隶们安心劳作，他就不会有太大的罪责，这本身就是大功劳，就算少主有失，他也可将功折罪，罪不至死。但如果这群奴隶不能安置下来，那他真的就只有死路一条了，此刻见轩辕为他说话解围，自然高兴至极。

“我们的少主是最善良和仁慈的，他深知众位兄弟们的疾苦，因此，他作出最仁慈的决定，那就是为每位兄弟解除镣铐之苦……”轩辕说到这里，伍老大和所有九黎人都脸色大变，那群奴隶却忍不住高呼：“少主万岁，少主万岁……仁慈的少主……”

场面混乱到了极点，风扬见这群奴隶竟如此高兴，如此对他这个身不由己的决定而欢欣，还将他歌颂一番，那种发自内心的真正赞美，可是他从来都没有感受过的，而且是数百人齐声感激，使得他有些忘乎所以，居然有一种从来都没有过的痛快，这种痛快和舒坦是他往日任何游戏都无法获得的。因此，在这一刻，他竟差点忘了自己是身不由己的，生命仍受着威胁。

风扬毕竟还是个大孩子，哪里经得起如此的颂赞？不由得不顾伍老大的感受和反应，向那群奴隶高呼道：“阿轩说得没错，我决定取下你们每个人身上的镣铐！”那群奴隶又发出一阵欢呼，而这时候九黎族人的眼光全聚在轩辕和风扬及那群奴隶身上，却没有人注意到贰负已经为郎氏三兄弟解开了镣铐。

轩辕带着飘飘然的风扬来到这群奴隶的阵容之前，那群与奴隶对峙的九黎族箭手纷纷让道。

轩辕这才高声地呼道：“大家先静一静！我还有话要说！”

轩辕声若洪钟，竟将数百人的呼声也压了下去，众人都静下来之时，轩辕这才道：“为大家解开镣铐是有条件的。第一，大家必须认真干活，不得偷懒；第二，不能故意闹事，当然，今日的事情不算数。以上两条，如果谁犯了，明日或许就会给你再加上铁镣也说不定！”说到这里，轩辕向伍老大问道，“不知道总管意下如何？”

伍老大心中暗骂轩辕奸诈，此刻轩辕看似是在帮他挽回了一点什么，但实际上如果他答应了轩辕的话，也便等于承认了解开众奴隶身上镣铐的事实，但是此刻连风扬都已如此开口说了，可以看出风扬说这话的表情是极度兴奋和得意的，其样子绝对不像是被逼的，他又怎会不知风扬是少年心性，容易冲动？只不过如果他不答应的话，也就是当众驳风扬的面子，定会惹恼风扬。那样就算能平息这一场风波，今后也定会遭到风扬的排斥，更可虑的却是如果惹恼了轩辕，说不定对风扬造成什么伤害，那他更是吃不了兜着走，而此刻已有一部分钥匙在贰负的手中，他想改变主意也不行了。

那群九黎族的箭手见少主如此说话了，哪里有什么怀疑？他们并没有看见轩辕那柄小刀，但却看到了风扬那种绝不似做作的表情。因此，他们倒真的相信刚才那个决定是发自少主的真心，他们自然听说过少主风扬的脾气极为古怪，偶尔干出一些出人意料的事情并不值得大惊小怪，而轩辕与风扬如此亲密，其本身就显得有些奇怪。

伍老大望着轩辕逼视他的目光，不得不苦涩地点了点头，心中却在盘算着，暂时就按他的吩咐去做好了，等事情过去了，再想办法将众奴隶们上手镣脚铐，反正轩辕还为他留了一条后路，只要这群人能卖力干活就行。他也知道轩辕不敢逼他太紧，如果逼得太紧的话，可能会出现狗急跳墙的后果。当然，轩辕的处理中留下这一条后路，他是可以接受的，反正到时候所有责任都可以推到风扬的身上。

那群监工见伍老大也点头应承了，还以为这真的是少主的决定。当贰负和郎氏三兄弟向他们拿钥匙时，也便没有怎么反抗，将钥匙交了出来……

于是这群奴隶又开始活跃起来了，由贰负和郎氏三兄弟分头为他们打开手脚的铁镣，并不时地相互说了些表示庆祝的话，当然这些话根本就听不清，因为人太多太杂。

那群弓箭手也全都松了口气，事情既然这样解决了，他们自然高兴，虽然包围了这群奴隶，但由于相距太近，若这群奴隶硬冲的话，他们可能来不及放第二箭，就已经被这群奴隶冲撞倒。因此，这同样是很危险的事，此刻如果能和平解决问题，他们也少了许多危险，自然高兴，也全都收弓撤箭。

风扬的护卫们眼睁睁望着事态的发展，却无可奈何，轩辕太机警，根本就不给他们一点儿救风扬的机会，是以他们只能暗自咬牙切齿和担心。

此时轩辕心中涌起了一股无限的豪情，淡淡地问风扬道：“高兴吗？”

风扬的兴奋立刻又冷淡下来，方记起自己的生命仍捏在别人的手中，但又不敢发作，只得点点头。

“其实做一些好事所得的快乐比杀一个人所得的快乐多得多，你说是吗？”轩辕又问道。

风扬不得不承认轩辕所说的是事实，在刚才那一刻，他内心的欢悦是任何时候都没有过的，也是以残酷手段折磨奴隶的那种快感所无法相比的。

“好了，可以让他们各自回去做自己的事情了，我不想将这件事情闹得太大，到时候你们怎么处置我，咱们到时候再说，我不想看到太多无辜的人死去！”轩辕淡淡地道。

伍老大自然也听清了轩辕的话，暗自得意，忖道：“原来这小子也不想见到人流血，幸亏心软，否则今日只怕难以收拾了。”

“那是，那是……”风扬无可奈何地点头道。

“好了，各人已经解开了铁镣，都回到自己的岗位上去干活吧，今日之事一概不究，只要你们好好干，我们不会亏待你们的！”伍老大拉开喉咙喊道。

众奴隶兄弟应诺着轰然向四周散去。

监工和箭手们加起来只有三百多人，这样的实力当然已经够强的了，如果以他们去对付这群手脚被铐的奴隶，那的确已经足够。因为他们的手中全都有极为优良的兵刃，自然占着很大的优势，他们之所以不敢对付这群奴隶，也是怕自己人伤亡。如果一场混战下来，这三百人大概只有一半人能够活下去，这个代价也太大了，而且又会误了神堡竣工之期，更是得不偿失。因此，他们此刻见众奴隶轰然而散，所有人都松了一口气，纷纷让路。

轩辕的眸子里闪过一丝奇异的亮彩，嘴角边的笑意在扩展。

伍老大在松了一口气的当儿，异变突生。

那轰然而散的奴隶们在经过弓箭手和监工的身边之时，突然猛扑向这群来自九黎族的敌人。

这是谁也没有料到的意外，这群奴隶似乎早有约定，全都不约而同地向这群监工、弓箭手发起攻击，而且皆是几个人看准一个目标，突然出手。

这群监工和箭手本是包围在众奴隶的周围，这时奴隶们四面而散，自然不免要自这群人的身边擦过，他们便是在这一刻骤然出手，毫无征兆。当这群箭手和监工发现不妙时，他们连拔刀拔剑的机会都没有，就被抱头抱脚地扳倒在地，然后迎来石头的一番猛砸。如此一来，这些九黎族人岂能有半点反抗之机？

伍老大和风扬被这场突然的惊变呆住了，郎氏三兄弟已经一声长啸，手中的木棍重重地砸破几名监工的头颅，顺手夺下兵刃。

“杀呀！”众奴隶在刹那之间像是变了一个人似的，凶悍至极，或许是受了血腥的刺激，打倒一人，便夺弓抢箭拿兵刃。

也有一小群箭手和监工很机警，一发觉不对，迅速拔刀还击。

奴隶们以铁镣为兵器相抗，但却无法与这群训练有素的人相比，只不过这群奴隶似乎丝毫不畏死，几人缠一个，不要命地猛扑猛抱，全然不讲究招式。一名监工刚杀了一人，腰便被抱住，当他回头斩杀身后之人时，脸上又遭铁镣抽了一记，只打得他头晕眼花，鲜血直流，而又另有人自侧面撞来，这监工根本就立不稳脚，倒在地上，奴隶们又猛扑而上，将之紧压在地上。

奴隶们由于长期处于饥饿和劳作之中，身子都极为瘦弱，也极轻，不过，一个人压不住监工，便两个人三个人一起压，然后便有人以石头砸破这名监工的脑袋。

惨叫声四起，工地之上一片混乱，伍老大急忙出手之时，九黎族的三百人几乎死伤了近两百多，而夺得兵刃的奴隶反而比这群九黎族人多。

“杀啊……狗娘养的……我砸……”

轩辕长啸一声，带着风扬赶到郎氏三兄弟和贰负身边，将风扬一掌击晕，道："人质交给你，我去会会这群人，你们立刻让众位兄弟聚拢来杀敌!"

贰负和郎氏三兄弟喜不自胜，刚才他们便是按照轩辕的指示，让这群奴隶兄弟们突然出手反抗，杀人夺兵刃，却没想到会有这么好的结果，而且一切似乎都按照轩辕所说的在顺利发展，这使他们不得不佩服轩辕的聪明和胆量。

原来，刚才轩辕在贰负耳边低声耳语的话，便是让他在为众奴隶兄弟解开铁镣之后故作服从，然后在四散之时选好对手突然发难，杀九黎族人一个措手不及，让这群人的兵刃根本就无处可使，而轩辕则故意制造出一些使伍老大和众监工不作其他怀疑的举措，以达到迷惑众人警戒心的目的，再故意说出一些解开铁镣的条件和什么今日之事一概不究的话，而这些无不是在与伍老大诸人演戏。众奴隶因在解开铁镣时受到贰负和郎氏三兄弟的叮嘱，是以竟与轩辕一唱一合，搭配得极为默契。

这些只怕是伍老大做梦也没有想到的，众奴隶兄弟对这群九黎人可谓恨之入骨，只要有反击的机会，他们岂会有丝毫的犹豫？何况他们更敬重贰负和看得起郎氏三兄弟，有这几个人领头，自然是一呼即应，对于自由的向往是每个人天生就有的，他们岂会甘心受人奴役？只是平时总觉得孤掌难鸣，而这一刻却是群体出动，胆子壮了力量自然大了。

贰负身上有伤，立刻有一群手持兵刃的奴隶兄弟向他所在处聚集过来，那群得手的兄弟迅速去助尚未得手的人。

风扬的护卫们也大惊，拔剑狂袭，轩辕一声长啸，剑出如虹，亮起一团绚丽的光彩，回卷而出。

数日来的怨气似乎在这一刻才得以尽情发泄。

轩辕出剑，立刻震惊了许多人，那种肃杀而霸烈的气势如一场卷过的热带风暴，带着火热的气旋滚出。

叮叮……轩辕以一敌六，竟然丝毫不让地封锁了对手所有攻来的招式，剑势如吞吐之灵蛇，脚下犹如行云流水，无论是杀伤力，还是动作的优雅都绝对可以称作一流。

“好，好……”贰负和郎氏三兄弟忍不住惊喜地呼道。

贰负对此并不感到太意外，因为他早就知道轩辕无论是在功力还是其他方面，都似乎给人一种高深莫测之感，这一刻使出如此精妙的剑法，应该是情理之中的事，不过贰负仍然不得不惊叹轩辕的剑法之妙。

郎氏三兄弟尚是第一次看到轩辕出手，而且竟是以一人抗拒敌人六名好手，多多少少对他们来说会有些惊讶。

轩辕体内的功力激增之后，还没有如此痛快地出手过，也不知道究竟有多大的威力，这一刻自然是尽兴而战了。

四面的奴隶兄弟都逐渐会聚过来，而且是大批人同时出击，直袭那群仍负隅顽抗的九黎人，但那群九黎人也知大势已去，奴隶们占着压倒性的优势，人数是他们十倍之多，就算他们再强一些，也难逃惨败的结局。

嗖嗖……羽箭在空中疾掠，这群奴隶之中曾有极多的人过去是猎户，也有人是在与九黎人交战后被俘来的，箭法极准的大有人在，此刻一百多张弓一齐射向九黎人，在如此近的距离下，九黎人几乎根本就没有什么希望，就连伍老大也要跑。

众奴隶几乎已封住了四面，根本就不给敌人留任何退路，伍老大想逃也有些困难。

其实，伍老大想逃那是根本就不可能的事，因为轩辕已经挡在他那肥硕的身躯前。

轩辕杀了两名护卫，但他也中了一刀，不过轩辕放开了剩下的几名护卫，因为有郎氏三兄弟及一群奴隶当中的好手挡着。

这一刻轩辕才知道，奴隶中也是藏龙卧虎，虽然没有一流高手，但与这群护卫相当的人却很多，而轩辕绝不想放过伍老大，他是这里的总管，知道的事一定很多。因此，他必须留下伍老大，至少要自他口中探出圣女凤妮和叶七诸人的下落。

“总管先走……”一名伍老大身边的亲信狂吼一声，挺矛便向轩辕刺来，竟欲逼开轩辕。

轩辕眼中露出一丝不屑的神情，望着长矛刺向自己的胸膛竟然丝毫不慌不乱。

那群奴隶兄弟见轩辕如鬼魅般地挡住了伍老大的去路，顿时安静下来，甚至停止了向这群所剩无几的九黎人出手。

“小心!”奴隶们见矛尖只距轩辕不到半尺，轩辕依然不动，不由得惊呼出声。

伍老大的眼中闪过一丝残酷的笑容，若是能杀死轩辕，也可以解他心头之恨了，而在这么短的距离中欲避开这一刺几乎是不可能的。

轩辕也露出一丝高深莫测的冷酷笑容，骤然之间，左手疾探而出，胸口一缩，竟似变戏法般抓住长矛的矛杆，而矛尖只距他胸口不过一寸。

轰……轩辕身子一滑，左手猛拉，那矛手又怎能与他的天生神力相抗？身子禁不住向轩辕冲至，而这时轩辕不是出剑，而是膝盖重重地顶出，正中那矛手的胸口。

任何人都知道这矛手不可能会再有半丝生机，因为他的胸口已经塌陷，前胸几乎贴着后背，胸腔之中的五脏俱废，肋骨尽折。

“咚……”轩辕左手反挥，那自敌人手中夺下的长矛准确地贯入一根孤零零的树干之中。

伍老大惊骇之间，发现轩辕的目光已经深深地锥入了他的心中，更有一股强大的压力使他心头生出了无尽的恐惧，这是他从来都不曾有过的经历，压迫之下，禁不住狂号一声，重重地击出一拳。

“哈……啊……”伍老大身边又抢先攻出两人，比伍老大的速度更快一些。

轩辕的眼睛眯了眯，两道目光比刀锋更冷，望着那攻来的两刀一拳，嘴角间挑起一丝不屑的笑意。

蓦地，一道青影划过虚空，如乍现惊虹。

叮……砰砰……两声惨哼之中，伍老大呆住了，他的一拳竟然轻易地击在轩辕的胸膛上，而两声惨哼却是自他左右两边传来的。

那道青影正是轩辕的剑，轩辕的剑以一种奇诡的角度斩断他左边刀手握刀的四根指头，而轩辕的脚在另一柄刀攻到之前，准确地踢中对方的手腕，伍老大的拳头击在轩辕胸膛上之时，轩辕正是一只脚静立于地上。

伍老大心中的惊骇是无与伦比的，他从来不敢想象，有人只以一只脚立地，他居然推不动对方。

轩辕虽是一只脚立地，但身子晃都未曾晃动一下，甚至连脸色也没有变，只是笑得更为诡异。

砰……在伍老大惊愕之时，轩辕的左拳已自他的腋底直轰而至，只击得伍老大五脏欲裂，肥硕的身子犹如拔起的萝卜，倒跌而出，口中竟将肚中所有未消化的食物全喷了出来。

噔噔……伍老大的身子将身后的几名亲信撞得倒退数步方稳住身形，而他自己仍是一屁股坐在地上。

轩辕轻轻地嘘了一口气，静立如松，顺手轻轻掸去身上的泥土，目光冰冷地望着伍老大，有种说不出的冷酷的优雅。

良久，所有人都似乎才从刚才那简单而有效的攻击意境中回过神来，众奴隶兄弟见轩辕竟如此神武，不由得爆出一阵强烈的欢呼。

“不要杀他！”轩辕淡淡地吩咐道。

伍老大和他的那群亲信不敢再有丝毫的动作，不仅仅是因为轩辕那足以慑人心魄的武功，更是因为他们的脖子上此刻都架上了利刃，更有数十支劲箭瞄准了他们，只要他们稍有动作，便必死无疑。

这场突然的变故并没有结束，虽然这群九黎人几乎一个都没有漏掉，但轩辕却不得不布置下一步的行动——那就是伏击神谷赶来的箭手。

奴隶兄弟在这场动乱之中也死伤了百余人，但仍有七百之众，比之某些部落或氏族更具实力。不过，这群奴隶有一小半人体质极差，那是由于过度劳累和饥饿所致，那死伤的百余人，有大半是因为体质太弱，行动不利落，而剩下的七百余人中，又有两百多人体质不好，算得上强悍的只有四百多人，但这绝对不是一股小力量。

这四百多人几乎都是曾经在野外生存过的好猎手，或曾是某些部落的勇士，这些部落有的仍存在，有的没落，有的甚至被九黎人给灭掉了。反正这些人全都是受尽了九黎人的欺辱，有着极深的怨恨，如今有了这个雪耻的机会，他们自然不会有丝毫留情。

贰负伤势甚重，郎氏三兄弟和轩辕及十多名在奴隶兄弟中稍有影响的人组成一个临时的首脑会，安排一些临时性的决定。

轩辕知道，在这个陌生的地方，欲立足下来，并在强大的敌人手底下生存，那必须将这群乌合之众以最快的速度组织起来，变得有组织、有纪律，这样才能够作出最有效的攻击，将所有的战斗力发挥到极限。而要将这群奴隶兄弟们组织起来，便必须给他们一个明确的任务和行动方向，包括作战、后勤、救援，然后再在这几个环节之中分出若干的细节，而每一个细节由一个人去打理，去负责。同时每一个细节的负责人又直接听某个环节总负责人的指挥，当然，这些负责人都是由奴隶兄弟们自主推选出来的。

这之中的过程只花了半炷香的时间，而这一刻轩辕已与郎氏三兄弟领着两百名配有强弓的奴隶兄弟伏于谷地的入口，更在谷口附近的密林之中也伏下了箭手，而这一切，便是为了对付自神谷赶来支援九黎人的箭手。

神谷，轩辕已自伍老大的口中得知。轩辕并没直接参与这次伏击，他只是在谷口附近的一间小木屋中审问伍老大，在他这个位置，随时都可以对谷口进行支援。

伍老大的确没有想到会有这样的一天，而且事情来得如此之快，仿佛只是做了一场荒唐的梦。但他知道这不是梦，而是事实。

一切的变故似乎在突然间发生，又在突然间结束，这或许跟他这些年来安逸的日子过惯了有些关系吧，他失去了往昔应有的警觉，这才使得潜伏的危机未能很好地解除，而一发不可收拾，甚至成了致命要素。

轩辕并没有以酷刑相逼，只是对伍老大说了句话，而这句话使得伍老大方寸大乱，因为伍老大珍惜生命。

轩辕只是向伍老大道：“我可以放了你，放你一个人离开这里，不仅送你离开这里，还会将你送到九黎本部！”

伍老大的脸色变得无比难看，如果是在往日的任何时刻，有人用这样的话来威胁他，那伍老大一定会笑这人是个疯子，只有疯子才会说出如此好笑的话来，但这一刻不同，绝对不同！

伍老大很清楚九黎族人会怎样对待他，会怎么去看待今日这件事情，如果这一刻他回到九黎本部的话，即使有一百颗脑袋也不够砍，他的确太失职了。

数百兄弟的死亡，奴隶们喧宾夺主，风扬被擒，而只有他一人活着回到九黎族，别人会怎么想？何况他的妻儿此刻已经在轩辕的手中，无论如何，九黎部绝对不会放过他，除非他也死了，而轩辕正是看穿了这一切。

伍老大不想死，那就只有一条路可以走，向轩辕投降，诚心诚意地帮助轩辕击退九黎族人，否则的话，他和其妻儿唯有死路一条！

伍老大是一个绝对不能坦然面对生死的人，因此，他宁可出卖族人，也绝对不会出卖自己和家人。哪怕到头来仍不免一死，但多活一阵子总比少活一阵子强。

“阿轩，伍老大要见你，他说让你快去！”一名奴隶兄弟匆匆奔到轩辕休歇之处呼道。

轩辕向贰负笑了笑，道：“我知道他一定会屈服的。”

贰负对轩辕的判断几乎不加怀疑，从一开始，他便看出了轩辕绝对不是个简单的人物，而这短短一个时辰之间，轩辕的每一个决定，每一句话，每一次分配，都显得那般沉稳而有序，这是一个与其年龄绝不相称的人，倒像是一个历经千百战的无敌战将。在瞬间就将乌合之众的数百奴隶兄弟变成有组织，更充满生机的一个整体，其才能的确让人不容置疑。

奴隶兄弟们自然不全都是盲目的，同样看出了轩辕的特异，因此，在推举首领之时，便推举了轩辕和贰负，由这两个人共同主持奴隶兄弟的所有事务，而这些人也心甘情愿地受两人指挥。

这是一个崇尚英雄的时代，而轩辕在他们的心中便如同英雄，如果不是轩辕和贰负，他们绝对无法再重获自由，可以说他们的自由是轩辕带来的，不管轩辕的过去如何，此刻无疑绝对是他们心中的英雄。

轩辕也明白这是一个重视英雄和武力的年代，是以，他自一开始便表现出超卓的武功和智慧，因为他需要借助这支意外得来的力量，帮他完成未完成的任务，甚至是为将来自己的基业打下基础。

自从懂事的那一天起，轩辕就没有甘于平凡过，在别人急于表现自己时，他就在思索，在不断地充实和壮大自己，因为他很小就知道，自己是一个没有父亲的遗腹子，更是有侨族老族长的孙子，因此，他绝对不能甘于平庸，他要成为有侨族的新一代族长，甚至是有虢、少典诸族的总族长。

轩辕看不起族中那些自命英雄的勇士，因为这群人的目光似乎只能看到自己身上那微弱的光环，而忽视了自身的渺小，并自以为是地标榜自己，甚至趾高气扬地评判别人，却从不知道思索这神秘世界和生命的真义。他认为那群自命英雄的勇士只不过是思想已经麻木不仁、值得同情的群体。是以，轩辕喜欢独自静静地思索，以一个旁观者的身份去冷眼看世人，但又以一个投入者去构思自己的将来。

有侨族中的许多人都不明白为什么最美的女子蛟幽会爱上一个从不喜欢表现的轩辕，而有虢族的娇女雁菲菲也会暗恋上轩辕，这对于许多人来说，都似乎是那么不可思议，但对于轩辕来说，这却是意料之中的事。就因在一群平庸的人当中突然多出了一个智者般的另类，这样反而使之更为突出，更具吸引力。

此刻，轩辕再也不受外界的牵绊，甚至可以随心所欲地主宰自己的生命，他又怎肯放过每一个任他表现的机会？在奴隶营的几天中，轩辕每一刻都在思索着一些过去从未想过的或过去想过经历过的事情，思索着如何去面对将来的一切，他在构想着，甚至想出了近百种可能性和方法。是以，这一刻他感到信心百倍。

当然，伍老大拉他去做人肉沙包，风扬的出现这是个绝对的意外，也是个最好的际遇，甚至连轩辕也在惊讶何以这么好的机会竟如此轻易地出现。不过，这并不影响什么，因为他已将这个机会化成了战果，一个极为圆满的战果。而这一刻，他即将去见伍老大，要把这个战果扩展到最大，也只有这一刻，轩辕才会对未来充满了绝对的信心。

也许，这种信心有些虚妄和空洞，但充满信心并不是一件坏事，只要不是盲目的，而轩辕也绝对不是一个不考虑实际、盲目自大的人。

“快调人去望风崖！”伍老大神情极为紧张，有些急迫地向轩辕大声喊道。

“调人去望风崖？”轩辕刚踏进屋子便听得伍老大这声莫名其妙的呼叫，不由得反问道。

“不错，快调人去望风崖，巡察使可能会自那边派来高手顺长藤而下！”伍老大急切地道。

“巡察使是什么人？你怎么知道？”轩辕神色微变，冷然问道。

“他叫叶帝，乃神谷中的贵宾，他们定已经知道这里所发生的一切，而且神堡之中定有人早已赶到了神谷，巡察使定然猜到我们会在这谷地入口埋下伏兵，那么他必会选派高手自望风崖顺藤而下，然后再来个里应外合，那时咱们就死定了！”伍老大说到叶帝之时，禁不住脸色都变了。

轩辕的脸色也变得很难看，他没有想到叶帝居然是九黎部的巡察使，而且还在这里出现了。他自然明白叶帝有多可怕，更知道伍老大不会说假话，因为伍老大并不知道自己与叶帝交过手，而此刻伍老大将叶帝这个秘密都说出来了，也就是说他不会再有什么隐瞒，真的是完全投降了，否则单只泄露叶帝的行踪和身份，便足以让族人定他的死罪。

“好，我相信你！”轩辕伸手在伍老大那肥硕的肩头拍了拍，又道，“我不会亏待你的，依然会让你为我打理一些事务，就看你今后如何去表现自己，如何去约束自己，以缓解与我的那些兄弟间的关系了。”

伍老大没有想到轩辕这下子竟变得如此亲切，而且给他如此承诺。

“速去调集一百名弓箭手伏于望风崖下，再准备好绳索，最好将他们当作烤乳猪来烧着吃！”轩辕向郎三吩咐道。

“阿轩是说以火攻？”郎三立刻意会轩辕的意思，反问道。

“不错，迅速带好柴草与火种，我记得那里有片已经荒芜的灌木丛，只要见到有人下来，我们就放火大烧一气！”轩辕狠辣地道。

伍老大一愕，神色间显出一丝喜色，他刚才在急切之中竟没有想到以此法对付前来偷袭的高手。也的确，如果采取火攻的话，就会省了许多人力，更会让这群高手无路可逃，伍老大也不得不佩服轩辕的机智。

“你怎么会知道那里有一片荒芜的灌木丛?”郎三似乎一点印象也没有，不禁问道。

“有的，那里确有一片灌木林，如果烧了那里，不会影响这边的，因为中间是一堵石墙，树木已被砍光!”伍老大肯定地补充道。

“我这几天已将这里的每个地方都看过一遍，也仔细研究过，我保证他们有来无回!”轩辕自信地道。

郎三讶异地望了望轩辕，对轩辕的话确实表示万分的惊讶，但见轩辕如此自信，也就不再多问，既然已经吩咐得如此清楚，剩下的便是如何去实行了，有这剩余的数百人力，这件小事当然会很轻易地解决，是以郎三很快退了出去。

伍老大却惊讶至极地望着轩辕，此刻他才明白轩辕似乎是有备而来，他在这里做了如此多年的总管都未曾仔细研究过这里的每一块地方，而轩辕只不过来此四五天而已，竟将这里的每一块地方都研究过，实在不能不让人吃惊，而且脱口便说出了一个对敌的方法，越是了解轩辕越觉得他有些高深莫测。

伍老大没有说话，心中却在暗忖：“希望自己的决定不是错误的!”此刻的他自然希望轩辕越厉害越好，最好是厉害到能与整个九黎族相对抗，这样他才能够真正地保住自己和家人的性命。

“如果今日能够败敌退敌，便记你第一功，我会让众兄弟接受你，不再计较你过去所犯下的罪孽，但你必须洗心革面，好好地珍惜自己的生命!”轩辕冷冷地道。

“谢谢你，我会的，不过，那个叶帝的剑法快得……”

“你不用担心，我曾与叶帝交过手，他并不能胜我!”轩辕漠然地打断伍老大的话。

伍老大一呆，有些不敢相信地望着轩辕，但又知道轩辕并没有必要说谎，而且，轩辕的武功本身也是惊人至极。对于他来说，也只能用高深莫测去形容，只是他始终不明白轩辕究竟是一个怎样的人！

轩辕见伍老大如此望着他，不由得悠然一笑，深深地注视着伍老大，突然道：“我想问你一件事情！”

伍老大一愣，似乎没有想到轩辕的语气变得这般平和，不由道：“你问吧，我既然已经决定跟着你了，那只要我知道的事情一定会奉告的。”

“很好！”轩辕微微颔首道，“我想知道被你们所擒的圣女凤妮和施妙法师诸人现在哪里？”

“圣女凤妮和施妙法师？”伍老大奇怪地问道。

“就是那群自共工集乘大木筏赶到这里的一群人，其中有四名女子。”轩辕补充道。

“哦，那群人在两个时辰前才被押往本部，此刻已经离这里有四五十里路了。”伍老大突然明白了轩辕所指，如实地道。

“什么？”轩辕大惊，脸色疾变。

伍老大不知道轩辕为什么如此吃惊，也不知那些人又关轩辕什么事，只好定定地望着轩辕，并不发表意见。

轩辕的心中有种说不出来的滋味，圣女凤妮诸人两个时辰前仍在这里，可是此刻却走了。只有一步之差，如果这场变故早发生两个时辰的话，他就可救下圣女凤妮诸人了，是以轩辕有种被上天戏弄的感觉，似乎命运与他开了一个大玩笑。

“如果此时追上去会不会还来得及？”轩辕认真地问道。

“你要追上去？”伍老大吃了一惊，问道。

“不错！”轩辕坚决地道。

“我想如果要在途中截住他们的可能性极小，只怕等我们追上的时候，他们已经到了本部，到时候以我们的力量只会是羊入虎口，即使倾我们全部的力量也是无济于事，何况我们还要应付神谷的高手。”伍老大肯定地道。

“如果他们在路上遇到了一些事情有所耽搁呢？”轩辕又问道。

“那种情况也微乎其微，因为圣女凤妮和施妙法师似乎是一群极为重要的人物，押送他们的每一个都是族中的好手勇士，每一个都不会比少主——哦，不，是风扬身边的护卫逊色，而且有五十多人，这种力量本就很强，再加上白虎神将，那简直是不可能受阻……”

“我是说万一他们受到了阻击呢?”轩辕有些希翼地打断伍老大的话头问道。在他的心中，哪怕只有百分之一的希望，他也不会放过。轩辕自然知道，如果让他们将圣女凤妮等人押送到九黎本部的话，那么便是真的一点希望也没有了。以九黎本部的实力，即使聚集了奴隶兄弟的所有力量也起不到丝毫作用。

“那样的话，倒有可能赶上他们，因为有一条近道可以比他们早一步到达本部，但必须是他们在路途中耽误了一个时辰左右，否则的话，仍是无济于事。”伍老大无可奈何地道。

轩辕的脑海之中似乎有些混乱，他不知道是不是应该赌上一赌，因为他根本就不知道白虎神将会不会在路上多待一会儿，这是一件很矛盾的事情，如果他决定去赌的话，很可能这边会出事，而且根本就不知道自己是否是白虎神将的对手。

白虎神将曾与轩辕交过手，轩辕绝对不敢轻估这样一个对手，他甚至没有把握可以胜过白虎神将。那次他是与花猛联手出其不意，这才伤了白虎神将，但这回可能是自己一人对敌，而且受到众敌的环攻，不说救人，就是那五十名九黎族的勇士就不是以他一人之力所能够对付的。

“这些人是跟风扬一起来的，不过走的时候风扬并没有跟他们一起走，只是想在这里玩一阵子，事情这才会发展成这样……”

轩辕并没有听进伍老大的话，心神却飞到了圣女凤妮和猎豹众兄弟身上去了，他并不是一个重色轻友的人，花猛、猎豹诸人都可算是他的好兄弟，虽然圣女凤妮有着绝世的姿容，也曾让他暗自动心，但轩辕却并不认为那是一种爱。如果说爱，对蛟幽、雁菲菲，那才叫真正的爱，那是因为他自小与蛟幽青梅竹马一起长大，与雁菲菲也曾是儿时的伙伴，他更被雁菲菲那种伟大而高尚的情操所折服，因此，他是真心深爱着那两人。

当然，轩辕绝不介意以任何手段得到圣女凤妮，因为他若能得到圣女凤妮的话，那在有熊族中便可以占得一席之地，甚至起到举足轻重的作用。而有熊族是多么强大，如果能拥有有熊族的力量，那不用说有侨、有虢及少典等族，他甚至可以让许许多多的部落臣服。

只有让各个部落都统一起来，这才会减少部落与部落间的争斗……当然，统一所有部落的真正目的，连轩辕自己也不是很明白。但他却知道，当他拥有要统一各部落念头的时候，正是与歧伯相处之时，或许这种思想正是歧伯灌输给他的。不过，事实是不是如此，他也记不太清楚了，或许是，或许不是，可这些已经不再重要，重要的是他已经有了这种思想，而他知道各部落的和平与统一是联系在一起的，也是一件十分伟大的事情，更会造福后代……

这是谁的思想？轩辕也不知道，他也不明白自己怎会产生这种从来都没有过的思想，或许真的是歧伯将一种意念灌输给了他。

第三十六章　白虎神将

白虎神将心中的恼怒几乎达到了无以复加的地步，他真想放一把野火将这片密林给烧个精光。

当然，他不能这么做，因为他们仍要在这一片林中行走，若不是如此，说不定他真的会把林子烧光，让那潜在暗处的敌人无所遁迹。

这是一件很没有面子的事，居然有人当着他的面杀死了自己十余名兄弟，他竟连凶手是谁都不知道，这是一种怎样的悲哀？

当然，这不能怪他，同行的五十多人都没有一个人发现凶手的踪迹，这并不是他一个人的失误，而是这凶手太狡猾太聪明。

最先死的两人是中了敌人的暗箭，涂有剧毒的暗箭，中者立死。当白虎神将以最快的速度赶至暗箭所出之地时，那里只有几根树枝在摇晃，根本就没有人迹。若不是众人明明见到箭出之处，还会以为是大白天撞鬼。

为这两支暗箭，白虎神将前行的队伍停止了一盏茶时间，也搜寻了许久，但根本就没有发现人迹，倒是在搜寻的过程中又有两人中箭而亡。

依然是剧毒之箭，只不过这次没有人看到箭是自什么地方射出来的，只是根据死者倒下的方向和毒箭所刺入的角度，推测出凶手所藏的地方。

白虎神将的脸色变得极为难看，却不得不召回所有兄弟，不能分散而行，免得给敌人可乘之机。但他却知道，凶手一定是个善于刺杀的高手，是以这一路之上，他们都显得极为小心，遗憾的是仍然没有效果。

是的，对于白虎神将来说，的确是一个让他心痛的遗憾，他又第二次中伏了。

这一次是陷阱，陷阱之中竟有许许多多的毒蛇，那陷阱极为巧妙，分子母连环而设，似乎专门针对那些极为机警的好手。

当白虎神将所派之人在前面小心翼翼地探路，极机警地向四周打量时，却忽视了脚下的路面，当最前面那人发现脚下有一个极深的陷阱之时，已经迟了。而他身后的人并不能比他幸运多少，在他们的印象中，路旁的草地应该是安全的，因此，他们在身子一沉之时，立刻借着微弱的力道向两边的草地扑去，但他们的结果却是一样的，掉入一个只不过五六尺深的坑中。

作为陷阱，这个深度实在太小，但作为杀人，这并排的三个坑却是绰绰有余的。因为他们一落入坑中，那一群饥饿的蛇便以最快的速度缠住了他们的脚，并张口就咬。

这是一群剧毒的蛇，每个坑中都有五六十条之多，在这冷冷的深秋中，只要有人将蛇放到这种坑中，就算坑只有一两尺深，它们也不会逃跑，因为外面的气温足以冻僵它们，倘在这表面盖土的陷阱之中却不同，但若有人破坏它们温暖的窝，那又当别论了。

白虎神将只看得毛骨悚然，那群九黎勇士也看得只想吐，大吐特吐，同伴的那一声声绝望的惨呼，犹如一根根利针刺入了他们的身体，他们可以肯定，这一辈子都不可能忘得了这种场面。那些掉入坑中的人，只片刻间就已被毒蛇缠得严严实实，那些滑滑的涎水散发出阵阵腥味，连白虎神将这种杀人如麻的人，也看得心寒至极。

而在此时，凶手的踪迹再现，暗箭之下，又有三人丧生，这一次同样是没有发现凶手的模样。

白虎神将几乎无法想象凶手的速度，就像是无迹可寻的幽灵，白虎神将几乎连肺都气炸了，但又不知道找谁出气，却明白这凶手似乎知道他所行的路线，而且能在他行走的路上挖下几个大坑。不过，想一时间找出这么多毒蛇来实在极不容易，除非正好找到了一大窝冬眠的毒蛇，然后将它们全都转移到这里。

这几个大坑似乎并没有经过太多人工的修挖，乃是利用一个已经陷落的猎兽陷阱改装而成，这是白虎神将仔细分析得出来的结果，也就是说，凶手并没有很多的时间去布置这个陷阱，只是利用了这群人只顾四周而疏忽脚下的心理，才达到出奇制胜的效果。而凶手乘这群人心神为陷阱所吸引之时，便再以暗箭偷袭，一时之间竟有十人相继不明不白地死去。

道路塌陷，白虎神将所领的篷车也不得不改道而行，而路两边的树极密，在大恼之下，他恨不得弃马而走，却知道车中之人是绝不能疏忽的，虽然只能算是阶下之囚，但其身份却是连他也不敢惹，因为这是少昊大神的客人——两个特殊的客人。

路竟显得无比漫长，像是永远也走不到尽头，等白虎神将追寻一下凶手，再将篷车绕道而行后，又浪费了几近一炷香的时间。

当然，对于白虎神将来说，时间根本就不重要，只要能在天黑之前赶回九黎本部就可以了，或者连夜赶路也无所谓，反正到了本部势力范围之内，就会有接应之人，他并不担心。可此刻最让他伤脑筋的是这神秘的杀手，这人似乎无处不在，而又无迹可寻。

敌人，越神秘的敌人越可怕，某些人宁可去面对一个绝顶高手，也不想与一个看不见的庸手交手。事物的本身并不可怕，可怕的只是对事物本身所生出的想象。当你并不知道与你交手者究竟是怎样一个人的时候，便很容易以最坏的结局去推断。

其实很多人都明白，死亡并不是最可怕的，最可怕的是死亡之前的等待。

白虎神将对自己是有信心的，他是一个极为自负的人，但他的手下，那群九黎族勇士却显得极为不安，这也是一种无形的精神压力，这种压力不是来自外在的，而是来自内心对死亡的一种畏惧，因为死亡随时随刻都可能伴随着他们，在这无形无影的敌人箭口之下，他们不敢保证，下一个死去的人是他们之中的哪一个？而又会以什么样的形式死去呢？这些全都是未知的，正因为是未知的，便会存在着无数种猜测，每一种猜测都可增添他们内心的恐惧，那十万种猜测又是多大的恐惧呢？是以，这些人不能不紧张。

紧张，使他们行走的速度更慢，这也让他们恨极这一片古老而原始的森林。因为这些全是帮凶，如果没有这片古老的森林，那么这神秘的杀手便无所遁形了。

当然，恨是有的，怒也有的，但所有的表现都像白痴做戏，没有丝毫的作用。神秘人依然存在，就像是消失在空气之中的风，不管白虎神将如何喊，如何激将，这个人都不会出现。

狭谷，不宽，不过数丈而已，狭谷的两旁是不高的两块岩石，自谷底到岩顶只不过五六丈高。因此，这个狭谷并不能算是险谷，因为岩顶之上的景物在远处都可看清楚。

并没有藏有任何人，也就是说并无凶手存在，是以白虎神将放心地走入狭谷，他要注意的只是谷中的景物。

“猿人!”有人忍不住惊呼。

白虎神将也发现了，两只猿人见到有大队人马走入狭谷，似乎受了极大的惊吓，迅速向两边的高岩上攀去。

“嘿，这两只畜牲也知道怕!”有人打趣道，显然对两只猿人惊惶的样子感到好笑。

“这畜牲的肉不好吃，皮毛又不好，倒也没什么用处，既然逃了就不要管他好了!”白虎神将吩咐道，他也想到了，这种猿人一般都是群居的，如果伤了这两只猿人，说不定会引起一群猿人的攻击。

猿人可是森林中极可怕的一个群体，出没无常，更力大无穷，但最可怕的是它会记仇。是以，在森林之中，一般的猎人和各部落之人都不会主动去惹猿人，一个不好惹怒了它们，猿人会将所有家畜全都偷走，甚至偷袭人群。

“既然有猿人在这谷中出现，想来不会有敌人藏于谷中了!”一个人自视甚高地道。

白虎神将不置可否，但按常理应该是这样，如果这谷中伏有大量的敌人，一定会早就将这两只猿人惊走了，如果谷中所伏之人极少，一定会受到这两只猿人的攻击，因为这里是它们的地盘。所以，按常理推断这里是不会有人埋伏的，不过，他的心神依然绷得极紧。

“猿人……”又是一声惊呼，不知道是谁最先抬头仰望，却见两棵被斩断的大树被两只猿人自高岩之上推了下来，不仅如此，两只猿人还举起大石向下狂砸。

轰……轰……狭谷之中一片阴暗，两棵大树如暗云一般，疯狂下压。

白虎神将神色大变，他最先考虑的却不是自己兄弟的安危，而是篷车中的人，在这种情况下，他已不可能分出人手来保护这两人的安全。因此，他的第一个反应是拖出车中的两人。

哗……砰……拖车之马受惊发狂，而篷车被大树砸个正着。

白虎神将的脸色有些白，如果再迟一步的话，只怕他无法向少昊大神交代。

篷车之中正是圣女凤妮和施妙法师，但此时两人显然已昏迷不醒，不过，叶七诸人全都不见踪影，并不在这群人的护送范围之中。

“放箭，放箭……”被打乱阵形的九黎勇士发狂地喊道，这突如其来的变故竟使他们失去了镇定。那大树的枝杈众多，众人虽然避开了树干的砸压，却无法避免被树枝所伤，但又随之而来的巨大的石头使得本被两棵大树挤成一团的人，连回避的余地也没有。

嗖……弦响，两只猿人似乎也知道不妙，忙向后退去，那些箭矢根本就不起作用。

当猿人在他们视线中消失之时，又有几块大石自空中抛落下来。

四十多名九黎族勇士竟然施展不开手脚，反而因人多挤得太紧而又死伤十多人，这下子可真是出师未捷身先死。

白虎神将不敢再耽搁，也不知道再待下去会发生什么样的情况，遂放弃马车，带着昏迷的圣女和施妙法师越过挡路的大树冲了过去，他们必须尽快走出这条诡异的谷地。

猿人并不与九黎勇士正面对敌，而是避在九黎族人看不到的地方猛掷大石，也不管是否能够砸伤人。

这群九黎勇士心中的窝囊气，那可是真受够了，先是被那秘不知影踪的杀手给要得紧张兮兮的，现在竟被两只畜牲给要了。不过，要说这两只畜牲与那神秘的杀手无关，只怕谁都不会相信，否则的话，哪有这般巧合？

伍老大所说的的确没错，轩辕的吩咐也很及时地到位了。

望风崖，高有数十丈，崖下是一片未曾开垦的荒草地，大的树木几乎都已被砍掉，只留下一些小树和长长的茅草。

此刻已是深秋，秋末的茅草呈一种枯黄色，如同成熟的麦浪，人置身于其中，似是沉入一片梦幻的大海。

这本是一片准备开垦的地，只是因为要赶着修好神堡，这才将开垦的事耽搁了，这块荒草地与神堡之间有一堵石墙，本是防止奴隶们自望风崖攀崖而逃，也是为了防止有一日施行刀耕火种之时，火势影响到神堡，是以，这也是一个隔离带。

有人自望风崖上顺着长藤攀下，并很快潜入茅草之中，而这一切，全都没有逃过早就潜在茅草之中的奴隶兄弟们的视线，只是他们一直蛰伏不动，只是稍稍地数了数，竟多达八十多人，但究竟有没有重要的人物，就没有人清楚了。不过，这些都不重要，因为无论有没有重要人物赶来，都只能让其有来无回。

当最后一人自长藤上攀下之时，劲箭立刻如蝗雨般射出。

人虽为箭矢的目标，但更重要的却是以火箭点燃他们身旁的那些干枯茅草。

这些枯黄的茅草似乎一点即燃，而百多支火箭，并成一排弧线射出，这些全都是事先预定好的，也足以在望风崖下迅速布起一个巨大的弧形火圈，而且每支火箭之间的距离只不过八尺远，火箭所落之处不仅仅是茅草，还有预先安排的引火之物，是以，当第一排火箭射出之时，大火很快燃起，风一吹，迅速结成一个巨大的火圈。

那些自崖上垂落的长藤也被特殊的箭头给射得破烂不堪，虽未断，但只要有人想借长藤攀上望风崖，只怕已是不可能的了，因为它已根本不可能承受太大的力道。

贰负拖着受伤的身子，亲临现场指挥，看着这一场根本不用花多大力气就能消灭敌人的战斗，心中禁不住对轩辕的英明又多了一层钦佩。

那群人的确是自神谷赶来的好手，伍老大的眼力并不坏，依然看清楚了那一张张因变故突起而显得惊慌失措，且在火光辉映之下，变得有些诡异的脸。这些人大部分都是伍老大所认识的，只不过，伍老大已经没有了选择的余地。

当这群自崖顶下来之人发现情况不妙之时，火势已大起，且封锁了所有进攻的路，只有向后退，但退路却是一堵高崖。

这时，这群人哪里还会不明白自己已经落入了敌人的埋伏之中？进，可能会遭到另一种疯狂的攻击，那便只好退。可是当他们发现才顺藤爬上两丈高之时，长藤便全都断裂，爬崖之人又重跌回来。

前有烈火，后无退路，这群人自不甘于就此死去，也有的无畏地冲过薄弱的火圈，但立刻便遭到乱箭穿身之厄，有的却全身着火，惨呼连天，一时之间荒地之上气氛诡异至极，惨号之声不绝于耳。

不过，望风崖上不知道是谁竟又垂下一根救命绳，于是这群被火烧得快发疯的人则拼命地向上爬，一时间长绳之上犹如蚂蚁上树一般挂了长长的一大串。

蓦然之间，轰的一声巨响，夹杂着许多绝望的惨叫，那根长绳似乎是经不起这么多人的拉扯而绷断。

伍老大的脸色变了变，贰负也发现了，这根绳子并不是因不堪负荷而断，而是因为一个人突然出剑，这一剑便自他的脚下斩出，于是绳子自这出剑之人的脚底下断裂，在他身下的人全都又坠回火海。

“巡察使叶帝！”伍老大的脸色极为难看。

“你是说那人是叶帝？”贰负望着那绳子之上迅速攀上崖顶的三人，声音也有些不自然。

“不错，那斩断绳子之人正是叶帝！”伍老大沉重地点点头道。

“好狠的心，好辣的手段，自己的兄弟也毫不犹豫地杀掉！”贰负自言自语道，心中又不免有些微微的寒意。不过，他也知道，如果叶帝不斩断绳子的话，这根绳子很可能真的负荷不起而断裂，甚至一个人都别想活着逃离火海。不过如果叫他们挥剑斩去一群自己兄弟的活路，实在不是一个心慈之人所能做到的。只凭叶帝那毫不犹豫的一剑，便可看出这人的心狠手辣，为了自己的利益绝不会在意他人。

“这是一个可怕的敌人！”郎三似深有感触地道。

峡谷口，一排弯曲的长竹，呈长弓之状，曲成圆弧的弧尖的，是一根削得极尖的碎竹，长达五尺，在弯曲的长竹尾一根绷得极紧的绳子之上——赫然是一支特大的劲箭。

长竹三十根，但却是由一人所牵，这并非人力所拉，而是由一根根绳索所控制，但，在这绳索集中之处，静立着一人。

肃杀的秋风之中，那人戴着一顶竹笠，黑色的长风衣之领已经悄然翻起。

无法看见他的脸，却知道他的身材极为修长，而且那股浓烈的杀气似在打着旋儿的枯枝败叶之上愈酿愈浓，愈演愈烈。

白虎神将乍见此人，顿觉秋意更浓。在他身后那群九黎勇士仍未明白是怎么回事之时，那静立于长竹边的人已经出剑了。

九黎族的勇士和白虎神将都只是刚才拐过一个弯，他们奔行的速度实在太快，以至于差点忽视了峡谷口的一切，包括那一排长竹和那神秘得看不见脸的人，遗憾的是，当他们发现这个人的存在时，这人已经出剑了。

出剑，好快！所有九黎族人都为这绝快的一剑而心惊，还有那神秘人的速度。

剑，只是斩在那一串系住长竹的绳子之上，这似乎有些突兀，但白虎神将却狂吼一声："快闪开！"说话间，他已带着怀中的圣女凤妮倒地一滚。

绳断，那一排碎竹贯空而过，其速度竟比强弓所发的劲箭更快。

曲着的长竹猛然绷直，那些绳子便成了弦将碎竹射出。

嗖……呼……异响之中，惨号不断，那些见机快的人也学白虎神将躺地而躲，而见机慢的人却成了活靶子，所幸的是，这些削尖的碎竹并没有太好的准头，只是一气乱射，不过，由于其形极巨，杀伤面广。

中伤者也近二十，但只有三个倒霉鬼被射死。

一阵混乱过后，再抬头，峡谷口却空空如也，只有一根根倒下去的长竹和一截截绳子，没有规律地躺着，血淋淋的现实告诉人们，这一切并不是一场梦，那躺在血泊中呻吟的人以一种不可言喻的方式告诉人们，这绝不是一场梦。

白虎神将迅速跃起，放下圣女凤妮，如发了疯似的赶到那一堆倒地的长竹边，刚才那穿黑披风的人影竟如鬼魅一般消失了。

能够活动自如且未受伤的，只有十余人。峡谷之中，除了呻吟之声，便只有急促的呼吸之声，显得无比空寂，连心跳之声也显得那般沉重。

“懦夫，你给我滚出来!”白虎神将急怒地吼道，他实在是愤怒到了极点，他从来没有想过会有今天这般窝囊的局面，接二连三地受到伏击，甚至连敌人的影子也没有见到。虽然他身为高手，具有高手的气度，可是此刻他实在是忍不住了，也或许只是因为心中的惊惧。

这一排长竹所制的劲箭的确很有新意，虽然简陋，但却很有实效，而且平排射出本就是一个极其巧妙的设计，否则如何能够以一人之力操纵三十张大弓？

峡谷之外，林密风紧，一条不大的小道延伸向不知尽头的远方，这本是连接神堡和九黎本部的唯一可走车的路径，但白虎神将却感到这条路是没有尽头的不归之路。

“懦夫，有种你就出来，别躲躲藏藏像只缩头乌龟……”九黎族人一阵谩骂，虽然他们也知道咒骂根本就无济于事，但是却可以一泄心中积压的怨愤。

嗖嗖……一簇劲箭自一个不经意的角落飞射而出，直奔正在大骂的那几名九黎勇士。

当当……这回白虎神将和诸人全都有了准备，是以竟能准确地出刀斩落飞射而来的劲箭。

白虎神将这次绝没有看错出箭的地方，也绝对不会再错过任何敌人，是以他以最快的速度向箭出之处掠去。

一丛灌木陡然分开，一道窈窕的身影自灌木丛中缓步而出，脸上却带着一丝愠怒之色。

白虎神将不由得呆住了，立刻定住脚步，惊疑不定地望着自灌木丛中走出的人，讶然道：“柔水公主!”

九黎族的勇士们也随着白虎神将的止步而止步，更有些惊讶于眼前女子的绝世芳容，大有吃一惊的惊艳之感。

来人正是共工氏的柔水公主，一身劲装，头发轻束，腰间长剑挂，背上轻挂着一张大弓，英姿勃发，整个人充盈着一种让人心颤的生机。

柔水却并不认识白虎神将，本来满面杀机的，但见对方突然叫出了自己的名字，不由得也愕然呆住了，眸子里闪过一丝惊讶之色，问道："你认识我?"

白虎神将顿觉事情有些怪异，他怎么也想不到出现在这灌木之后的人竟是共工氏的柔水公主。他见过柔水的时候，柔水并没有发现他，后来柔水被掳来，只是昏迷不醒，自第一眼见到柔水的时候，他便被对方的美丽所吸引，所以才有人特地把柔水掳献给他。白虎神将并不奇怪柔水不认识自己，但却为柔水的突然出现给蒙住了。

"我当然认识公主喽，我还是共工的好朋友呢，不知公主怎会出现在这里呢?"白虎神将眼珠一转，计上心来，笑了笑道。

"哦。"柔水公主表情又放松了不少，但仍疑惑地望了白虎神将一眼，问道，"你说你是我哥的朋友？那我怎会不认识?"

"哦，难道共工没有向你提到我吗?"白虎神将故作轻松地道，目光却微微扫过那一丛丛灌木，忖道："如果今日是共工亲来的话，只怕就要坏事了!"不由得又问道："共工没有来吗?"

"我哥当然没工夫来了，但如果你是我哥的朋友，今日你骂人之事也就罢了，只要你将那两个他要的人交出来，我就不找你的麻烦了。"柔水似乎毫无心机地道。

"骂？谁要的两个人?"白虎神将疑惑地望着柔水，反问道。

"反正你不用管，你不能再骂他缩头乌龟了，我知道这两个人对他很重要，你把他们交给我好了，就当是给我哥一个人情。"柔水公主凶巴巴地道。

"哦。"白虎神将脸色微变，讪讪地笑了笑，表情古怪地道，"公主说的就是那个老头和那个女人吗?"

"是，是，正是他们!"柔水公主还没看便毫无心机地呼道。

"既然是公主开口，念在我与共工的情谊之上，今日就让公主将他们带走好了，不过我可只能卖公主一个面子哦，下次可不行。"白虎神将见柔水公主如此毫无心机之状，不由得暗笑，忖道：“今日如果我再让你这甜心逃掉了，就不是白虎神将了！”

白虎神将正想问，一个冷冷的声音突然自不远处传来。

“不要相信他，他是在骗你，他根本就不是共工的朋友！”

“好你个缩头乌龟，终于肯出来了！”九黎勇士一见来人，禁不住杀机狂升，怒吼道。

白虎神将也为之一愕，杀机狂升，因为他发现说话之人正是曾立在峡谷口施放那一簇竹箭的人，使得他狼狈不堪的人。

柔水公主扭头，惊问道：“你是什么人？”

那身披黑披风的人轻轻地掀落头顶的竹笠，露出一张充盈着邪异魅力却极为冷酷的脸，长长的头发散披于肩头，甚至遮住了半个面孔，那人淡淡地问道：“你不认识我吗？”

“叶巡察使！”白虎神将和所有九黎勇士全都呆住了，忍不住发出一声惊呼。

柔水公主却惊骇地倒退几步，呼道：“你这恶魔，竟追到这里来了！”

那掀下竹笠之人一愣，却不明白柔水公主在说什么，他还以为自己听错了，因为他正是叶皇，不过他却明白白虎神将把他当成了叶帝。

白虎神将脸色铁青，他怎么也没有想到这神秘的敌人竟是巡察使叶帝，而柔水见到叶帝，骇然而退，这很正常。

“巡察使，你这是什么意思？”白虎神将愤怒地质问道，同时伸手扶住骇得脸色苍白的柔水。对于眼前这美人，他的确是喜爱至极，也极愿呵护，见柔水对叶帝怕成这样，心中又禁不住生出怜惜。

“谁是你们的巡察使？”叶皇不屑地冷哼道。

“叶帝，你……呀！”白虎神将正要怒责，却蓦然感到腰间一痛，一柄极为锐利的短刀直刺入他的腰肋，他禁不住狂号一声，猛然出手，直击凶手柔水，他做梦也想不到柔水竟会在这时候出手。柔水也闷哼一声跌出近两丈。

黑影一闪，叶皇以鬼魅般的身法接过柔水。

柔水却笑着咳出了一小口鲜血，紧紧地依偎在叶皇的怀中，惨然笑道："我知道……他……他是个坏蛋，所以……所以我帮你用计伤了他，哼……想欺负我……柔水！"

白虎神将几乎昏死过去，此刻听到柔水如此说更是气得喷出几口鲜血。他怎么也想不到，竟然会栽在一个女娃的手中，他也不得不佩服柔水的演戏水平，还演得像个毫无心计的小女孩，这简直是一个大笑话，他还以为自己骗了柔水呢。

"神将，神将……"众九黎勇士全都为之惊呼。

叶皇不由得望了望怀中的柔水，眼中闪过一丝莫可名状的激动，终于叹了一口气，苦涩地笑了笑道："你这又是何苦呢？"

柔水似乎感觉到了叶皇心中的激动，不由得惨然笑道："为你做任何事情我都不会害怕，因为我一定要你爱上我！而……我……我也爱你！"

叶皇的心头禁不住抽搐了一下，暗自叹了口气，以少有的温柔语调问道："你伤势怎么样？"

"你也开始关心我了？"柔水的眸子里闪过一丝兴奋的光彩，欣喜地问道。

叶皇禁不住感到好笑，在这种要命的时刻，柔水居然还有闲情问这样的话。但他同时也为柔水的一往情深所感动，也暗自奇怪，自己如此对她，她竟一点也不在意，这是多么难得的胸襟！

呼呼……正当叶皇与柔水对话的当儿，劲风大作，数道身影已经飞扑而至，全都是必杀的招式。

叶皇也吃了一惊，迅速掠身移位，在他出剑的时候，怀中的柔水已被抛了出去。

柔水在吃惊的同时，身子轻松坠地，根本就没有半丝震荡之感，显示出叶皇高超的运力手法。

叮……叶皇的剑拖过一道灿烂至极的亮弧，犹如一抹彩虹横贯虚空，那攻来的几件兵刃全被震开，不仅如此，有的兵刃甚至被斩成两截。

那群九黎勇士禁不住一愣，竟被叶皇手中利剑的神锋所慑，而此时叶皇的身体已向他们之间撞至，像一颗横冲而过的彗星，在亮丽的锋芒之中，又夹杂着一道黑暗的影子，叶皇的速度快得惊人。

当……一道清亮的金铁交鸣声中，叶皇的身子一震，原形毕露，挡住他的是一个瘦长的九黎汉子。

这汉子手中所握的却是白虎神将的白虎剑，他竟然捕捉到了叶皇剑迹所过之地，而挡住了叶皇这快绝无伦的一击。

叶皇心中暗凛，凛于对方的眼神和那蒸腾的杀气，那人精瘦的躯体似乎全是以铁条所扭成的，看上去充满了刚霸之气。

“你们去将那个女人抓来，他便交给我了！”那汉子白虎剑轻挑，口中淡漠地吩咐道。

叶皇心中更惊，对方在剑轻轻一挑之际，便自然而然地透出一股强大的杀气，紧紧地逼了过来。

“龙奇，你小心了，这家伙手中的剑很锋利！”一名九黎勇士提醒道。

那瘦长的汉子淡淡地点了点头，转而冷冷地盯着叶皇的眼睛，充满杀机地问道：“你是叶皇？”

叶皇也有些讶异，他讶异的是这个叫龙奇的人怎会知道他的名字。不过，他并不否认地冷哼了一声。叶皇并不敢轻视对手，但他绝对不会允许人去伤害柔水。不可否认，他已经爱上了柔水，也可以说是他被柔水的真情所征服。当然，这也是让叶皇痛苦的地方，他根本就不能再去爱任何女人，并不是他珍惜生命，而是他不想让自己所爱的女人受到任何伤害。这个世上知道叶皇的痛苦的人太少太少了，也许轩辕是个例外。

想到轩辕，叶皇又禁不住暗自叹了口气，轩辕生死未卜，这一切全都是因为他。这是世上唯一一个真心对他的朋友，可是此刻……叶皇心中涌起了无限的惆怅和酸涩，他要完成轩辕想完成却仍未完成的一切遗愿，也只有这样，才能减轻他内心的愧疚和遗憾。

送圣女回有熊族是轩辕未了的任务，是以叶皇决定无论付出什么代价，他都要为轩辕完成这一切，除非自己战死途中！完成了这一切，他便要去遥远的有侨族，告诉有侨族人轩辕的死讯，并将手中的剑归还给有侨族……

叶皇得知圣女的下落纯粹是一种巧合，也可以说是偶然中的必然。当初，他和轩辕都怀疑圣女被九黎族人所掳，而那山下的谷地便是九黎族的据点。当叶皇自叶帝口中知道圣女真是为九黎族人所掳后，他便一直潜伏在这片谷地的周围，与两只猿人一起监视着各个路口。他在伤势全好之时，便独探神堡，而此时恰巧撞到九黎族本部派人来带走圣女和施妙法师，因此，叶皇便跟了过来。

叶皇因听到他们的对话，知道白虎神将欲走哪条路，是以他快速地在前面的道路之上设下陷阱，有两只猿人相助，叶皇的速度快得惊人，而白虎神将行走的速度却并不快。是以，叶皇有足够的时间设计一些简单的陷阱，唯一麻烦的却是那一坑蛇。对于叶皇来说，这的确难，但对于猿人来说，却是小菜一碟。它们找蛇穴的速度极快，又不惧毒蛇，是以能轻松地抓来一大坑。

打乱了叶皇计划的却是柔水，他并没有想到柔水竟然也暗中跟来了，而且一直都在暗处。叶皇本只想施行偷袭计划，将白虎神将这群人一个个以暗杀的手段摆平，因为他知道白虎神将的武功之高比他犹有过之，如果正面对敌，不说那一群九黎勇士，就是白虎神将也不是自己的能力所能胜的，更何谈救人？但是柔水却听不得有人骂叶皇，这才出面。

柔水自然知道这神秘的杀手是叶皇，但她也不知道叶皇究竟藏身何处，皆因叶皇的身法太快，况且，她并不想让叶皇知道自己一直暗中相随，只是想在暗中助其一臂之力。但九黎族人骂得实在是太不像话了，叶皇可以忍受，她却不可以。因此她暗中放箭，也因此她失策了，白虎神将太过机警，立刻发现了她的存在。既然逃不了，便只好现身了，不过她倒也是块演戏的好料，竟能乘白虎神将在为叶皇现身而惊愕的刹那间下手偷袭而重创白虎神将。

白虎神将也是终日打雁反被雁啄，叶皇一出现，他的震撼的确不小，因为叶皇和叶帝长得太像太像，当他们将叶皇当成叶帝，而叶帝又是杀死他们二十多名兄弟的凶手之时，他们的震撼将是如何强烈？而柔水就把握了这一时机，出手！这使得白虎神将也没曾防备到，这的确有些好笑。

叶皇不经意间退了一步，似欲回护柔水，但实则是为了出剑。

叶皇退，在气机的牵引之下，龙奇的剑不得不攻，除非他想失去先机，但是他真的能够获得先机吗？

龙奇也不知道，他只有一种感觉，那便像是掉入了一个陷阱之中，这当然只是一种感觉而已，但这种感觉很实在，因为叶皇的剑比他的剑快。

叶皇的脸上露出了一丝冷酷的笑意，在笑意扩散的一刹那，他已经到了龙奇的身侧，而龙奇的剑根本就不曾捕捉到他所行的脚步。

龙奇知道上当了，他实在不应该攻，对叶皇，他没有抢攻的必要，根本也没有抢攻的资本。因为，抢攻就必须比速度，不过，龙奇并不担心。

龙奇不担心，因为人多，九黎勇士的确多，就算叶皇的速度再快，但却只有两只脚，两只手，这是人的限制。

叶皇再退，且回剑，他不想死，不想死则必须回剑自保，根本就没有机会向龙奇攻出夺命的一剑。

叶皇惊，并不是惊于自己的处境，而是柔水。

柔水刚才受了伤，虽不致命，但也不能算轻，此刻已没有动手的能力，可是却有两人绕过叶皇攻向了柔水。

叶皇真有些心急自己为何是个凡人，为何只有两只手和两只脚，但这是天命，生下来就是如此，谁也无法改变，急也没用。

叶皇心绪不宁，他很少在情绪上有波动，一直以来，他都保持着一种异乎寻常的冷漠。所以，无论在什么时候他都能够平静地对待任何事，但这一刻他急了，在关键的时刻心绪不宁本就是一种错误，因此一道深深的剑痕是他付出的代价。

剑痕在肩头，那是因为叶皇急于回救，一剑断敌剑，断敌手，他只能伤一人，那人也伤他一剑，或许是一种等价交换。只不过，叶皇知道自己不划算，就如一个穷人和富人比着烧票子一般，当穷人连内裤也换钱烧了之后，富人的票子还有大把大把的没有烧。

叶皇无可奈何，但柔水没有半点惊惧，她对死并不在乎，像是一个超脱生死的圣者，眸子之中闪过一丝圣洁而坦然的光彩——她是在为爱殉道。为所爱的人而死去，对于柔水来说，是一种光荣。至少，她知道叶皇为她急过，从叶皇那愤怒的眼神之中可以看出这一点。

剑已飞临头顶，但柔水的目光变得更温柔，更坦然，甚至有一丝欣喜，一丝期待。她在注视着叶皇，一直都没有移开过，其实，她并不知道自身存在着危险，她的心，她的灵魂，似乎全系于叶皇的身上。

这是一种悲哀，柔水却不知道，她喜欢看叶皇为她烦恼，为她愤怒……

“呀……呀……”惨叫声惊醒了柔水，两声惨叫，正是欲斩杀柔水的两名九黎勇士，他们的惨叫声尖长若鸦啼，在他们的心口，分毫不差地射入了两支羽箭。

羽箭已经洞穿了两人的心脏，只剩下两片飞羽仍停留在身体之外。

叶皇喜，柔水惊，柔水惊的是自己竟处在这种境地，刚才她似乎是做了一场梦，梦是美的，现实却很残酷。不过，她庆幸有这两支劲箭。

好准的箭，好强好犀利的箭，柔水扭头望去，忍不住发出了一声低低的惊呼：“轩辕!”

叶皇再次发出一声闷哼，正好是柔水惊呼之时，因为他几乎与柔水同时发现那两支劲箭的主人。

叶皇喜，也痛！在惊喜之中，痛似乎并不重要。痛只使叶皇知道，自己并不是在梦中，不是在梦中，那自然是现实。

轩辕仍活着，而且是在这最该出现的时刻出现了，只要有这些，叶皇便心满意足了，绝不会后悔为分神挨了两刀。

嗖嗖嗖……轩辕的箭出如珠，无论是力道还是角度，都刁钻至极，速度更如疾电。

箭出，弦惊，龙奇也吃了一惊，他不只是惊于箭之猛、之利、之快、之霸，更因为他感到了一阵浓浓的杀气，烈得像一缸烧酒，不醉人，却有一种无可言喻的压抑之感，似乎每一根神经都不自在。

这是一种感觉，实实在在的感觉。

叮叮……“呀……”有两人挡住了轩辕射至的箭，但被箭身所带的力道震得倒退两步，而另一人因斩在箭身之上，并无法阻住那猛且霸的一箭，只是击偏了一些方向，利箭射入了大腿之中，再差一点便会断掉他的子孙根，只吓得这人出了一身冷汗。

叶皇再退，他只能趁这群人阵势一乱便退，他不想再陷入转攻之势，也经受不住接二连三的创伤，终究是双拳难敌四手。

与轩辕同来的还有两只猿人，应该是由猿人带路，轩辕这才找到此地。

叶皇退，龙奇欲进，但他却发现一道暗影自侧方如利箭般射来，快得无以复加，更带起一阵幽风。

龙奇大惊，挥剑一斩，却只有破空之声，那道暗影似乎并非实体。

砰……龙奇惨哼着跌出，他甚至没有弄清楚是怎么回事便已中招，那暗影竟是一个人。

第三十七章　逸电神宗

叶皇大惊，愤然出掌，但依然没有击中实体，掌中的气旋隔空击在地面之上，发出哑沉的闷响。

“啊……”柔水发出一声惊呼，那暗影以极速制住了她，在轩辕还来不及反应的情况下已如一阵风般掠走。

“满苍夷，你放下她！”叶皇愤怒地狂呼。

“是她！”轩辕也骇然惊呼，虽然他没有看清这道暗影的面容，但却知道正是那晚对他进行偷袭的丑女人，也只有这个女人才拥有如此可怕的速度。

“呵呵……咯咯……”叶皇的呼声才落，远处的密林间却传来了一阵比鬼哭还要刺耳难听的怪笑，让人感觉不出这是表示喜，还是悲，抑或什么也不是。

龙奇和九黎勇士们听了这笑声也禁不住起了一身的鸡皮疙瘩，心底发凉。

叶皇拔腿就追，向笑声传来之处追去。

轩辕的每一根神经都禁不住颤了一下，这如鬼哭般的怪笑他实在太熟悉了，只怕这一生都不可能忘掉，正是那晚偷袭他的女人所独有的笑声。是以一听这笑声，他便条件反射地战栗。不过，他知道，自己的猜测没有错，这个怪女人就是在叶皇体内施下情蛊的满苍夷。

“叶皇，小心些！”轩辕急呼道。

叶皇陡然停下脚步，缓缓地转过身来，与轩辕相对，眼里竟存在着一点血红的光芒，但在与轩辕相对的一刹那，红芒渐隐，额头涌动的青筋也平复过来。

轩辕微愕间，叶皇又将目光移向龙奇和白虎神将，杀意无限地道：“你放心，我们的任务尚未完成，我不会乱来的!”

轩辕心中一阵激动，他当然知道叶皇此话乃是对他所说，他也知道叶皇此刻心中是极度的愤怒和悲愤，但却是因为担心他，这才决定留下来一起对敌，而先放下对柔水的挂念和对满苍夷的仇恨。刚才眼内的红芒和额上的青筋就是表示他已怒到了极点。

轩辕望了望龙奇和近二十名九黎勇士，他也实在没有把握独力胜过这群人，不由得轻叹了一口气，缓步行到叶皇的身边，道了声：“谢谢!”

叶皇露出一丝苦涩的笑意，却并没有出声，但任何人都足可感觉到那来自叶皇身上的杀意，浓得如同秋风中的寒意，无处不在，无处不存。

轩辕目光一转，直逼那立成一排的九黎勇士，升起了无限强大的斗志，便连立在他身后的两只猿人也清晰地感应到了，而显出了张狂的野性，低低地吼叫起来。

杀机，战意，在轩辕和叶皇之间对流交换，却形成了一股无与伦比的气势，似欲喷发的火山。

九黎勇士们全都紧了紧手中的兵刃，他们似乎感觉到那即将逼临的暴风雨，可能会在任何一刻爆发。

砰砰……叶皇和轩辕的脚步竟一致得如同一人，带着无比沉重的压力，缓缓踏出两步，便像是在敲击着一张皮鼓，又似踩在每个人的心上，生出一往无回而又霸道无比的杀气。

轩辕和叶皇的心及气机紧紧缠在一起，犹如一个整体，而两只猿人在他们逼进的同时，也跟着逼进，它们的手中却是各拿一根极粗的木棍，也可以说是一截长约一丈五、粗如瓷碗口的树干，光这一根树干便足有两百斤重，如果以这种粗钝的兵刃砸人的话，又有谁是其一招之敌呢?

龙奇的胸口隐隐作痛，刚才那神秘人的速度只让他几疑置身梦中，他见过叶皇的速度，本以为那已经不可思议，但却没想到世间居然有比叶皇更快更绝的速度，简直如同妖魅，所幸那人的速度虽快，但力道却并不足以让他受伤，这还多亏他自小所练的一身硬功，几乎刀枪不伤的硬功。不过，龙奇此刻却感到有些气闷，并不是因为中了那神秘人一脚，而是因为来自轩辕和叶皇的压力。

白虎神将所受的那一刀的确不轻，此刻虽止住了血，但动也不敢动一下，连短刀也不敢拔出。谁都知道，如果短刀一拔出，那时便只有死路一条，连神仙也救不了。此刻白虎神将只希望早点回到九黎本部医治，否则的话，拖的时间长了，恐怕也会生变，但此刻却有叶皇和轩辕两人挡住了去路，想走，也不是一件容易的事。

叶皇并没有问轩辕那日究竟是怎么回事，也没有必要问，而现在更不是问话的时候，他的心中只有杀机，无穷无尽的杀机，还有恨、有怒，除此之外，他不想再去想任何事情，如果有什么事情能引起他的兴趣的话，那便是杀人。

这是叶皇第二次如此强烈地期望杀人，期待鲜血的洗礼。第一次是轩辕失踪与祝融人交手，这一次却是柔水被掳，对手却是九黎勇士。而这一切的一切，全是一个人种下的祸根——那就是满苍夷！

叶皇暗自发誓，他一定要杀死满苍夷，一定要杀死这个恶毒而且疯狂的女人。虽然在最初还有些同情之心，但此刻那点点同情和怜悯早被愤怒和杀机所驱逐，因为他知道，只要满苍夷存在一天，他便只能在阴暗与痛苦中生存。满苍夷就像是来自地狱的恶鬼，阴魂不散地缠着他，更在他的心中种上了挥之不去的阴影。而且，如果满苍夷不死，他的生命也将不属于他自己。因此，叶皇绝不能容忍满苍夷活在世上，哪怕他明知自己不是对方的对手！

叶皇再踏上一步，狂号一声，出剑！轩辕也不慢，剑出，两人两剑，竟在虚空之中结成了一堵墙，流光溢彩的墙，映着西沉的夕阳，幻化出一种梦境般的凄艳。

气裂，风啸，夹着两声怪异的低吼，峡谷口竟似变换了一个世界。

“呀……”惨号声中，叶皇的剑丝毫不停地断剑，杀人，一切都是那般轻松自在。

龙奇的身子被震得倒退五步，他的剑挡住了轩辕的剑，但他却发现，轩辕剑上的力道之大，几乎将天生神力的他震得筋骨欲折。他无法想象轩辕的剑是怎么练的，但轩辕的力道是绝不容置疑的。

呼……呼……两道狂雷般的吼声中，风声大作，竟是两只猿人抡起两根粗树干猛然乱砸。

猿人舞动大木棍并没有什么厉害的招式，但却有着无可抗拒的杀伤力。

九黎勇士们阵脚大乱，有的滚开，有的跃起，有的根本就来不及躲，只得硬着头皮挡。

"呀……"那个硬着头皮挡的人就像是草人一般，在棍下筋骨尽碎，尸体竟横飞出五六丈远，足见猿人的这一击力道是如何巨大。

两只猿人见这一击如此有威力，更是兴奋，像是两个玩腻了鸡毛的孩子，突然发现了一个最好的玩具一般，竟显得有些疯狂。

叶皇和轩辕也为猿人的这一击之力给吓了一跳，但他们绝对不会手软或有丝毫的犹豫，叶皇更是如此！

叶皇出剑，只有攻而无守，由于占着手中神剑之利，疯狂地杀戮着。

"呀……"叶皇闷哼声中，便又有一人在其剑下魂飞天外，但他也被对方的兵刃划伤，却丝毫不在意，就像根本感觉不到痛楚，此时的他就像一个只有魂魄而无躯体的杀人机器。

轩辕见叶皇这般疯狂，也禁不住担心起来。叶皇这种根本不顾自身的打法，虽然充盈着无尽杀伤力，却是一种极为自暴自弃的做法，也是在折磨自己。

两只猿人杀得兴起，两根大树干横扫，上下砸，直捣，竟似乎有些简单的招式可循，这两根两百多斤的树干，在它们手中就像两根筷子似的舞得轻松自如，又因力大棍沉，竟也有着一种野性的霸杀之气。

叶皇再出剑，剑迹如流星划过，但也空门大露。只不过，叶皇的剑快，快可以使破绽完全掩去，因为在敌人攻到之时，他已经结束了对方的生命。但叶皇仍似乎是在赌气，和自己赌气，因为他忽视了敌人的数量。若是单打独斗，叶皇的这种打法绝对有效，可是此刻敌人却是自己的十倍之数，这就有些难说了，是以轩辕惊。

轩辕惊惶之间为叶皇挡了两剑，但他却退了一步，被龙奇所逼退，而且他的剑竟被童龙之剑削断。

叶皇狂号着再出剑，像是一头完全不知痛苦的疯兽，让九黎族剩下的人心惊胆寒。

只在片刻之间，叶皇和轩辕及两只猿人便创下了八死五伤的战绩，怎不叫九黎勇士大惊?

可怕的人并不是叶皇和轩辕，虽然在气势上，两人也生出一股让人胆寒的压力，但更重要的却是两只猿人和两根粗树干。如果没有叶皇和轩辕的话，两只猿人当然不可怕，因为这群九黎勇士大可与之近身相斗，使得长树干根本无发挥之处，而且猿人的招式笨拙，并不可怕，但与轩辕、叶皇两人相配合起来，九黎勇士根本近不了身，只有挨打的份儿，这就只好自叹倒霉了。

猿人的笨拙，叶皇和轩辕的灵动；猿人远攻，轩辕和叶皇两人近攻，这便成了极度可怕的绝配。

龙奇宝剑虽利，但想斩断如此粗的树干，也不是一剑之力所能达到的。当然，如果树干是不动的，那还有可能，但此刻每一根树干之上都蕴有数千斤之力，他又如何能够斩断树干呢? 是以他们竟被打得叫苦不迭，毫无还手之力。

轩辕望着两只猿人翻来覆去的都是横扫、上下砸、直捅，禁不住心中暗笑，他只是临时作了一下示范，没想这两只猿人竟然能够灵活地运用，实是难得。不过看两只猿人的表情，倒似乎从来都没有玩得如此痛快，那龇牙咧嘴、眉飞色舞的样子，倒似乎是自认为做了一件极为得意的事情一般。

轩辕向一只猿人呼了一声，朝圣女和施妙法师指了指，那猿人似乎立刻明白了轩辕的意思，兴奋地冲了出去，大树干一记横扫千军，只打得九黎勇士们魂飞魄散，都慌忙飞退。

那猿人一声怪笑，直向圣女凤妮和施妙法师那边赶去。

嗖……一排劲箭直向那猿人射去，但力道似乎并不足，那猿人身子极快，却也中了两箭，而猿人皮粗肉厚，根本就难以造成什么损伤，只是这下子更是激怒了猿人。

猿人哇啦哇啦地一阵乱叫，看到白虎神将在一边静坐疗伤，便举起大棍，见人就砸，只吓得那些守卫白虎神将之人魂飞魄散，如果被猿人这样一砸而中，白虎神将岂有命在？而且只凭他们的力量能不能挡住猿人这一砸还是个问题。

刚才猿人将人砸成肉饼的事实，所有人都是有目共睹的，因此，没有人敢轻迎其锋，只好抱着白虎神将飞退。

轰……猿人一棍砸空，击在地上，在强大的气劲相击之下，大树干竟轰然折断，猿人慌忙扔下大树干，显然是双手被地面的反震之力震得发麻，这才有这种惊慌失措的表现。

大树干一丢，猿人立刻失去了兵刃，倒似乎一时间还不适应，扭头望望轩辕，竟不知该怎么办才好。

嗖……又有两只箭趁那猿人惊慌之际射中了它的背部，但因那箭手本身就有伤在身，力道不够，只射破了猿人一些皮肉。这下可是真的激怒了猿人，只见猿人猛地转身，嗖的一声，如电火般直蹿向那准备再放箭的箭手。

那些箭手大惊，慌乱之中只得再放箭，但猿人的速度太快，根本就没有准头，当他们感到不妙之时，猿人已到了他们的身边。

“呀……”猿人一声低吼，伸手一抓，便将一人拉在手中，像是撕布偶一般扯成两半，再狂吼一声直甩而出，又朝另一名想逃之人的脑袋一抓，那人根本没有反抗之力，瞬间就被捏破了脑壳。

轰……猿人愤怒之下，又咬又撕又踢，那群本就受了伤的人，一个个像纸人一般，虽拔出兵刃在手，但对于皮粗肉厚的猿人来说，这点小伤根本算不了什么。

龙奇大惊，低吼一声：“撤!”当前的形势对他来说并不乐观。此刻他们能战之人只有八个，又要分出两人照看白虎神将，真正能用之人只有六个，又如何是两只猿人及叶皇、轩辕两人的对手？与其战死，倒不如先保住性命再说。

那只失去了兵刃的猿人见没有人再给它打了，竟又抓起刚才射了他一箭的那人的尸体撕咬了一阵，这才心满意足地将地上的弓箭全部折断，连轩辕和叶皇也来不及阻止。

那猿人在玩得痛快了之后，这才想起了轩辕交给它的任务，满不在乎地将圣女和施妙法师一手一个地提了起来。

龙奇飞快地撤退，另一只大棍犹在手中的猿人意犹未尽，举步便追，一边哇啦哇啦乱叫，一边举棍扫击。不过龙奇诸人很快窜入密林中，那长树干横扫之下，立刻打在周围的树干之上，叶飞枝舞。

猿人大恼，没想到这大树干一入林便大大地不方便了，无论是横扫还是直砸，都会拖泥带水地牵动一大片。

猿人力大无穷，但却极笨，只知道蛮干，因此，横砸之时也不注意是否被其他的树干所阻，而那些古树干粗叶茂，又岂是猿人所能打断的？是以，反震之力使得那猿人手臂发麻。林间的横枝也极多，猿人举棍上击，却又再遇阻，几乎气得它暴跳如雷。

龙奇并不敢趁机回击，因为叶皇和轩辕也已飞赶而至，这两个年轻人组合在一起，足以与他们相抗，若再加上两只猿人，即使猿人不用大树干或任何兵器，也不是他们能惹的。

呜呜……正在龙奇急欲逃命之时，突然传来一阵古怪的号角之声。

龙奇大喜，也迅速摸出一个牛角状的东西，一阵猛吹，呜呜之声立刻与远处的号角声相应合。

猿人一听这叫声，竟怔了一怔，似乎对这古怪的声音极感兴趣，猛地甩出手中的大树干，身子也随着大树干之后向龙奇扑去。

叶皇和轩辕也吃了一惊，两人相视望了一眼，异口同声道：“九黎族援兵!”

龙奇正在吹号时见大树干向他砸来，禁不住吃了一惊，忙移身闪开，他身边的几名九黎勇士猛地出剑，因为猿人已经攻到。

猿人的速度奇快，在几柄剑还没有攻到之时，两只大手已向龙奇抓去。

龙奇因一手拿着号角，虽握剑在手，但因身子一退，出手的轨迹为树身所阻，竟来不及阻止猿人这一扑之威。

猿人动作无比利落地抓住了龙奇拿号角的手。别看猿人动作极为笨拙，但行动起来却快得惊人。

龙奇几乎骇得魂飞魄散，拼命地向猿人腹部蹬去，但已来不及挥剑，两只手便被猿人全都抓住。

砰……龙奇的脚狠命地踢在猿人的腹部上，他那高瘦的身子在猿人手中竟像小娃娃似的。

猿人被他踢了一脚，似乎感觉到有些痛，却浑不在意，只是迅速夺下龙奇手中的号角，然后一甩手便把龙奇掷了出去。

九黎勇士们见同伴双手被抓，也全都在惊骇之余以为龙奇这回完了，却没想到只是被掷了出去，不由得慌忙接住掷出的龙奇。

哗哗……龙奇被掷出的力道极大，竟将那三个企图接住他的九黎勇士一齐撞倒在地。

龙奇脸色煞白，便是他也以为自己这回死定了，却没想到猿人轻易地放过了他，但当他发现那猿人将那只牛角号的大头放在嘴巴里吹弄却丝毫不出声时，禁不住有种哭笑不得之感。

轩辕和叶皇也不由得呆了一呆，也为猿人的傻动作逗得想大笑。

猿人并不是想杀人，只是志在夺得这只能发出声音的牛角号，这似乎是它发现的又一件新鲜玩意，竟翻来覆去地摆弄着，似乎忘记了自己身在险境。

龙奇诸人为猿人的威势吓呆了，自然不敢惹这煞星，如果激怒了这只猿人，说不定这回真的把他们撕裂了。

“快走！”轩辕向猿人吹了个口哨，并向叶皇道，而此刻正是那猿人将牛角号的小头放在口中吹起之时。

呜的一声号角响了起来，倒把猿人自己也吓了一跳，旋又高兴得如同一个娃娃，手舞足蹈地向轩辕赶了过来。

另外那只猿人也跑来凑热闹，轩辕和叶皇望了望猿人手中的圣女和施妙法师，心中终于松了一口气，但却知道九黎族的援兵很快便会到来，他们也必须赶快离开了，是以并不再追杀龙奇，而是领着猿人向峡谷之中冲去，猿人却一边跑着，一边吹着手中的号角，确有乐此不疲之感。

轩辕和叶皇禁不住大感好笑。

叶皇对轩辕这几天所做的事大为惊讶，也高兴异常。

轩辕也是高兴至极，能够挫败神谷的攻袭，让他们损失百余人，这也是一个莫大的胜利。

那些烧焦的尸体，全都被掩埋，而在谷口对神谷来众的伏击也取得了一定的成功。不过，神谷中的人物似乎个个都是硬手，如果不施计取巧，他们的实力比之这群奴隶兄弟们自是有过之而无不及，不过，那些人吃亏在不明这群奴隶兄弟的虚实，而且又中伏，自然吃亏极大，终被郎大诸人杀退。奴隶兄弟也战死数十人之多，神谷中的好手也死伤这个数，再加上望风崖下被活活烧死的那群人，神谷的这个脸就丢大了。

贰负见轩辕居然能在天黑之前赶回来，自然欢喜异常，伍老大却是惊骇不已，他似乎没有想到轩辕竟能自白虎神将手中将圣女二人抢回来，而且速度如此之快，禁不住对轩辕的实力又另作估计。

叶皇和两只猿人自然也受到了众奴隶的热烈欢迎，轩辕便像是他们的英雄，而叶皇与猿人又是英雄的朋友，虽然猿人的模样丑陋，但只要不去惹怒它，却并不可怕。

叶皇身上的伤势并不重，只是因流血过多，而显得有些疲惫，但他们终还是摆脱了九黎本部援兵的追袭，而那群人似乎并不知道神堡已经易主，还一路猛追，却遭到奴隶兄弟们的阻击，这才悻悻而去，转投向神谷。

圣女和施妙法师乃是受药物所制，轩辕花了大半个时辰才救醒两人。

圣女睁眼发现自己身边的人竟然是轩辕之时，那种惊讶和欣喜的表情连轩辕也感到意外，在乍醒间，欢喜的圣女竟突然放弃了往日的矜持，一把拥住轩辕，只让轩辕连大气也不敢喘，俊脸绯红。

贰负在一旁看得大感惊羡，叶皇却想起了失踪的柔水，也不知道此刻她究竟如何了。而施妙法师老奸巨滑，睁开的眼又装作闭上了。

“真的是你？这不是在做梦吧？”圣女凤妮也表现出往日从没有过的脆弱，像是一个失去亲人的孤儿，突然发现了失踪的亲人，喃喃地欢喜道。

轩辕将她抱得更紧一些，此刻的便宜是不占白不占，然后才轻轻地拍了拍圣女凤妮的香肩，轻声道：“这是真的，我刚从九黎族人手中把你和法师救回来，还重创了白虎神将。”

圣女凤妮似乎很快意识到自己的失态，不禁俏脸一红，轻轻地挣了挣，却没能挣开轩辕的一双大手，反而被轩辕拥得更紧。

轩辕坐在炕边，对一旁的叶皇和贰负并不在意，因为他知道这两位兄弟绝对不会出卖他的，而施妙法师装作没醒又岂能瞒过他的灵觉？这是明显地为他制造机会，他岂会对怀中的美人手软？何况平时圣女是何等的高贵和圣洁，此刻如受惊的小动物一般偎在自己怀中，那种感觉的确有着无比的刺激。

轩辕岂会是对眼前美女没歪念的人？只不过平日里他自不能表现出来，不过，只要是男人就不可能会对圣女这种独一无二的美丽无动于衷，这并不能怪轩辕好色。爱美之心与好色本就不是同一个境界。只是轩辕是一个极会把握机会的人，而这个机会，他当然不会放过。

轩辕身上那股粗犷的男人气息几乎让圣女如同喝醉了酒一般，轩辕的身上并不只有男人粗犷的气息，还似乎有一股若有若无的淡香，浑重而又怡神，与汗水味杂在一起，竟有着极大的诱惑力。

凤妮毕竟是自小修心之人，仍能够控制住自己意乱情迷的心，挣开轩辕的怀抱，在炕上移了移身子，与轩辕保持两尺距离，眸子之中的迷乱渐渐变为清澈。

轩辕并没有太强人所难，也很自然地在凤妮第二次挣扎时松开了手，只不过脑子里仍泛起那种缠绵时销魂蚀骨的美感，对着脸色仍泛着微红的圣女凤妮抛出一个似笑非笑的古怪眼神。

凤妮似乎明白这个眼神的意思，本来清澈的目光又一阵迷蒙，却立刻避开轩辕的目光，竟发现了叶皇和贰负。

“阿轩来迟，还望圣女勿怪!”轩辕吸了口气道。

施妙法师此时才装作伸了个懒腰醒来，也坐了起来，故意扭头四顾望了望，问道：“这是哪里?”

“这里乃是九黎族的神堡!”轩辕道。

“啊!”圣女凤妮和施妙法师同时忍不住发出一声惊呼，脸色都变了。

“哦，圣女和法师别惊，这里虽是九黎族的神堡，但此刻已经不再属于九黎族，而是我们自己的，九黎族人尽数被我们驱赶而出，在这里的全都是我们的奴隶兄弟!”轩辕当然明白圣女凤妮和施妙法师心惊的原因，是以才会出言解释道。

圣女凤妮和施妙法师疑惑地望了轩辕一眼，见轩辕并不似在说谎，却不明白轩辕凭什么力量驱走了神堡中的九黎族人，而且救下了他们。

“这位就是奴隶兄弟的首领贰负，这次能救出圣女，全靠贰负兄出力!”轩辕介绍道。

“轩辕兄弟怎能如此说?你是我们的大首领，今次若是没有你，我们的兄弟只怕永远都无法重获自由，这一切全都是仗你之力，我哪有什么功劳?”贰负忙谦虚地道。

“贰负兄此言差矣，不过，我们也不必为这些事情争论。我想今晚还得提防神谷方面的偷袭，待会儿我们应该去布置一番，别让他们有可乘之机。”轩辕淡淡地道。

“这个自然，我立刻就去安排!”贰负爽朗地一笑。

“你身上的伤不碍事吧?”轩辕又问了一声。

“只要不与人交手，大概便不会有问题。”贰负自信地道，说完不待轩辕吩咐，便行了出去。

“叶七和猎豹他们没有跟你们在一起吗?”轩辕突然问道。

圣女凤妮和施妙法师都显出一丝迷茫之色，摇了摇头，同时道："我们全都被分开了，也不知道他们被带到什么地方去了。"

轩辕和叶皇眉头紧皱，如此一来，又不得不为猎豹诸人担心了，也不知道猎豹诸人究竟在何处。如果今日有猎豹和叶七一干人相助，己方实力定会大增。这次虽救回了圣女凤妮和施妙法师，但面对实力雄厚、高手如云的九黎族人，这群奴隶兄弟顶多只能守住一阵子，而难以与九黎族人长期相抗。这一点虽然大家都不说，但谁都明白，当务之急，就是如何找回猎豹诸人，然后迅速起程前往有熊族，唯有到了有熊族本部之后才能够真正安全。

"你们怎会找到这里?"施妙法师突然好奇地问道。

轩辕和叶皇相视望了一眼，想到这些日子中所经历的一切，无一不是在生死边缘挣扎，禁不住有些心有余悸，但也知道，既然事情已经发展到了这一步，便没有回头路可走。尽管自己可以撒手不管，但又岂能放下众兄弟不管?

轩辕和叶皇长长地嘘了一口气，缓声道："这之中说来话长，并不是一时半刻所能讲清楚的。"

"如果是这样，那就不讲也罢。"圣女想了想道。

"我们必须尽快找回猎豹他们，否则的话，只怕我们很难摆脱九黎族高手的追杀!"轩辕肯定地道。

叶皇在一旁仰头而立，似乎思索着什么，冷漠得不像是活在这个世上的一份子，目光空洞之处似可以看到渐浓的夜幕。

"我先出去走走!"叶皇愣了半晌，突然嘘了一口气，淡淡地道。

圣女凤妮和施妙法师这才感觉到叶皇似乎有些不对劲，但却不明白不对在何处。

轩辕知道叶皇心中所想，不过，他也无能为力，想到身边可能潜在一个如同满苍夷这般可怕的敌人，也有种不寒而栗之感。那种如鬼魅般的速度，让你怎么死都不知道，但那个满苍夷究竟是什么人物?与叶皇之间怎么牵扯出这么多的恩恩怨怨呢?

“好吧，你先出去走走，顺便检查一下众兄弟们对机关设计的情况，但要想开一点，有什么事情，咱们两兄弟一起干！待会儿可能有很重要的事情去做呢。”轩辕拍了拍叶皇的肩头，淡淡地道。

叶皇轻轻地嗯了一声，便转身出去，连看都不曾看圣女凤妮和施妙法师一眼。

轩辕望着叶皇行出的背影，半晌才扭过头来，望着圣女吸了口气，问道：“不知圣女的行踪是如何被他们发现的呢？以我们行动之隐秘，连共工氏的人都查不出来……”

轩辕话说到这里，竟意外地发现圣女的脸色微微红了一下。

“我们也不知道这群人是怎么知道我们的行踪的，当我们发现他们存在之时，已经被他们包围了。”圣女凤妮目光别开轩辕的注视，投向窗外，无可奈何地道。

轩辕心中涌起了一丝疑惑，隐隐地感觉到有些不对，但却说不清楚是哪里不对，只是一种直觉。

“圣女说得没错，他们竟动用了一百多名好手，更有几人的武功奇高，风六和风四及风八都战死，凡浪和化铁虎也都战死，其他的人全都被活捉，但都受伤不轻。本来我们是被关一起的，但后来却又分开了，我们也不知道猎豹诸人被带到哪里去了。我们在地牢中待了几天，今天吃了早饭后，就不省人事，醒来便是这样了。”施妙法师淡然道。

轩辕苦笑道：“这里是九黎族的势力范围，你们的行踪自然很容易被他们发现喽，这也难怪。”

“可是我们当时的确已经很小心，连火把都未点，事情来得实在有些古怪。”施妙法师皱了皱眉头道。

轩辕的心中极不好受，想到那日所见的几具白骨，定是凡浪和化铁虎他们的。这两人平时极为忠厚，没想到却落得死无葬身之地的地步，不免有些心寒，想到这些，禁不住长长地叹了一口气，悠然道：“圣女和法师好好休息一会儿，我出去布置布置，待会儿我让人送些吃的来。”

圣女偷偷瞥了轩辕一眼，却发现轩辕也在看她，不由得脸一红，又低下头去。

轩辕这才向施妙法师点了点头，退了出去。

轩辕不语，只是静静地坐着，像叶皇一样沉默，其实他根本就不需要言语。

叶皇像一尊石雕，整整一盏茶时间未语未动，甚至连眼睛都未曾眨一下。当然，这些对轩辕来说并不算什么，他甚至有两天两夜都未语未动过，也不饮不喝，连一向熟知他的黑豆也都吓了一跳。

静！是轩辕最中意的境界，只有在一种宁静的环境之中，思绪才能够以一种更为轻松的形式去运转，甚至似乎可以感应到苍穹大地的那股无形却又实在的生机。是以，轩辕总喜欢一个人去捕捉这股无形却实在的生机，至少，他觉得这比与那一群俗不可耐之人打交道要强上许多。

静寂之中，灵台也似乎极为宁静，而此时可以反省到许多往日都不曾想过的问题，也是对人生一个总结的好时机，只是轩辕此刻的心也极乱。

虽然四周静寂一片，天幕黑沉沉的，稀稀朗朗的几点寒星似是早晨阳光下的露水，但轩辕没有心思去想太多。

这些日子以来，总在不停地挣扎，在生死的边缘，在一个往日从未有过的环境中奋发，他很少有机会静下心来想想，可一旦静下来，脑子里所充斥的又全都是一个个惨烈的画面，或是在遥远异乡的爱人，竟有种说不出的累和惆怅。而今日在圣女的表情中，他看到了一丝异样，似乎圣女有什么事情在瞒着他们，这使他心中多了一丝不快。

“我觉得我们还是要小心一些好！”叶皇突然迸出一句让轩辕感到莫名其妙的话来。

“此话是什么意思？”轩辕认真地问道。

“我有一种很不祥的预感！”叶皇叹了口气，抬头仰视着深邃难测的苍穹，悠然道。

“什么预感？”轩辕不由得呆了呆，问道。

叶皇摇了摇头，茫然地望着天空，长长地嘘了口气，落寞地不答反问道："你相不相信命运？"

轩辕一时间摸不着头脑，叶皇的话有种语无伦次之感，他不明白命运与预感之间有什么关系，但却仍然回答道："我也不知道该不该相信。"

叶皇绽出一丝凄然的苦笑，淡然道："这么说你是已经相信了？"

轩辕一愣，反问道："你说这些是为了什么？"

"我也不知道，总觉得冥冥之中，命运和我们开了个玩笑，一切的一切，全都是上苍导演的一场戏，而我们只是一群盲从无知的戏子，生、死、喜、怒、情、爱、恨、仇，全都是按上苍的意愿去极力演好自己本身的角色……"

"你怎能如此悲观？"轩辕吓了一跳，忙打断叶皇的话叱道。

叶皇蓦地扭头与轩辕相对，深深地注视着轩辕的眸子，半晌才缓缓地嘘了一口气，道："有人曾说我是一颗天孤星，所有爱我的人和我爱的人都得不到善终，甚至连至亲的人全都会死去，我也注定会品尝孤独，永远都会生活在阴暗之中。我生下来时，母亲就因难产而死，半年后，父亲也被猛兽咬死，养大我的是三婶，也即是清妹的母亲。从小族人都将叶帝和我当作灾星，自我出生后，族中便经常发生祸端，害得我们有邑族不得不向北迁移百里，来到现在这个位置……"

"是谁说你是天孤星？"轩辕冷冷地问道。

叶皇顿了顿，嘘了口气道："是天星祭司！"

"天星祭司？"轩辕惊讶地反问道。

"是的，他已在九年前被叶帝所杀！"叶皇无可奈何地道。

轩辕的心中禁不住蒙上了一层阴影，虽然他知道叶皇所说的看似与今日之事没什么关联，但其实际上有内在的牵连，因为他所要面对的敌人可能是叶帝，而叶帝又是一个怎样的人呢？而且，今日之话可能关系到叶皇心中的一个死结，如果不能解开这个死结的话，只怕叶皇的斗志会难以提起来，而轩辕绝对不能少了叶皇这样一个助手。

"叶帝为何要杀天星祭司？"轩辕好奇地问道。

"因为天星祭司说叶帝乃是天孤星背后的黑暗之星，乃是邪恶的化身，更主张要将我们兄弟二人拿去祭天或流放族外。而这些，也辗转传到我们兄弟二人的耳中，所幸在有邑族中并没有以人祭天的先例，而我们兄弟二人也没有什么过错，族人根本就没有理由处治我们。尽管如此，叶帝后来还是杀了天星祭司！”叶皇说到这里，顿了顿，又道，“当叶帝提着天星祭司的头来告诉我，他杀了天星之时，我简直不敢相信这是事实，我看见天星祭司的眼里充满了惊愕和骇异，却并无痛苦之色，表情栩栩如生，显然是在措手不及之中脑袋已经被斩了下来，而叶帝的脸色更是可怕，散发出一种从来都没有过的杀气，使得一张脸孔似蒙上了一层魔火，犹如自黑暗之中跳出的魔鬼，那张狂的杀意让人不寒而栗！”

轩辕没有说话，只是在想象着当时叶皇吃惊的表情，在想着叶帝一手提头，一边说话的动作。

“让我吃惊的并不只是这些，让我吃惊的是叶帝居然能够丝毫不伤地杀死天星祭司。以天星祭司的武功，仅有天河祭司可与之匹敌，连老族长都要逊上一筹，而叶帝从来都没有人教他武功，就因为天星祭司说他是黑暗之星，于是族中人从不教我们武功。因此，我们几乎是不会武功的，而天星祭司乃是族中第二高手，武功之可怕不会比青天差多少，至少可达到刑月和白虎神将这个层次，但叶帝却杀了他。”

叶皇的心神似乎又回到了九年前。

轩辕也呆了，他也无法想象一个从未习武的人怎么可能杀得了一个如刑月和白虎神将这般的高手，虽然他能侥幸重创地祭司，但那也是从小便习武的原因。想到这里，轩辕不由道：“肯定是他平时经常偷看别人练武，然后自学成才，再趁天星祭司不备，这才得手，是吗?”

叶皇笑了笑，淡漠地道：“不是，叶帝是自天星祭司的正面出手，而且在出手前还对天星祭司说过，要杀他！”

轩辕又呆住了，像是感到有些好笑，他也实在想不出什么可能，叶帝能自正面杀死天星祭司。

“叶帝平时的行迹甚诡，但我却对他的行踪了解得极为清楚，只是有时候他会做出一些怪事，只怕连他自己也不知道为什么要去做这些。那次，他杀天星祭司，的确是自正面杀的。然后他以早准备好的兽皮袋将头放进去，提了回来，事后根本就没有人知道是他干的，查也无从查起，地上只是有一摊血迹，那兽皮袋不仅可以防止血液滴在地上，也使气味不再存留在空气之中。我无法想象，叶帝竟像是一个杀人的老手，无论什么都做得极为干净利落，绝对不会留下半点线索。那段时间族中之人疑神疑鬼，后来终于决定迁族址。也就是在那之后，我发现了叶帝的许多秘密。”叶皇说到这里，轻轻地叹了口气。

“什么秘密？”轩辕对有邑族的过去的确有很大的兴趣，因为，他要知道有邑族的一切，在他的心中仍然存在着一些无法解开的疑团，而这些，很可能是叶皇所知道的。

“叶帝一直都在追着一个女人学剑，他为了能向这个女人学武，竟不惜以杀害族人为代价，甚至不择手段，只要那个女人喜欢的事情，他都会去做，而且做得干脆利落，绝不会拖泥带水。即使那个女人让他去舔她的脚指头，他也丝毫不加犹豫……”

轩辕听得心中直冒寒气，他无法想象那是怎样一种场景，也没有想过世上会有这般的女人，而叶帝的决心之坚也让人吃惊不小。

“整整两年，那女人没教过叶帝一招半式，但每日却想着以不同的方法折磨他，而每日叶帝总会抽出一些时间去见那女人，而这个时间却是我们所忽视的，有时是深夜，但叶帝每日必去。有一天，那女人让叶帝用舌头舔遍她的全身，包括脚趾和那肥大的臭屁股！”叶皇说到这里，指骨关节竟发出一连串暴响，显然是心中隐藏着无尽的悲愤。

轩辕感到一阵恶心，难以言说的恶心。他无法想象叶帝如何忍受这两年非人的生活，如何忍受这样一个变态女人无理的要求。

叶皇凄然一笑，又道：“那晚，叶帝也不知道哪来的勇气和力气，竟然把那个女人也干了。那个女人在他的身下不住地浪叫着，疯狂地抓着他的身子，而叶帝也咬破了那女人的乳头……事后，那女人竟然对叶帝大为嘉奖，还传了一种练功之法给叶帝，这让叶帝受宠若惊，又将那女人干了一场。那一年，叶帝十五岁，而那个女人已有三十多岁！”

“十五岁，三十多岁？”轩辕不由得惊讶地问道，但旋又醒悟，脱口呼道，“满苍夷！”

叶皇脸色大变，惊讶地望了轩辕一眼，想要说什么，但又忍住了，在轩辕目光投来之时，又扭头仰望着天空。

轩辕大惊，他不明白为什么自己在叫出满苍夷这个名字的时候，叶皇会如此吃惊，他并不觉得有什么好吃惊的，以满苍夷那神鬼莫测的速度，而叶帝和叶皇几乎是师出一门，且两人年龄相差十多岁，而叶皇曾说过满苍夷比他大十八岁，自然也就比叶帝大十八岁，是以，轩辕不觉得猜出满苍夷是一件很困难的事。

“是的，那个女人叫满苍夷，她的存在在有邑族中只有叶帝一人知道，这也是一次偶然的机会才知道的。也是在偶然中，叶帝发现这个丑女人杀我们的族人就像捏死蚂蚁一样容易。于是他当着那女人的面杀死一个重伤的族人，以取信那女人，更编出一个故事让满苍夷相信我们的父母是被我们的族人害死的，就这样，满苍夷没有杀他，也被他纠缠了两年。叶帝真的很聪明，十三岁时，就能够骗住那个疯女人，更能不择手段地去杀死一些比他厉害很多的人物而不留任何痕迹。他似乎是一个天生懂得如何杀人的人！”叶皇忍不住赞道。

第三十八章　孪生之剑

轩辕心中禁不住涌起了一丝异样，但他也说不出其异样之处究竟在哪里。

叶皇便又接着道："然后，他每天晚上都去找那个女人，而那个女人每次在心满意足后，都教他一两招武功或指点一下。而他的武功在一年之中，几乎脱胎换骨，虽然外人无法知道他的变化，但他却自那之后行事越来越诡异，这些都是我后来才知道的，他便是使我们族人北迁的祸首。那时候，族人都居于南山，而他经常将族中妇人偷出去奸淫，甚至于诱奸有夫之妇，但那些妇人并不敢声张，除被诱奸者外，没有人知道叶帝便是凶手，因为他在偷来女人后，定将其眼睛蒙上，而与他欢好后的女人似乎都离不开他，那是因为他的体质特异，更在天星祭司那里偷到了一本有关于媚功和采补之术的奇书。叶帝在十四岁时就开始练习，而这一切全在满苍夷身上实践，如何去挑起这恶妇的欲火，如何去征服这个女人。在他与满苍夷欢好后半年中，他的媚功和采补之术已经小有成就，这些女人自然全都败服于他的床上功夫之下，甚至不能自拔，使得这些女人觉得与自己的丈夫欢好索然无味……"

"天星祭司怎会有这样的书?"轩辕问道，心中更充满了疑惑。

"哼，他只是一只披着人皮的狼，也不知道有多少无辜的女人在他的魔爪下失去贞操!"叶皇鄙夷地道。

轩辕哑然，他从小到大都对祭司不看好，是以，他并不奇怪天星祭司的行为，心中也暗暗发誓，如果自己有一日能够统治各个部落，一定要废除这些欺世盗名的祭司，但仍忍不住问道："后来怎么样?"

“后来满苍夷显然觉察到叶帝在外的行径，但却又无法满足叶帝，更对他是欲罢不能，所以她不敢对叶帝发怒，只好找那些无辜的女人出气。于是，与叶帝欢好过的女人们，全都遭到一场永远都无法醒来的噩运。终于，族人发现了满苍夷的存在，却不知道这些事情是由叶帝惹出来的。而事实上，这一切全都是叶帝一手安排的，他要杀死这个女人已是很轻易的事，只要在与她欢好时在她最欢乐时补一刀就行，但叶帝却想得到这个女人的绝技。他知道，这个女人教给他的武功只是一些皮毛，真正的绝学并未传给他。是以，他故意安排了满苍夷与族中高手大战。那一次出动了包括族长和两大祭司等十位高手，终于使满苍夷无所遁形，毁容而去，更身受重创。自此之后，满苍夷的功力只剩下六成，如果不发生奇迹，永远都不可能修复。而叶帝又趁满苍夷落难之时，故意示好，对其百依百顺，然后他杀了天星祭司，再将祭司的脑袋送给满苍夷，他在杀天星祭司时并没有受伤，但在见满苍夷时却故意将自己击成重伤。果然，那魔女为他的诚心所感动，终于将逸电宗的逸电剑诀传给了他。而我，也是在那一次才知道叶帝过去六七年中所有的秘密。”叶皇说到这里，露出了一丝异样的笑容，似乎有些得意，这一切自然无法瞒过轩辕的眼睛，在黑暗之中，并没有什么可以阻止轩辕的目光。

“可是，你的武功又是自哪里得来的？”轩辕疑惑地问道。

叶皇露出一丝悠然的笑意，道：“当我发现这个秘密之后，叶帝便教我武功，将他在满苍夷那里所学到的全都教给了我，在天星祭司死后，族人并不再限制我们练武功，而且族人向北迁移百多里，也有了很大的变动，我从此开始练剑，便没有多少人在意，而叶帝那次自满苍夷那里回来之后，他说受伤是因受到满苍夷的攻击，族人当然没有什么怀疑，而且他的谎言编得天衣无缝，谁又知道？何况又有那么多女人为他辩护。我的武功进步的速度之快，在族中引起别人的注意是在七年前。两年间，我的武功已经不逊色于族中其他精英了，而叶帝却很善于掩藏自己的实力，族人根本就不知道这些年他究竟干了些什么，如果族人知道，只怕会将他乱刀砍死。他对族人的仇恨似乎是天生的，虽然我极力劝阻他，制止他，但他却根本不听。终于有一天，他练成了逸电剑诀，竟领着族中几个高手找到了满苍夷，于是又一场厮杀上演了。他原以为练成了逸电剑诀之后，便足够对付满苍夷，他一心成为族中的英雄，也是想借机杀死这个心腹大患。”叶皇顿了顿，露出一丝苦笑，又接着道，“满苍夷的确是个了不起的高手，但她看错了叶帝的为人，她没想到叶帝竟会领人来杀她。当她明白事情真相时，已经受了重伤，但叶帝仍是低估了满苍夷，虽然满苍夷将逸电宗的剑诀传给了他，却将逸电宗赖以成名的神风诀藏了私，这是一种比鬼魅还快的身法。这次，满苍夷虽受了重创，可仍逃出了重围！正因叶帝这一招失算，他便掉进了噩梦之中。因为对于他的事，满苍夷知道得太多了。”叶皇叹了口气道。

轩辕脑中想象着所谓的逸电剑诀和神风诀，肯定是指叶帝那快得无可捉摸的剑法和满苍夷那鬼魅般的身法。

“后来族人终于知道了叶帝的真面目，更知道叶帝所干的坏事。而这一切，全都是满苍夷弄的鬼。于是在五年前，族人对叶帝进行捕杀，本来，以叶帝所犯的罪行该当处死，但终因消息来自满苍夷之口，加之叶帝平时行事极为小心，没有留下任何证据，族人也找不出充分的证据来证明他杀了天星祭司。因为天星祭司死时，族人并不知叶帝会武功，当然也就不相信天星祭司是他所杀。以他的罪行，加上淫行，只需废掉武功，断去一臂，再罚思过五年就行，但这对于他来说无异是比死还难受。终于，他求我帮他，我们两人的面貌一模一样，几乎没有人可以分辨出来。因此，我只好代他负起了淫贼的名声，承认所有勾引有夫之妇的事是我所为。于是他只被罚逐出了有邑族，而我却被罚至南山思过五年，南山正是有邑族最初的族址。”叶皇说到这里长长地嘘了一口气，然后叹道，“可我，似乎没有摆脱天孤星的命运。”

轩辕望了望叶皇，不明白他最后一句话是什么意思。

“三婶死了，是被我和叶帝气死的，三叔死了，他得的是一种奇怪的病，燕灵一怒之下嫁给了大哥，做了他的第五夫人，而我真的成了孤零零的一人，所有人都鄙夷我，虽然我知道自己是清白的，可我已经百口莫辩，一切的一切都来得太突然了。而后满苍夷找到了我，这个恶女人将我当成了叶帝，更把情蛊种入我的体内，对我百般折磨。但我却绝不屈服，后来，她也知道了我并非叶帝，却以一种催情之药让我成了她的玩物，后又以各种手段逼我做她的玩物，却都被我拒绝了。她自不能每次都以催情之药，后来，她以族人性命和燕灵之命相逼，我终于不得不受辱忍了，但对她说只能以三年为限，她也答应了。可三年后，她不守信诺，不过，这三年之中，她对我倒是很好，甚至连神风诀的上半卷也教给了我，可我心不在她，根本就不喜欢她，我知道她已经陷进去了，是对我动了真情，而三年之期使她痛苦，也成了我的痛苦，她是一个脾气极为古怪的女人，什么事情都干得出来……”

“你是在担心……”轩辕打断叶皇的话，但却只说了一半，便见一道幽光闪过。

是剑，没错，绝对是剑！黑暗之中，轩辕看清了一切，那是叶皇的剑！

好快的剑，快得连轩辕也来不及作出反应！

叶皇的剑，却是刺向轩辕，以一种奇异的弧度，却不知是自何处来向何处去，但轩辕有一种预感，那便是这一剑是落向心脏。

并不陌生的一剑，在这千万分之一秒的时间内，轩辕脑子之中闪过一个人和一柄剑——叶帝和逸电剑！

只有叶帝的剑方能够在如此短的距离之中，爆发出如此迅捷无伦的速度，才能够让人生不出半点征兆，而叶皇根本就无法做到这一点。

轩辕跟叶皇交过手，也同样与叶帝交过手，在瞬息间拔剑出剑的速度，叶帝绝对更胜叶皇一筹。

当轩辕发现眼前之人并不是叶皇时，的确已经迟了，只凭那冷辣阴狠的眼神，便可知眼前的叶皇只是叶帝的化身。

“那叶皇呢？”轩辕几乎不敢相信这是事实，他是按照贰负的指点才在这里找到叶皇的，他也知道叶皇可能心事甚重，只想过来安慰一下叶皇，却没想到这却成了一个陷阱。

噗……叶帝的剑准确地刺中轩辕的心脏部位，但他却呆了一呆，他所刺中的竟不像是肉体，在他一愣之际，轩辕的铁拳已经重重地砸在他的头部。

叶帝只觉得一阵天旋地转，轩辕这一拳之重，几乎要将他击得头颅开裂，禁不住狂号着飞跌而出。

轩辕也闷哼一声，胸前渗出几缕血丝，惊出了一身冷汗，暗呼侥幸之余，叶帝已满面是血地一跃而起。

呼……叶帝还没来得及使自己头脑清醒一些，便被一块厚重的破木板击中膝盖骨，那立起的身子又跪了下去。

轩辕冷哼一声，露出一丝阴冷的笑意，再次出手。

他绝没有想过对这样一个凶人留什么情，当然，他并无意杀叶帝，毕竟他是叶皇的同胞兄弟，而且叶皇的行踪还得由叶帝口中得出。是以，轩辕不想置叶帝于死地，但，他绝不吝啬将叶帝击成重伤。

慌乱之中，叶帝出剑已经不成章法，根本就无法对轩辕构成任何威胁，只有挨打的份，他所受的那一拳的确太过沉重。叶帝的确是失算了，没有估计到轩辕在中剑之后，仍能够击出如此重拳，一个失算，便足以酿成致命的错误。

“叶帝，你认命吧！”轩辕冷笑间，手中的长剑已经抵住了叶帝的咽喉，冰寒刺骨的剑气透肤而入，让叶帝禁不住打了个寒战。

“不可能……这怎么可能？”叶帝几乎不敢相信这是事实。

“这是天意，上天要亡你，你无论如何都不可能有赢的机会！”轩辕淡然笑道，这一刻，他竟然也相信了天意，如果不是上天故意相助的话，他又如何能够躲过叶帝这致命的一剑呢？

叶帝的鼻血仍在流，鼻骨几乎被击碎，门牙也掉了几颗，那被击伤的眼睛此时才能真正看清东西。

最先看到的便是轩辕的剑，那抵住他咽喉的剑，然后他发现了那块击在他膝盖骨上，厚约三寸的木板。让他心惊的却是木板之上有一个剑孔，木板已经对穿。

叶帝不得不承认这是天意，的确是天意，只是他不明白轩辕怎么会未卜先知，洞悉他会前来刺杀。

“不可能……怎么可能……你怎知道我一定会来刺杀你？而且一定会刺向你的心脏呢？”叶帝对轩辕未卜先知，在胸口放上这样一块厚木板表示极度的怀疑。

轩辕也觉得好笑，但却笑不起来，因为如果不是这块木板，此刻他已经是一具尸体了，而这块木板的来历说出来确实有些好笑。

“如果你不是一开始便将我引入你的话题中，那么你一定会先知道我的胸前早藏了一块木板。说白了，这块木板本身就是为你专设的，因为我正想找叶皇来商量如何去对付你。而我在那次与你交手之后，便仔细研究过你的剑法，的确，你的剑法快得无可挑剔，但有一个可以加以利用的缺点，那便是——你最喜欢攻击的地方都是敌人的心脏部位！因此，我才想出以木板来对付你的剑法，如果你不引我进入你的话题，你一定会听到我的这个计划，如此一来，我就真的死定了！”轩辕邪异地笑了笑道。

叶帝禁不住哑然，心中涌起一股说不出的滋味，这之中似乎的确有些好笑。

“你居然敢孤身前来，的确有胆量！”轩辕仍忍不住赞了一声，又问道，“你将叶皇怎样了？”心中却在暗自揣测，叶帝刚才为何向自己讲那么多隐秘的事情，而不直截了当地击杀自己呢？这岂不是一件极为矛盾的事情？

叶帝惨然一笑道：“要杀要剐悉听尊便，我不会说的！”

轩辕大怒，叱道：“他是你的亲兄弟，难道你连他也要对付？”

“哼，在这个世上，只要谁是我的绊脚石，我就会毫不犹豫地踢开他！哪怕是父母！”叶帝语气极为冷绝，更充盈着一种愤世嫉俗的邪恶意味。

轩辕禁不住打了一个寒战，愤然冷笑道：“你是个魔鬼，难怪有人会说你是黑暗之星，既然你如此顽固不化，我就送你下地狱吧！”说话间，轩辕正欲挺剑刺出，却感背后一道幽风掠来。

轩辕大惊，他感觉到这道幽风快得无以复加，只怕在他将剑刺入叶帝的咽喉时，自己也中招了，这种事情他可不愿意干，而让他心惊的却是这道幽风的来历。

在这个世间，能有这么快的速度的人，应该不会多，而轩辕最先想到的就是满苍夷！

满苍夷的速度，轩辕认识最深，也最有体会，因此，他最先想到的人自然是满苍夷了。

以满苍夷那古怪至极的性格，说不定这次下手便是致命的一击，因此轩辕绝不敢忽视，只得闪身回剑。

叮……轩辕剑身一震，在他还没有反应过来的时候，一道暗影已自他的身边掠过，更有一缕剑风直袭而来。

“好快!”轩辕心中只有这个感觉，不过，在黑暗之中，他依然可以看清那模糊的影子是个女人。

轩辕再退，退得很疾，但那缕攻至的剑风却成了虚招。

叶帝一声惊呼，竟被那神秘人一把抓住。

“满苍夷!”轩辕惊呼，挺剑欲追，但满苍夷的速度极快，虽带着一个人，但仍比轩辕快。

“小子，你的一剑之仇来日再报！哈哈哈……”满苍夷发出一阵快慰的狂笑，留下一句让轩辕心头发凉的话。

黑暗之中，轩辕的眸子里闪过一丝异样的神采，嘴角间更挑起了一丝悠然的笑意。

“大首领，发生了什么事?”一群奴隶兄弟也被满苍夷的声音所惊扰，赶了过来，见轩辕望着黑暗的夜空，不由问道。

“没什么事，去让二首领加强防备，小心有人偷袭，我去办些事情，很快就会回来!”轩辕向那几个奴隶兄弟淡淡地吩咐道，说话间已向满苍夷消失的方向追去。

满苍夷笑得极为疯狂，像是鸮啼鬼哭，使得山洞中的叶帝耳鼓欲裂。

“你这疯女人，有什么好笑的?!”出口相骂的正是被满苍夷掳走的柔水公主。

“你这贱女人！若敢再骂，我也在你脸上划几刀，看你日后怎么去见叶皇，呵呵……哈哈……”满苍夷依然疯狂地笑着。

柔水心头泛起一丝强烈的寒意，此刻双手和双脚被绑，可真是一点反抗的能力也没有了，如果这疯女人真的下手，那可的确无颜见人了，想着禁不住将目光瞟向叶帝，她几乎无法分清叶皇和叶帝之间究竟有什么差异。

此刻叶帝依然是满面血迹，但那股冷杀的气息自然让人生出一种邪异之感，这似乎与叶皇有些差异，可是柔水仍禁不住将他当成了叶皇。

“满苍夷，你想怎样?”叶帝的声音也有些发涩，眼神之中却尽是愤恨之色。

啪……满苍夷重重地掴了叶帝一个耳光，如一头愤怒的母虎，吼道：“我想怎样？哈哈哈……我想怎样?！我要将你煎皮拆骨，让你不得好死!”

“疯婆子，他又没有惹你，你干吗打他，还这么恨他?”柔水一见叶帝挨打，就像是见到叶皇挨打一般，禁不住出言相护，她似乎忘记了自己所处的环境。

“哈哈……呵呵……”满苍夷又是一阵疯笑，竟流着眼泪笑道，“他没惹我？哈哈……”笑声突然一顿，扭头恶狠狠地望向柔水。

柔水禁不住心神一紧，被满苍夷那凶恶的气势给镇住了，骇然道：“你想干什么?”

“我想干什么?”满苍夷伸出那双鸟爪般的手在柔水润滑的脸上摸了一把，才自言自语道，“如果你不再是完璧，你想叶皇还会不会爱你?”

“你……你想怎样?”柔水不由得惊声尖叫，身子禁不住有些发抖。

“哈哈哈……”满苍夷似乎极为欣赏柔水受惊的样子，禁不住发出一阵怪笑。

“叶帝呀叶帝，你死时还能够做个风流鬼，真是便宜你了。”满苍夷阴狠无比地怪笑道。

叶帝脸色为之一变，柔水的神色更是大变，她哪里还会不明白满苍夷的话中之意？不由惊怒地呼道：“叶皇永远都不会原谅你的!”

满苍夷的笑声戛然而止，脸色也由疯狂变得极为阴冷，仔细地审视着柔水那绝美的俏脸，眸子之中射出无比疯狂的妒火，更发出一声奇异的尖笑。

“住手!”叶帝突然发出一声暴喝。

满苍夷的手在空中顿了顿，露出一柄极小的银刀，刀身只距柔水面门两寸许，冰冷的刃锋透出的寒意只让柔水本能地发出一声惊呼和尖叫，同时头向后仰了一仰。

满苍夷眸子里射出野兽一般疯狂的神采，扭头望向叶帝，恶狠狠地怪笑道："怎么？怜香惜玉了是吗？原来你也知道怜香惜玉，哈哈哈……"满苍夷怪笑之后又接着道，"你以为老娘会让这个如花似玉的女人给你玩呀？我要让她变得脸面模糊，然后再给你们一人一颗神仙果，让你们疯狂地干一场，哈哈哈……"

"你是个魔鬼！你还有人性吗？"叶帝无比愤慨地吼道。

"哈哈哈……人性？你居然跟我说人性，真是有趣，像你这种人根本就没有人性可谈，反正你待会儿发泄的对象只要是个母的就行，何必在意她丑不丑呢？"满苍夷似乎听到了最好笑的笑话，愤然道。

"就算一切都是我的错，可你又何必要伤害她呢？如果你能与叶皇坦诚相对，也许他会原谅你也说不定，但是你如果这样做的话，叶皇永远都不会原谅你！而且你们只可能成为大敌，难道这样你会高兴？"叶帝语气突然变得极为平静，平静得让满苍夷和柔水都感到惊讶。

满苍夷缓缓地立起身子，又发出一阵犹如鸮啼鬼哭的怪笑，目光缓缓地落到叶帝那张仍沾满血污的脸上，然后又缓步移到叶帝的身边，那小银刀在叶帝的脸上刮了刮，刮去一些血污，露出一部分苍白的皮肉，这才阴冷地道："这是你说的，你休想打动我。没有人可以让我改变主意，他也不会原谅我的……"

"你能不能够平心静气地坐下来说话？就是因为你脾气乖张，自以为是，才会弄成这样！"叶帝冷静地道，似乎没有一点惊恐。

满苍夷一呆，脸上的刀痕似乎在突然之间涨得通红，顿时又像是失去了所有的力气一样，踉跄地退了两步，如恶狼一般注视着叶帝，语意间显得有些慌恐："你究竟是谁？"

柔水被叶帝和满苍夷的奇怪表现弄得有些糊涂了，更对满苍夷的问话感到莫名其妙，刚才还在叫对方叶帝，现在却又问对方是谁。

柔水自然知道叶帝的存在，也知道叶帝和叶皇乃是孪生兄弟，长得一模一样，因此，当满苍夷说对方是叶帝时，虽然她感到有些惊讶，但却并不怀疑。可是此刻，她却被两人的问话给蒙住了，但是她绝不会忘记此刻自身所处的环境。

“不管我是谁，你总该醒悟了……”

“不，不可能，他不可能原谅我的！我做过那么多对不起他的事，他怎么可能还会回到我的身边呢？”

“满苍夷！”叶帝淡淡地喝了一声，目光变得深沉，悠然地吸了口气道，“要他回到你的身边，那自然不可能，但难道你就没有想过他以另外一种方式接纳你、原谅你？”

“什么方式？”满苍夷似乎有些急切，眸子之中闪过一丝期望之色。

“也许，他会将你当一个好朋友相看也说不准呢，人与人之间并不只有亲情，还有许许多多的东西存在，如果死钻牛角尖对谁都没有好处，相信这一点你应该明白，如果你真的爱他，并不一定要占有他，难道你喜欢让你爱的人痛苦一生？”

“住口！我不要你教训，你是什么东西？有什么权利教训我？你只不过是一只畜牲，一只学会了咬人就咬主人的狗，如果你再多说一句话，我立刻割下你的舌头！”满苍夷脸色极为难看地喝断叶帝的话。

柔水却禁不住对叶帝的话进行深思，口中低低地重复着：“如果你真的爱他，并不一定要占有他……”

叶帝也似乎为满苍夷这种激动的情绪给镇住了，但很快又恢复了常态，平静地与满苍夷那阴冷的目光相对，根本就没有在意满苍夷刚才所骂的一切。

满苍夷的脸色再变，对着叶帝那平静如水的眼神和表情，突然有所觉悟地惊呼：“你……你不是叶帝，而是叶皇?!”

叶帝脸上绽出一丝淡淡的笑意。

满苍夷脸色再变，口中忽发出一阵微微的异响。

叶帝脸色骤变，随之发出一声惨哼，身子竟在突然之间能够活动，直向满苍夷扑去，额角更渗出豆大的汗珠。

柔水为这突然的惊变感到大惑不解，她不明白眼前之人究竟是叶帝抑或叶皇，更不明白为何叶帝突然显得如此痛苦，更能在突然间发起攻势，她明明见到满苍夷制住了叶帝身上的穴道。

满苍夷也大惊，叶帝这一扑根本就不可能对她造成任何伤害，但她仍忍不住惊呼，因为眼前扑来的人并不是叶帝，其真实身份应该是叶皇，绝对是！情蛊与满苍夷心灵间的感应一旦被唤起，绝对不可能再瞒得了满苍夷。

叶帝之所以表现得如此痛苦，是因为他体内有着满苍夷种下的情蛊，而种入情蛊的人，只有叶皇。因此，眼前之人的真实身份绝对是叶皇！

满苍夷大惊的原因是她竟上了叶皇和轩辕的大当，她绝不想与叶皇相见，但她却恨极叶帝，如果她知道对方是叶皇的话，只会伏而不出，更不会与叶皇正面相对，那是因为她觉得心中有愧，虽然她极爱叶皇，但也极怕叶皇。面对叶皇的时候，她便会感到愧疚，但如果是叶帝的话，那又自当别论。

满苍夷惊退，她只想到迅速逃开，逃到叶皇看不见的地方，哪怕只做叶皇的影子，她也不愿意面对叶皇。

柔水似乎也明白了，眼前之人并不是叶帝，而正是自己所深爱的叶皇，心中的狂喜自是无与伦比。

砰……满苍夷一声惨呼，身子又跌了回来，见到叶皇，她几乎方寸大乱，在慌乱之中，她竟没有发现在洞口尚有一大强敌守候着，更不可能避开洞口之人那充盈着无限爆发力的一拳。

满苍夷忍不住喷出一大口鲜血，五脏几乎被这一拳击裂。

叶皇突然伏身于地，将脸埋到满苍夷喷于地上的鲜血之上，也哇地吐出一大口黑乎乎的东西，而且似乎还在继续吐。

满苍夷又惊呼："不要……"但刚呼完竟趴在地上大哭起来，哭声极为凄厉。

"轩辕！"柔水公主蓦地发现自洞口行入之人正是轩辕，不由惊喜地呼了一声。

在洞内篝火的辉映下，轩辕的脸色极为平静，双眸犹如夜空一样深邃，散发出一种幽暗的神光，竟似两颗伴于月边的寒星。

满苍夷突然伏地而哭，倒让轩辕大为惊愕，连柔水也被这突如其来的哭声所惊悸，唯有叶皇一脸轻松地挺直身子，脸色犹有些苍白地望着地上那黑乎乎的东西，只见那东西似乎仍在蠕动着。

“大功告成了吗?”轩辕挺剑搭于满苍夷的后颈，向叶皇喜问道。

叶皇长长地嘘了一口气，擦了擦嘴角的血迹，欢悦地点了点头，这才将目光移向地上的满苍夷，眸子里多了一丝怜悯之色，禁不住轻轻地叹了口气，道：“你又何必如此呢?其实你早该想到会有这么一天!真正的感情并不是靠武力所能够得来的。”

“你是怎么知道这解蛊之法的?”满苍夷蓦地停住哭泣，抬头瞪视着叶皇，凄厉地问道。

“别忘了，逸电宗本属于神族一系，而种蛊和解蛊之法在神族许多人中，都不算什么秘密，我本只是抱着试试的心态，却没想到竟如此顺利地成功了。”叶皇淡然一笑。

“神族之人!”满苍夷顿时如同蔫了气似的自言自语道，蓦地脸色变得极为可怖，尖声怪叫，“定是他，是伏朗!是他告诉你的，是不是?”但她不等叶皇回答，又恶狠狠地骂道，“他竟然出卖我，这小杂种，我要他伏羲族没好日子过!”

轩辕和叶皇不由得全都为之愕然，根本就不知道伏朗是谁，但却知道伏羲族是神族重要的一支，乃三苗中的一大部。

“伏朗是什么人?”叶皇禁不住有些好奇地问道。

满苍夷突然一怔，惑然地望着叶皇，冷然质问道：“难道你不认识伏朗?”

叶皇并不想因为自己而使伏羲族大祸临头，他知道，以满苍夷那古怪的脾气，说到便做得到，根本就不在乎谁是无辜的谁是有罪的，如果满苍夷认定伏朗出卖她，就定会不择手段对付伏羲族。以满苍夷的可怕，虽然伏羲族高手如云，也定难以对付，不由道：“我当然不认识伏朗，更是第一次听说过这样一个名字!”

满苍夷一脸疑惑，突然又望了望叶皇和轩辕，道：“你们串通好了来骗我?”

叶皇并没有否认，只是淡淡地道：“我不成为叶帝的话，能引你出来吗?你如果永远在黑暗处不现身的话，我只怕今生都要成为你的奴役，更无法脚踏实地地生活，你说我能不演戏吗？”

满苍夷哑然，仔细想起来，她实在难以相信轩辕和叶皇刚才的那一切只是在演戏，无论是神情举止和表情，都演得如此逼真，虽然叶皇那一剑刺中木板有些意外，但两人在圆谎之上，的确做得天衣无缝。如果情节重演一遍，她依然会相信那一切都是真的。

“可是，他如何能够追得到我？”满苍夷根本就不相信轩辕的身法能与她相提并论，且在如此黑夜之中，居然没有追丢，这的确让她难以置信。

“我当然不能够追到你，但我却追得到叶皇。”轩辕悠然笑了笑道。

满苍夷也立刻醒悟，定是刚才叶皇的身上留下了某种特殊的气味，而使得轩辕跟踪而至。想到这里禁不住又伏在地上大哭起来，哭声极为凄凉，像是一个孤寡老人连最后一点棺材本也被小偷偷了一般，让人心寒。

叶皇不想再理会满苍夷，只是为柔水解开手脚之上的绳索，轻轻地拉起她，关心地问道：“你没事吧？”

柔水禁不住大为激动，望着叶皇那有些肿起的眼圈，伸出柔嫩如春葱般的玉指轻轻为他理了理遮住了面部的长发，再轻抚了一下那眼圈，深情地问道：“痛不痛？”

叶皇的脸禁不住泛起一丝红润，轻轻推开柔水的手，摇了摇头，扭过头去并不与她的目光对视，反而向轩辕道：“放了她吧，她本身并不是一个坏人。”

满苍夷突地停住哭声，极为惊异地望了望叶皇，不敢相信刚才那话是真的，但轩辕的剑已经缩了回去。

“你走吧！希望你好自为之，其实世上还有很多美好的东西等着你，一个人外表的美丑并不重要，重要的是他是否有一颗善良而仁慈的心。我今日话已至此，他日是敌是友，全由你自己决定好了。”叶皇说完轻轻地叹了口气，目光投向那黑暗的洞外，似有着无限的感慨。

满苍夷的眼中竟再一次充盈着泪花，但却没有哭出声来，只是缓缓地立起身子，望了望叶皇，又望了望叶皇身后的柔水，最后目光才落在轩辕身上。

轩辕只觉得眼前这个女人的确很可怜，不再是那可恶可憎的疯人，禁不住生出一丝同情之心，轻轻地吸了口气道：“如果你能找到一个叫歧富的人，他或许有能力医好你脸上的伤痕，恢复你的本来面目。”

“歧富？他在哪里？”轩辕的话的确很出乎满苍夷的意料，但也使她多了一些希望。

叶皇对歧富的存在并不感到惊讶，因为轩辕很早便跟他提到这个医术神奇的绝顶高手。

“你也知道歧富？”柔水禁不住惊讶地望着轩辕，问道。

几人的目光全都投向了柔水，不知道柔水怎会突然有此一问。“难道她知道歧富是谁？”几人心中都存在着这个疑问。

“难道你知道歧富在哪里？”叶皇首先开口问道，他也对柔水刚才一问感到惊讶。

“我也不知道他具体在哪里，只是知道他是崆峒山上一位叫广成子仙长的一个仆人，与水神关系很好，我好几次都听水神提起这人，说他不仅医术好，便连武功都已得到了广成子仙长的四成真传，就是神族中也没有几人比他更优秀！水神只告诉我他是跟着广成子仙长住在极西北的崆峒山上，只是每年春天会走访四方名山，采集仙药，至于崆峒山在哪里我也不知道。”柔水见是心上人发问，也便丝毫不作保留地讲了出来。

叶皇和满苍夷还不觉得怎样，轩辕却大大地吃了一惊，忍不住吃惊地问道：“你说他只是得到了广成子仙长的四成真传？”

众人的目光全都又回到轩辕身上，他们不明白轩辕为什么会这般吃惊，一个人获得另外一个人的四成真传并没有什么了不起的。

当然，轩辕明白众人不解的原因，那是因为他们根本就没有见过歧富的武功，如果说以歧富的武功都只是学得广成子仙长的四成武学，那广成子仙长的武功又会怎样惊人？轩辕不敢想象，他也想象不出来，是以他竟呆住了。

“谢谢你们，我这就去崆峒山！”满苍夷竟破天荒地道了声谢谢，这的确很难得，说话间，满苍夷又凝视着轩辕淡淡地问道，“这个圈套是你想出来的吗？年轻人！”

轩辕不禁又凝神戒备起来，这个满苍夷可的确不是个好对付的人，而且脾气古怪善变，使他不能不凝神相对。

叶皇也不禁疑惑地望了满苍夷一眼，似是提防她突然发难。

“不错，这的确是我的计划，其实我早就知道你一直跟着我们，虽然我无法追及你，但我的灵觉却比你敏锐多了，是以我便设下了这个计谋引你出来，再救公主。”轩辕并不否认。

“你很聪明，伏朗所说的确没错。年轻人，你小心了，伏朗是个嫉妒心极强的人，更有极大的野心，他不会让你成为他的威胁。因此，他很可能会对付你，以你的武功，与他相差太远。是以，我劝你最好放弃这次有熊之行！”满苍夷突然一本正经地道，语气也难得的平和。

轩辕和叶皇不由又呆了呆，这是他们第二次听到伏朗这个名字，但伏朗究竟是谁？又是什么人呢？若说就因为这个人而让他们放弃有熊族之行，的确不可能。轩辕不禁笑了笑，坚决地道：“不劳费心，我们的这次行程谁也改变不了，除非我死了！”

满苍夷的脸色变了变，深深地望着眼前这个充满男儿气概的年轻人，不由得生出了一些莫名的感触。随即又扭头向叶皇望去，叶皇也是一脸坚决之情，她当然知道叶皇是不可能不陪轩辕一起去的，而她当初之所以欲杀死轩辕，也便是想叶皇会因为轩辕死去后而放弃有熊族之行。当然，这个原因她并不想跟别人说，只是幽幽地叹了口气，自怀中掏出一卷羊皮，递给轩辕，淡漠地道：“这是我逸电宗的独门身法神风诀，希望到时候对你们能有所帮助。”

轩辕和叶皇禁不住全都呆住了，怔怔地望着满苍夷手中的羊皮，简直不敢相信这是事实。轩辕定定地注视着满苍夷的眼睛，但见她眸子之中尽是真诚和坦然，不似在作伪，便伸手接了过来，但却惑然不解地问道：“你为什么要将这样重要的东西交给我呢？”

满苍夷凄然一笑，深深地吸了口气，再呼出来，才涩然道：“逸电宗到了我这一代已只剩下我一个传人了，我不想看着逸电宗在我的手中消失，再说我留着这些也没用，倒不如找个资质好的人送出去，说不定还能够发扬光大呢！”

“应该不止这个原因。”轩辕似乎读懂了满苍夷语气中的无奈，不由出言道。

满苍夷表情一僵，又显出深深的悲哀，眼角有些湿润，黯然道："是，的确不止这个原因。或许他说得对，爱一个人，并不是要得到他，只要能看着他好好地活下去，知道他开心就行。我终于明白了，如果有些事情注定只是个悲剧，若想强加一些喜剧色彩，只会更加几分悲哀。爱，是一种付出，而不是索取。年轻人，你知道我的意思了吗？"说完满苍夷头也不回地向洞外走去，只留下轩辕和叶皇及柔水呆呆地站立着。

这个变化实在来得太快了，谁也没有想到满苍夷竟会在刹那间大彻大悟，说出这番让人深思的话来。

轩辕最先回过神来，满苍夷的背影已在八丈外，不由高呼问道："伏朗是谁？"

"三苗伏羲部第一年轻高手，太昊的儿子……"当满苍夷的话飘回山洞时，已经有些模糊，但轩辕依然听清楚了。

听清了满苍夷的话，轩辕禁不住脸色大变，也显得极为难看。

叶皇和柔水却是此时才自满苍夷的话语之中回过神来，心中禁不住对满苍夷的做法大为感慨，也为满苍夷的转变而欣喜，至少他们已多了一个朋友。

叶皇岂会不明白满苍夷的意思？这神风诀本应是给他的，但以满苍夷的傲气，怎肯再向叶皇直说？而且有柔水在一旁。满苍夷终是一代高手，虽然情场失意，大彻大悟，但仍有高手的傲气。其实她自己当然知道，将神风诀交给轩辕，也等于间接交给了叶皇，这样更避免了双方许多不必要的尴尬。

柔水和叶皇相视望了一眼，彼此的眸子之中尽是真挚的深情。两人不自觉地紧紧靠在一起，这才将目光投向轩辕，却发现轩辕的脸色阴沉得骇人，不由同时惊问道："阿轩，你怎么了？"

轩辕一手将羊皮卷缓缓放入怀中，一手把剑套入腰间的鞘中，目光有些空洞地望着夜空，语调极冷地缓声问道："你们可听到满苍夷刚才的话？"

"什么话？"叶皇恍惚间似也听到了满苍夷在洞外所说的那句话，不由问道。

“伏朗乃三苗伏羲氏的第一年轻高手，而且是太昊的儿子！”轩辕长长地嘘了口气，声音仍忍不住有些发冷。

“太昊的儿子?!”这回轮到叶皇吃惊了。

“不错，是太昊的儿子！”轩辕再点点头加以肯定。

叶皇的脸色也变得极为难看……

第三十九章　第六感应

轩辕突然感到一阵心绪不宁，就像兽类突遇危机时的感应。是以，他突然止步了。

黑夜深沉，秋虫低鸣，夜枭的喑哑之声使人忍不住感到一丝凉意。

轩辕突然止步，叶皇也跟着止步，顺手将柔水向自己身边紧紧地拉了拉。对于柔水，他此刻涌起一股强烈的责任感，就是因为他，柔水才会不听随行护卫的劝告，不仅不返回共工集，反而独自尾随他追了过来，这便使得叶皇不得不承担起照顾柔水的责任。

柔水的武功绝对不弱，而且甚得水神的宠爱，便连共工也拿她没办法。虽然柔水无法与白虎神将这种高手相比，但比及轩辕、叶皇诸人，也不会相差多少，只不过呵护女人，似乎成了男人天生的本能。

柔水的伤势仍未完全恢复，但此刻也知道屏息静观其变。

叶皇极相信轩辕的警觉，在黑暗之中，轩辕比生存在暗处的野兽更精，抑或可以说轩辕便像是生活在黑暗中的精灵。

轩辕的身子缓缓屈下，鼻息断断续续，似乎在嗅着一种什么气味。

“有血腥味！”轩辕极为小声地道。

叶皇没有作声，血腥味对他来说并不陌生，在这荒野之中，什么样的怪事都不是没有可能发生。

狼嚎声此起彼伏，偶有虎啸声倒也惊心动魄，对于这些，轩辕和叶皇是见怪不怪，他们在意的并不是这些，而是他们感应到了一股可怕的气息。

是个高手，那阴邪的气场似乎布满了林间的每一个角落，而在轩辕感应到这个人的存在时，这个人也同时感应到了轩辕和叶皇，这一点轩辕是清楚的。因为他感觉到了对手心中的惊讶，那是稍纵即逝的心神波动，却并没有瞒过轩辕那超乎寻常的灵觉。

轩辕的脸色变得极为难看，心中的不安越来越强，这股阴邪的气息有一种似曾相识之感，但究竟在哪里见过，他却记不起来了。

当叶皇感应到对手的存在时，已有一阵幽风拂过，灌木林犹似被巨蛇行过，全都向两旁自动分开。而此时，轩辕的目光锁定了一个人，自分开的灌木丛另一端缓步行来的人。

柔水禁不住缩了缩身子，又向叶皇靠了靠，她似乎抵受不住那股阴邪的杀气和张狂的魔意。

轩辕与柔水所感觉到的却完全不同，他所感觉到的是压力，沉重至极的压力。那人每逼近一步，他的压力便增一分，他感觉对方那强大的气势已经将他紧紧罩住了，这是一种极为无奈的状况，可轩辕又不能不挺住，心中却在暗自猜测，这神秘的人物究竟是谁？又如何充盈着如此强霸的气势和敌意？

当然，轩辕更想不到有哪位“友”人身具如此强霸的气势，在这蛮荒之地，想找到一位友人，那的确不易，但敌人却是随处可觅。是以，轩辕并不敢奢望来者是自己的朋友。

叶皇忍不住低声惊呼，他认出了来者，那是在神谷中垂钓的老者。此刻，老者的肩头依然扛着他的那根钓竿，只是身上的衣衫已经换成了紧身的黑皮衣，整个人更散发出一种张狂的魔焰。

老者红须红眉，最易相认，不过这种怪模怪样让轩辕也感到一阵好笑。

“你们终于回来了！”红眉老者的话再一次让轩辕感到惊讶，似乎这个老者在这里等了好久，而且似乎早已知道他们会自这里经过一般，这自然不能不让轩辕感到惊讶。

“你在等我？”轩辕冷眼以对，强自压住心头的震惊，反问道。

“不错，老夫已经等了两个时辰，此刻正是三更！”那红眉老者的眉头轻轻掀了掀，眸子之中露出一丝冷酷的杀机，悠然道。

“可我并不认识你，你等我有何贵干？”轩辕并不被对方的气势所压，淡漠地反问道。

红眉老者似乎有些微讶，极为漠然地望着轩辕，半晌才露出一丝邪异的诡笑，又将头扭向叶皇，冷漠地道：“叶帝求我给你一个机会，只要你愿意放下敌意投入我九黎族中，老夫就放你一条生路，并且可以以食客的身份待你。否则，他让老夫看着办。老夫觉得叶帝已经做到了仁至义尽，不知你意下如何？”

叶皇果然没有认错人，眼前的老者正是那日在神谷中所见的怪老头，那日叶皇便对这怪老头加以留意了，因为其行径实有些古怪，当他钓起鱼后不是放在鱼篓之中，而是将鱼捏成肉泥，然后再抛入水中，让水中的鱼儿争食，再以鱼线缠起几条鱼，再捏成肉泥抛入水中，如此反复，像是乐此不疲。是以，叶皇对怪老头极为留意，更知道鱼线之上是没有鱼钩的。后来，叶皇的双眼便被蒙上了，然后被叶帝送出神谷。不过，叶皇知道在神谷中有许多武功高深莫测的高手。而此刻，叶皇也深深感觉出眼前老者的可怕，只是这并不能改变他任何意志。

“你回去告诉叶帝，人各有志，没有人可以改变我的意志。如果他还当我是兄弟的话，若我不幸战死，让他将我的尸体送回我生长的地方，选一个最高点埋掉好了。但我也有一句话想劝他，一个人到了众叛亲离的境地绝对不是一种幸福！”叶皇淡漠地回应道。

“好，我会将你的这个意愿告诉他，也会将你的尸体带给他！”红眉老者似乎对叶皇的回答极为欣赏，悠然答道。

轩辕的目光却向远处的神堡方向投去，但却是一片黑暗，根本就看不到半点光亮，按理这应该很正常，因为在晚上不亮火光是轩辕的吩咐，只有在绝对黑暗之中，方能给敌人以高深莫测之感，使敌人感觉到似乎处处都是陷阱，而不敢稍有轻举妄动。而且，也只有借黑暗的掩护，伏击之人才能与陷阱机关配合发挥出最强的杀伤力。不过，轩辕不明白为什么这红眉老者能够如此清楚地知道他们不在神堡之中，更知道他们的行走路线，这的确让轩辕不得不怀疑，但却又理不出一个头绪来，因为他的行踪极为隐秘，就连贰负和圣女也不知道。

圣女所知道的，只是他去对付满苍夷，因为如何唤出蛊虫的方法是圣女告诉他的，而他再转告叶皇。

圣女之所以知道叶皇中了情蛊，是轩辕告之的，因为轩辕要让圣女明白眼下的困境，如果在眼下这种处境中，圣女仍不能够相互坦诚合作的话，那轩辕真不知该如何才能渡过这一重重的难关。说白了，是轩辕有点不相信圣女，是圣女的表情让他起疑，当然圣女并不知道轩辕怀疑她。

圣女知道解蛊的方法，这很出乎轩辕的意料，也让轩辕欢喜，他没想到竟会有如此意外的收获，而当轩辕走出神堡之时，便感觉到满苍夷的存在。他对满苍夷已经很熟悉了，三番两次的袭击，已在轩辕的脑海之中留下了极为深刻的印象，是以他的灵觉可以分别出满苍夷和其他高手的气机。于是，他便趁机设下这条苦肉计。

满苍夷果然中计，可是满苍夷所在的位置，连轩辕都感到意外，而这红眉老者又怎会知道他们定会自这条路退回呢？难道他有未卜先知之能？恍惚间，轩辕想到了一个人，一个未曾谋面便使他心寒的人——伏朗！

一个一直潜于暗处让人无法觉察的对手，的确使人感到心寒，连轩辕也不例外。其实让轩辕有所顾忌的还应该是伏朗的身份。

太昊之子，三苗伏羲氏第一高手，而圣女正是自南方三苗伏羲氏回来，且与太昊大有渊源，谁敢肯定伏朗与圣女没有关系？而这个伏朗为什么一直潜而不出？而自圣女的表现看来，很明显有什么事情瞒着轩辕，也说不定正是与伏朗有关。如果真是这样，那简直太可怕了，也太让轩辕心寒和愤怒了。

如果事实真如轩辕所猜，那么圣女凤妮一直当他们是傻子，事实上根本就没有半点合作的诚意，只是拿有邑族的勇士们做个幌子，由此可见圣女凤妮根本就未曾信任过有邑族勇士们，她真正信任的人只有伏朗一个而已。说白了，圣女凤妮根本就不会在意有邑族勇士们的生死，就算轩辕与叶皇等人全都死去，她也可以依赖伏朗。

轩辕不知道伏朗究竟带来了多少高手，居然能够让圣女凤妮信任，抑或伏朗乃是圣女凤妮的心上人，否则圣女怎会对有邑族勇士们毫不在意？此刻轩辕也明白了为什么九黎族人会轻易发现圣女扎营之地，而当轩辕提出这个疑问之时，圣女凤妮的表情会如此古怪，因为这一切的问题都是出在那个伏朗的身上。

既想通了这些，轩辕心中禁不住大恨，恨圣女如此薄情，竟漠视他们真心的付出，但同时他也无可奈何，如果轩辕估计没错的话，此刻圣女凤妮大概已不在神堡之中了。这里距有熊族只不过数百里之地，脚程快的话，只要几天时间就可以赶到，如果有伏朗的高手护送，又有轩辕和神堡中众奴隶兄弟吸引各路敌人的注意力，那么此刻便应是圣女返回有熊族的最好时机。

神堡中的众奴隶兄弟就算没有轩辕和叶皇指挥，只凭贰负和郎氏三兄弟指挥，若要支持两三天时间，应该是没有问题的，何况神堡之中粮草充足，只需防卫得当，应该可苦守数天，当九黎族人和各路高手攻破神堡，发现圣女已经不在时，圣女应该已经到了有熊族的势力范围之内。

在这个计划之中，圣女凤妮其实早就准备将轩辕和众奴隶兄弟当作牺牲品，本来若非有这数百奴隶兄弟出现，伏朗或许不会这么快下手，因为他还须借轩辕之力保护圣女一段时间，这样可以混淆九黎族人的视线，以便找一个最好的时机。但此刻突然出现了这么多奴隶兄弟，立刻为伏朗和圣女制造了一个最好的机会。当然，也可能借机除去轩辕并不是圣女之意，而只是伏朗一人的意愿。正如满苍夷所说，伏朗的嫉妒之心强烈无比，而轩辕一路上的精明表现，甚至有可能连圣女也动心了，伏朗这才动了杀心，立意要除去这个威胁。

轩辕立刻想到了在石室中圣女刚醒转之时激动相拥时那销魂蚀骨的滋味，心神禁不住又为之波动了，忖道：“是了，定是圣女对我有了极大的好感，伏朗这才急不可耐地要杀我，而事实上伏朗可能很早就觉察到圣女对我的信任日渐加深，这才对我很顾忌。而这一路来，伏朗很可能一直都在暗处注意着我的行踪，而我居然一点也没有觉察到，这个人的确太可怕了！看来，将来若跟他交手，必须先苦练逸电宗的身法和青云剑宗的武功了，否则到时恐怕真的只能败得一塌糊涂了。”

“年轻人，你的思绪似乎跑远了。”红眉老者似乎觉察到轩辕心中在想一些问题，便打断道，他似乎并不屑乘这些晚辈不备出手，是以才出言提醒轩辕。

轩辕被红眉老者的一句话又拉回了现实，与红眉老者相对，战意激增，暗忖道：“你想我死，我偏要活下去给你看看，你嫉妒，我便让你更嫉妒，更将你的女人也夺过来！看你能奈我何?”也就在此时，轩辕已下定决心要跟那神秘莫测的伏朗斗下去，何况，轩辕绝不是一个甘于平淡和庸俗的人，更从来不会承认自己比别人差！他还要植根有熊族，或者拥有比有熊族更强大的实力，那样与伏朗交手只是迟早的问题。

红眉老者微微有些惊讶，因为轩辕与刚才似乎突然变了一个人似的，那自然流露出来的气势竟无法被压制，更有一种不灭的王者之气，那似乎是天生的，在王者之风中更似隐含着霸者的凛烈之气。

叶皇似乎也感觉到了轩辕细微的变化，并被轩辕的气势相激，也生出了一股无比强烈的斗志。

“如果就只有你一人前来的话，我不想以壮欺老，先让你三招；如果你还有同伴的话，就让他们一起上!”轩辕阴冷地道。

红眉老者似乎听到了一生之中最好笑的笑话，竟放声大笑起来，犹如鸮啼。

轩辕并没有被红眉老者不屑的狂笑所激怒，只是极为平静地望着红眉老者笑罢，才投以不屑的一声冷哼和一丝悠然而慵懒的笑意，斜着眼毫不在乎地打量着红眉老者。

叶皇和柔水都被轩辕的表情给弄糊涂了，轩辕竟如此藐视对手，这岂不是自找苦吃?

红眉老者本来只是好笑，但见轩辕仍是如此轻视他，禁不住勃然大怒，他从来都未曾被人轻视过，更没想到今日轻视他的人，竟只是个默默无名的年轻人，这让他如何受得了？

轩辕心中暗笑，但却依然不动声色，只是在红眉老者怒气正欲如山洪般暴发之时，突然开口道：“你动怒了，难道你不知武者对敌人动怒便等于犯忌？”

那红眉老者一怔，锐气顿消，气势大减，轩辕的话犹如一柄利剑，深深地刺中了他的心病。的确，他竟然如此轻易地被一个后辈激怒，这的确是一种耻辱！而此刻这个后辈又指出他的错误，如一个训斥晚辈的长辈，使他本来逼人的气焰立刻大打折扣，那强大的自信也因气势一减随之而减。

“你上当了！”轩辕一声低笑，身若疾电般向红眉老者攻去。

叶皇立刻明白轩辕的用意，对轩辕这种激敌的战术不由大感佩服。

红眉老者一声冷哼，扛于肩头的钓鱼竿迅速弹起，如长虹一般掠过虚空，向轩辕砸落。

轩辕丝毫不停，他知道，对付红眉老者的这种长兵刃，最佳的方法莫过于近身相搏，唯有近身相搏才能够使红眉老者的兵刃无法发挥其长，但是轩辕有些小看了这老者。

钓鱼竿未至，已有一缕幽风准确地套向轩辕的脖子。

是一根鱼线，轩辕的目光在黑暗之中看清了那缕幽风。黑暗，对于他来说，并不影响视觉，包括那红眉老者的每一根红眉，他都可以看得极为清楚。

看清是一回事，能否避过又是另一回事。

那根鱼线便像是活物一般，在虚空之中荡出一圈圈浅纹，更使人根本就摸不清它究竟要自哪个角度攻来。

轩辕也不知道，但他却明白，这根鱼线极有可能是攻向自己的脖子。是以，他的剑自颈项部位划出，拖起一道锐风直向鱼线斩去。

噗……红眉老者似乎故意让轩辕斩中鱼线一般，是以轩辕极为轻易地斩中了鱼线，但轩辕却惊讶地发现，鱼线是根本不受力的，不仅不受力，而且鱼线的前端依然如灵蛇一般缠向他的脖子。

轩辕不退反进，鱼线在他的身后紧追，而且缠住了他握剑的手。

叶皇的速度极快，他不必去管轩辕，只需要杀敌，搏杀敌人，一切都会迎刃而解。

红眉老者的眼里也闪过一丝惊讶，似乎惊讶于叶皇的速度，但却根本就没有在意。

轩辕手腕被缠，五指一松，将手中的剑当作暗器射向红眉老者，应变速度极快！长剑射出之时，手腕微翻反抓住鱼线，虽然鱼线之上传来了一股极强的力道，但红眉老者毕竟是隔物传劲，根本就不能完全束缚轩辕。

轩辕的应变速度和功力之高也的确让红眉老者有些意外。

噗……叶皇的剑势被挡，却是那老者自钓鱼竿之下抽出一柄窄长的短剑。

剑身泛着幽光，在月影之下似乎给人一种极为诡异之感。

叶皇也吃了一惊，他没有想到红眉老者的钓鱼竿之中竟然还藏着一柄剑，这使他本以为可以打乱对方行动的一剑全无用处。而且，红眉老者能够挡住如此快绝的一剑，可见其剑道修为也是极精。

红眉老者在挡开叶皇一剑的同时，迅速出足，准确无比地踢在轩辕的剑身上，使之立刻失去了准头，自一侧飞过。

轩辕大吼一声——不知什么时候手中已多了一柄刀，这是他自神堡中那个兵器架上所挑的兵器，此刻却派上了用场。

当……那根钓鱼竿竟也是金铁所制，轩辕感受到那沉重的撞击力是如何巨大，也在同时，钓鱼竿的前端在他的脸上抽了一下，如同一根皮鞭般，使得轩辕禁不住发出一声闷哼。

“去死吧！”却是柔水公主的娇叱，她以乳燕般的速度抓住了轩辕射出的剑，更在红眉老者全神对付轩辕和叶皇之时攻到。

叶皇见柔水前来助阵，生怕红眉老者伤了她，不由攻势一紧，在瞬息之间以快打快，攻出百余剑之多。

轩辕却缠住红眉老者的长鱼竿和鱼线，使得红眉老者只能以单手应付叶皇和柔水两人的疯狂攻击。

红眉老者不由得惊怒交加，一开始他便中了轩辕的激将之计，而使轩辕和叶皇趁机进行近身搏斗，这使得他早已想好的攻击方案完全无法用上，反而先机尽失。

而近身搏击，却是叶皇的最强项，也极利于轩辕。红眉老者的最强杀招全在这根鱼竿之上，如今进行近身相搏，鱼竿太长反而缚手缚脚，如果他不是被轩辕激怒而分了心神，完全有能力将轩辕和叶皇阻杀在鱼竿长度之外，可此刻形势却完全不同。

叶皇的攻势近乎疯狂，没有丝毫的间歇，犹如长江大河的浪涛，丝毫没有空隙，更不给红眉老者任何喘息的机会。

柔水则在红眉老者的背后攻击，根本就不必讲什么规矩，只要能够杀死对手，什么手段都可以用。她岂会不明白，这种生与死的搏斗最终的目的只是让对手死去！

哧……轩辕的手掌如被刀割一般，鱼线自他的手中滑出，将他的手掌拖出一道血槽，所幸鱼线并没有刃口，否则只怕这只手掌已经不保了。

轩辕似乎根本感觉不到痛，没有半刻停留，乘鱼线一松之际，迅速向老者攻至。虽然伤了手掌，但轩辕却极为庆幸，因为他终于摆脱了鱼竿的纠缠，而与红眉老者正面相对。

红眉老者似乎也知道这并不是一件好事，如果让轩辕也进入鱼竿守护的范围内短兵相接，这对他是极为不利的，但他已毫无选择，却有些气恼自己终年打雁反被雁啄，居然上了轩辕的当！当然这也是因为他太忽视了这三个年轻人的武功和智慧，不过，此时他退无可退。而这对于他自身来说，也是一种挑战。多年未遇到这样的敌手，今日遭遇三个年轻高手，也激起了他未老的雄心。

叶皇也在吃惊，吃惊于红眉老者竟能以单手硬挡他的两百多剑而丝毫不露破绽，甚至还阻住了柔水的攻势，无论在功力上还是在剑术上，都绝对是一个极为可怕的人物。

当然，叶皇很清楚眼下的困境，九黎族中的高手多不胜数，如红眉老者这种级别的也是极多，就算他们战胜了红眉老者，也可能会遇到更为可怕的敌人，这像是一场无休无止的战局，直到自己战死。

叶皇不想死，他要开始新的生活，而今日，也是他新生的开始，他再也不必受满苍夷的控制，再也不必收敛自己的情绪。是以，他要新生，让生命重燃光彩，因此，他的斗志比任何时候都激昂。

叮……红眉老者鱼竿一横，挡住了轩辕的刀锋，但轩辕的刀锋却顺着鱼竿一滑，直削红眉老者的五指，变招快绝，也利落至极。

红眉老者吃惊的并不是轩辕变招的利落，而是轩辕爆发出的强大的攻击力，那远远超出其年龄界限的功力的确让红眉老者惊讶。而且轩辕的气劲纯正而圆通，显然是修习了一种极为上乘的气功。红眉老者本身也是练气之人，自然明白轩辕所练之气实比他所修习的更为上乘，潜力更是无可限量。

红眉老者的身形被轩辕刀中的力道震得顿了顿，在正面硬撼之下，红眉老者并没有在力道上占多大便宜，这与轩辕天生神力和练功方法不无关系。

叶皇一个人攻击两面，柔水攻击一面，轩辕攻击一面，红眉老者几乎是四面受敌，而且鱼竿极不方便，使他的守势有些混乱，不过，轩辕却感觉到了危机的逼临。

那是一种直觉，也是感观上的一种强烈反应，因为有一股极为浓烈的杀机已悄然掩至，轩辕知道，真正的危机在这一刻才开始降临。

杀机，如潮水般漫过黑夜，漫过荒林和虚空，然后直入轩辕的心中。

“老鬼交给你们了！”轩辕不想再与红眉老者纠缠，因为他必须去面对另外一人。

轩辕并不想这样，但他却必须面对，这像是不可逆转的宿命。不过，他心中也有些苦涩。

今晚似乎是一个死局，专为他们特设的死局，前来之人，全都是一些可怕的对手。

叶皇也心惊，但他无能为力，如果分神的话，很可能会败得更是一塌糊涂，这红眉老者的气脉悠长，韧力十足，若有半点松懈，只怕便会被他找到反击的机会。所幸柔水能够与叶皇密切地配合，这才使红眉老者根本找不到反击的机会。

轩辕一退，红眉老者顿觉压力大减，竟然将手中的鱼竿一抖，鱼竿断成两截。

事实上，鱼竿并非真的断了，而是尾端可以折成一杆枪，这是一根十分精致的兵器组合而成，一切装配之巧妙，实让叶皇惊叹至极。

红眉老者少了长鱼竿的累赘，又多了一杆枪，竟双手同时使用枪剑，更没有分毫的混乱，攻势也大大加强。刚才是因轩辕逼得太紧，他想花时间脱下鱼竿尾部的长枪也是不能，此刻轩辕一退，红眉老者便立刻发动反击。

轩辕深深吸了口气，努力使自己的心绪平静下来。他的手掌上仍在滴血，但却感觉到手掌的肌肉在收缩，似乎存在着无限的生机让伤口自然愈合。

这种感觉轩辕并不是第一次感觉到，几天前在他浑身是伤的情况下，他便已感觉到自己肌理的特异现象，复原的速度极快。不过，此刻轩辕并不在意伤口，而是将全部的心神都投入到他的对手身上——一个又矮又胖的老者。

矮，只是一种视觉上的效果，但在感觉上，轩辕并不认为对手矮，相反，那是一种极为伟岸的感觉，犹如一株参天古树，又像是一堵斧劈巨崖，给人一种无与伦比的浑重压抑之感。

还有杀气，比冰寒的秋风和霜露都肃杀和阴冷的杀气。

轩辕什么也不想问，什么也不去想，那一切似乎全都没有必要。他所能做的事便是坦然面对一切，包括生死，只有将自己纷乱的思绪收束，还灵台一片清明，方能够让自己争取到最为宝贵的机会，才能够全力投入一场足以决定生死的激战之中。

轩辕并不想夸大自己的对手，但他却知道，这一战一定很艰难。

“年轻人，你出手吧，我让你三招！”矮胖老者淡漠地道。

轩辕意味深长地望着矮胖老者，他不能不仔细打量眼前这个老头。对于对手，他知道得越多自是越好，目前他唯一知道的就是眼前这老头与红眉老者是一路的，同样是个极为可怕的对手。

当然，轩辕并不怕，他也从来没有怕过，便是在面对天地产物“神龙”之时，他仍能够保持极度的镇定，而眼前的老头自然也不可能胜过青天，更不用说青云了。因此，他根本就没有任何害怕的必要，他只是在想，如何才能够脱身而去。

他不想在这荒林之中纠缠，那是因为此刻他变得极为被动，只有找回主动，才能够真正地摆脱困境，不过，轩辕相信神谷方面大概只是派出这两个老头子。因为连他也没有把握能逃过两个老头的指掌，况且，神谷今日的死伤也甚众，高手损失极多，应该不会再为他们两人而劳师动众，而轩辕的灵觉之下再也没有感应到第三个敌人的存在。

“你不觉得自己夸口太大，舌头有点痛吗?”轩辕突然间显得极为悠闲。

矮胖老者不笑不怒，只是淡淡地望着轩辕，不带半点感情地道：“我知道你很聪明，年轻人能有你这般成就的确应该值得骄傲。不过，这些对于我来说，全都没有用，在老夫眼中，生存所凭的，必须是实力！若非看你还算顺眼，老夫绝不会跟你多说半句话!”

“在我面前无论谁作出这种决定，将会后悔莫及!”轩辕充满自信地道。

“后悔莫及？笑话，老夫一生遇战无数，还从来没有后悔过的战役，废话少说，年轻人，你出手吧!”矮胖老者冷漠地道。

轩辕的目光也变得更为锋锐，再一次扫过那老者的全身，他竟然有种无从下手的感觉。那老者全身上下浑圆如球，竟找不到半点破绽，那种霸杀而凛烈的气势，使他便像是一个结了霜的冬瓜。

突然间，轩辕笑了起来，笑得莫名其妙，望着那老者莫名其妙地笑了起来，而且笑声越来越高，越来越大，甚至于前躬后仰起来，但轩辕的目光却没有半刻离开对手的身体，就像是在对一个美人评头论足似的。

那矮胖老者也被轩辕笑得莫名其妙，不知所以，但看轩辕目光一直在他的身上游来游去，笑得直打跌，虽然没有半句评头论足的话，但那意思却明显至极，这种过激的表现比任何语言的污辱力更强。

矮胖老者被轩辕的目光和笑声弄得浑身不自在，似乎身体每一寸肌肤都有一点逗人发笑的材料，都存在着耻辱的缺陷一般，不由怒问道：“你笑什么?”

“哈哈哈……”轩辕根本就不理会矮胖老者的问话，反而越笑越狂，甚至连眼泪都笑出来了，矮胖老者真的怒了，轩辕的笑声似乎是一柄尖刀深深地刺伤了他的自尊心，他从来不觉得自己的体形有什么缺陷，但他却明白，自己的体形绝不好，只是平时他从不去想这些问题，而在武功上的成就使他产生了极大的自信，更忽视了这些天生的问题。可是此刻轩辕并不在武功上与他一较长短，目光却只是挑他武功无法弥补的缺陷，而轩辕只是笑而不答，使得矮胖老者越想越坏，也不自觉地跟着轩辕的目光注意起自己的身体来。而轩辕那莫名其妙的笑声，使得他对本来就没有信心的体形更没有信心，他却不知道自己已经一步步地步入了轩辕的圈套之中。

轩辕在放肆地笑，但他的灵台仍是一片清明，他只是笑，甚至连他自己也不知道在笑什么，但他却知道，笑声的效果比任何攻击性的语言都有效，因为一个人的想象力绝不是语言所能够尽述的。最妙的也就是这种声音，对于一个心虚者来说，有多糟糕，他便会想到多糟糕，这是外人所无法想象的。

在轩辕的目光和笑声中，矮胖老者突然有一种衣不遮体之感，仿佛整个身子都赤裸裸地展示在轩辕的眼前，身上的每一处不为外人所知的缺陷也似是已经全部暴露在风中，甚至连不是缺陷的地方都仿佛成了缺陷似的，这种感觉让他恐慌，让他心寒，让他“老”羞成怒！

每个人都有羞耻心，每个人都有自尊心，当你发现一个人对着你大笑你的缺陷，而且你又无法掩饰之时，你一定会因为羞耻心而勃然大怒，而因自尊心受损信心大丧。此刻，这矮胖老者就是这样，但，这正是轩辕所要达到的目的。

是的，每个人都存在着弱点，只是有些人存在于招式间，有些人存在于心理，而心灵的破绽尤其重要，轩辕便是一个能够把握住敌人心理的高手。近二十年来，他几乎有四分之一的时间在思索，思索人生意义，思索大自然的奥秘，思索生命的价值，思索内心深处的东西，甚至也思索一些全无意义却又很实在的东西。比如日起日落，苍穹尽头之类的，轩辕的思想，便是在这种静谧的思索中成长，他冷眼观世间，是以，他对人的心理把握得极为清楚，而这也往往起到了意想不到的结果。

破绽，自心灵扩展到外表，在矮胖老者自尊心受伤而且怒气狂升之时，他的破绽也就出现了，像是乍现的昙花一般，而轩辕的笑声也戛然而止，轩辕出刀了，毫无花巧，清爽利落却又玄乎其玄的一刀。

碎空、裂气、划弧，生出一往无回的信心，夹着不死不休的霸傲之气。

刀，似乎成了寒夜的精灵，凝集了秋夜所有的寒，凝集了轩辕所有的精神和力量，然后深深地嵌入黑暗，像是秋风寒露一般自然。

矮胖老者怒，在怒的同时又多了惊，轩辕的刀远远超过了他的想象，也就在这时，他才醒悟，自己中了轩辕的诡计，虽然他已经够小心，甚至刻意提防轩辕，但仍无法避免地中了轩辕的圈套，这似乎有点好笑，但又能怪谁？

轩辕的气势疯涨，似乎这柄刀每进一寸，他的气势便强一分，而且刀势快得惊人。

老者出手，厚大的手掌上戴着一层古怪的皮膜，直击向轩辕的刀。

刀与掌逼近，像是两块不同极的磁铁，竟似乎是相互吸引的。

两尺、一尺、半尺……三寸……两寸……突然，轩辕的刀锋一滑，竟自矮胖老者掌沿之下划过，直击其腋下，凛烈的刀气竟使得矮胖老者衣袖尽裂。

噗……轩辕的刀避开了一只手掌，却斩在另外一只掌心上。

那同样是一只戴着古怪皮膜的手，但却不知道矮胖老者以什么样的形式竟先轩辕的刀而挡在腋下，完全化解了轩辕这致命的一刀。

刀锋虽利，但却并不能切入那层皮膜之中，不过，轩辕主攻的，并不只是刀，还有脚。

他似乎早料到这一切，包括那老者挡住他的刀，只是没想到对方用的却是手，而且更是刀锋所不能伤的手。

破绽，并非天生，那只是在一定的形式之下所露出的间隙。当矮胖老者的手掌挡住轩辕的刀时，间隙也便出现在轩辕的眼前。

轩辕绝没有半点犹豫，他不是一个习惯放过机会的人，任何机会都一样，何况对方是自己的生死大敌。

砰……轩辕的脚踢中了矮胖老者的肚皮，但同时他更吃了一惊，因为他所踢中的仿佛是一只皮囊，气劲一发即无，像是陷入了一种无限的空洞之中。

矮胖老者的身形一震，轩辕这一脚的爆发力几欲千钧，他也忍不住倒退了两步，本来想抓住轩辕刀锋的打算也便落了空。

此刻，礼让三招已经只是一种虚谈，根本就不成现实。

矮胖老者没有受伤，只是有一种想吐的感觉。似乎是晚餐吃得太饱，而被轩辕这么一踢，也就有反胃的冲动。

轩辕惊，矮胖老者更惊，轩辕惊的是如此一脚竟然不能让对方吐血重创，也不知道这老者修习的是什么古怪武学，腹腔之中似乎充满了一种抗击打的气，根本就不能给他造成什么伤害。

矮胖老者惊的是轩辕这一脚竟能让他有想吐的感觉，这是他很少有过的事，更惊的是轩辕的武功竟然厉害如斯，也刁滑如斯，他不得不收起大意之心。而此时，轩辕根本就不给他喘息的机会。

轩辕知道只有将这老者的锐气一挫再挫，方能稳住自己所得的先机，在没有交手之前，也是矮胖老者锐气最盛、气势最雄、杀气最重之时，那时候，轩辕处于绝对的劣势，如果那时候动手的话，轩辕绝对只能处于挨打的局面。

高手相争，气势和心态极为重要，在此涨彼落的情况下，那老者只好将先机拱手让给轩辕了，而这之中，又不能不承认，智慧和战术起到了不可替代的作用。其实，以轩辕的实力，并不会比这老者差多少。

这段日子来，轩辕不断地研习青云的剑法，此刻已经将之深深地记在了心底，在给叶皇和花猛看过之后，便将之烧毁了。以轩辕的天分和往日对剑道的了解，在青云所注解的剑法之中领悟了极多的精义，虽然不能贯通加以灵活运用，但在偶然之下，也可以找到那种感觉，进入一种极为玄妙的境界，而且此刻轩辕的功力已经远远地超过年龄所限，虽不能与矮胖老者相比，但在天生神力与体能的配合下，也不会输给对方。因此，只要在气势上压倒对方，完全有制胜的可能。

当然，矮胖老者这一生所经历过的生死战役可能比轩辕多得多，是以在一开始的气势、锐气和杀气之上都盖过轩辕，但却被轩辕巧妙地扭转了形势。

这是一个不会有第二次的机会，因为矮胖老者绝对不会再上第二次当！是以，轩辕分外珍惜这来之不易的机会，绝对不再给对手以喘息的机会。这，并不是一种残酷！

刀风又至，却是斩向脑袋！

矮胖老者心中明白，轩辕这一刀可以任意改变方向和角度，他的直觉告诉自己，轩辕的刀锋正在以一种肉眼难以觉察的速度震动着，而这种震动的厉害之处，便是在“感风”。

感知那逼近的风向，刀身可随风而动，应风而舞，是以，可以任意改变方向，就像刚才那一刀般，在掌刀相击的前一刹那间改变了方向，以险之又险的速度和角度对敌人造成不可抗拒的威胁。

这种刀法，矮胖老者还是第一次见到，但以他这一生所积累的作战经验来说，他知道这种刀法的可怕。

其实，这刀法也是轩辕第一次使用，正是自青云的剑法中所领悟出来，并加以变化的临场发挥之作。

青云的剑法很重视“感风”，任何攻击都不可能不牵动气流，牵动气流便会形成风，而青云的剑法正是闻风而动的产物，剑随风动，变化无穷，更可随风势的变化任意变换角度，这种剑法飘忽轻灵，虚实莫测，变幻无穷，实是剑法之中的经典。

当然，神族的剑宗本就是剑术之祖，其剑法之奥妙、之博大，并不仅限于此，它所阐述的只是一种剑理，一种意境，至于究竟可以修习到什么程度，拥有什么样的剑术风格，这就要看各人的品性、资质和悟性了。

青云的剑法只能代表剑宗的一支，并不能代表剑宗的全部，但青云确实是剑道的奇才，他所领悟出的剑道境界和剑法本就已经超绝无伦，卓越不凡，天下间已经没有多少人可以胜他了。

轩辕的刀法，乃是综合自己往日所学的流云剑道、神山鬼剑及青云的剑意所自创之招。往日，他所学的流云剑道、神山鬼剑只是一个模式和少许的意境，正因为如此，他才没有被剑法的模式所限制，任意地创意，只取其精髓融入刀中，反而使得刀意更顺。但如果是一个用惯了剑的剑手，他们的思维反而会受到剑法的模式所限，无法尽情发挥刀的长处，而轩辕却无此顾虑。

矮胖老者身子一缩，如一团肉球般在退势未竭中再退，他先前之所以退两步，是因被轩辕那一脚所震，但现在却是为了躲避轩辕这一刀。他不知道该如何阻止轩辕这一刀，至少，到目前为止，他仍想不出对付这古怪刀法的办法，因此，他唯有退。

轩辕步步紧逼，但老者的退速极快，而且是撞向叶皇。

大概，矮胖老者也知道要单独对付轩辕再在他的手中扳回先机，那是一件极难之事，倒不如借此刻略占上风的红眉老者之手为他解开这一场危机。

叶皇也吃了一惊，但他的速度极快，矮胖老者想要撞中他也不是那么容易的事，只是他一退开，柔水将会吃紧遇险。是以，他也有矛盾与苦处，但却不能不避。

轩辕的刀势，迅速地切入红眉老者的枪势之中，及时分担了柔水的压力，而且轩辕纯粹是以硬碰硬，比叶皇那虚多于实的招式更实在，更具杀伤力和牵制力。

近身搏击，轩辕从来都不会害怕，也从不会退缩，虽然他的右手受伤，但对于他来说，左右手似乎并没有太大的区别，当然这与他的习惯不无关系。昔日轩辕为了能对付地祭司，他曾刻意地去练习过左手，直到能让左手与右手一样灵活为止。当然，这也是为了暗袭的方便，使敌人出其不意。而此刻，这种曾经的努力正好派上了用场。

矮胖老者似乎终于摆脱了轩辕刀势的追袭，但他却成了叶皇的目标。

叶皇的剑虽不如轩辕那般飘逸，但却快得让他难以接受。

叶皇没有别的长处，就只有快！说到破绽，他剑法之中所存在的破绽比轩辕的多了许多，但快可以掩盖许许多多的缺点，使对手根本就没有机会对他的破绽进行攻击，而且叶皇的身法快如鬼魅，似乎无处不是他的身影和剑影，这也让矮胖老者头大，他此时的处境其实也不会比面对轩辕之时好多少，不过，他的反应速度也的确快，叶皇与红眉老者交手这么长时间后，已经有些疲惫，而这时的速度也减慢了少许，这使得矮胖老者勉强可以应付。

此刻矮胖老者唯一的期望就是比内力，在功力方面他肯定胜过叶皇，因此，只要叶皇攻势一竭，便是他反击的时刻。

红眉老者在与轩辕交手后，立刻感到了压力，此刻的轩辕似乎比刚才更为凶猛，更为霸道，而且刀法更为古怪，力道沉猛至极。他不知道轩辕怎会在短短半盏茶不到的时间内有如此大的改变，这显得有些不可思议。

第四十章　临阵创招

他当然不明白，当轩辕第一次与他交手之时，心思被那个神秘的伏朗给弄乱，而且圣女凤妮的事又使他感受到莫大的委屈和愤怒，不可避免地产生了一些消极而颓丧的情绪，这便影响了他的信心和斗志，使得他的武功不能够得心应手地发挥出来。但此刻，轩辕却已完全抛却了那些东西，心神一片宁静，灵台无比清明，整个人全身心地投入到一种绝妙的剑境之中，而专心挥洒着这临时创意的刀招，这才使得他如同变了一个人似的。

柔水只感到压力大减，皆因每一次攻击轩辕都是毫不退让地与红眉老者硬撼，使得红眉老者不得不全力应付轩辕的攻击，在应付轩辕这变化万千的刀法之时，只能抽出很少的一些力气去对付柔水，在这种情况下，又不得不变成劣势。

轩辕只感到越杀越痛快，他还是第一次如此专心地用刀，只觉得飘忽之中，那霸杀之气更甚，更有效地发挥出他神力的优点，劈、斩、切、挂、拖……每一个动作都似乎将自身的力气发挥得淋漓尽致，妙到顶巅。

轩辕的刀法似乎并没有什么具体的招式，随心而发，随手挥出，但每一击都有着无可挑剔的威力，不仅仅红眉老者吃惊，就连柔水也为之惊讶。

刀，在这个时代之中，其作用只是在于割肉，作为近身防卫之用，而在这野兽横行的年代，长兵刃乃是最吃香的，因此，人们创出了许多矛法、枪法、戟法，而剑作为一种神器，是以也有人去研究，创出惊世的剑法，但刀却一直是被人们所忽视，并没有谁创出了惊世的刀法，也很少有高手是以刀作战的。因此，刀并无可以让人津津乐道的惊世之作，而此刻，轩辕使出的刀法是闻所未闻却威力绝伦的好招，自然连柔水也感到惊讶了。

叶皇的状态似乎不佳，也许由于今日失血过多，功力大打折扣，速度似乎开始慢了下来，柔水见轩辕越战越勇，应该不会有什么问题，遂舍下红眉老者直攻那矮胖老者。

“嘿嘿，又多了一个漂亮的女娃，以为老夫会手软吗?”矮胖老者手中不知戴着一张什么皮膜，竟不惧刀剑的砍击，此刻正占了上风，见已经极为疲惫的柔水不顾一切地来救叶皇，心中也不以为然，挥手便向柔水击去。矮胖老者此刻才知道，眼前的三个年轻人都不是易与之辈，特别是轩辕，似乎气脉悠长至不疲不倦，刀术更诡异至极，若想轻松解决这三个年轻人，大概只有从这女娃身上下手，如果能够生擒这女娃，让另外两人投鼠忌器，相信定会有效。是以，他的目标改向柔水。

“小心!”叶皇似乎明白了矮胖老者的心意，不由惊呼提醒。

柔水也吃了一惊，她并不知道矮胖老者的双手不惧刀剑，此时见对方伸手向她的剑抓来，不禁冷哼一声，剑势加快。

“小妞，你上当……呀……”矮胖老者一句话还未说完，肥厚手掌已在柔水的剑下断开，五指随着一股鲜血在那层皮膜包裹下跌落，而柔水的剑势未竭，直向他咽喉削来。

矮胖老者大惊失色，他做梦也没有想到这刀剑不伤的手竟然在柔水的剑下如此不堪一击。他哪里知道，柔水手中的剑正是轩辕那柄含沙神剑，削铁如泥，又岂好惹?而这一切只怪他粗心大意，太轻视对手，更对自己手上的保护甲太自信，这才败得一塌糊涂。

哧……哧……矮胖老者在疾退之时，已经失去了方寸，更忽视了叶皇的快剑，而柔水的剑也不慢，在这种距离之中，他根本就来不及退却，以至于连中两剑，惨号不已。

柔水见一剑伤敌，禁不住大喜，她并没有意识到手中的剑实乃神器，倒是叶皇立刻就意识过来，也大喜。

这个局势乃是极为巧合，如果矮胖老者小心应付的话，谁输谁赢还是个未知数，但这一下，胜负根本就不用说。

叶皇的剑如疾雨纷飞，矮胖老者在惨痛之下，那肥胖的躯体竟在刹那间中了数十剑之多，仅剩的一只手根本就无法抵抗叶皇的快剑，而他的失算正是导致惨死的主要原因。至死之时，他犹在后悔，但却已迟了，他的头颅是柔水以含沙剑割下的。

叶皇以剑拄地，他实在太累了，刚才那一轮疾攻，他竟一口气挥出了数千剑之多，此刻强敌一死，他实在有些撑不住了，毕竟他身上的伤也没痊愈，又因失血过多，整个人几乎虚脱。他最后以最快的速度攻出数十剑，是因为怕矮胖老者伤了柔水，却没想到这老者在重创的剧痛之下根本就挡不开，竟被他的剑刺成了蜂窝。

柔水也有内伤在身，能够坚持到这一刻，也是极不容易，两人不由相对着直喘粗气，希望尽快恢复力气，再助轩辕合力搏杀红眉老者。不过，他们对轩辕极有信心。

至少，在这一刻，轩辕的刀势是愈演愈烈，战意越来越高。

红眉老者大惊失色，矮胖老者的惨死对他的打击极大，今日的战局本来就出乎他的意料，再加上这个变故，他的斗志和战意几乎尽失。

面对轩辕这如行云流水一般不止不休、绵绵不绝的攻势，红眉老者的斗志和战意本就在缩减，这一下更是如此。

轩辕绝对不会放过任何机会，在红眉老者心神大震之时，他的刀便已乘隙而入，正是对手所露破绽之处。

红眉老者极力封挡，但依然无法抵住轩辕那似乎无孔不入的刀。

红眉老者惨哼一声，身形向黑暗之中疾掠而走，虚空之中溅落点点血花，他无法抵住轩辕那乘隙而入的刀，受伤而去。他知道再待下去，也只有死路一条，待叶皇和柔水回过气来，那便连逃走的机会也没有了。是以，他在此时连想也不想转身便走，甚至连丢在地上的那大半截鱼竿也不要了。

轩辕并不想追，这个结果已经让他很满意，此刻他要做的事情就是以极速回到神堡，看看那边究竟发生了什么事。而且，在这荒林之中，也不知道到底伏有多少敌人的高手，此刻毕竟不宜孤军作战。

“你们怎么样了?”轩辕见叶皇和柔水都在急促地喘息，不由关心地问道。

“我们没事，阿轩，你这刀法实在太玄妙了。”叶皇禁不住赞道。

“我从来都没见过如此精彩的刀法!”柔水也由衷地道。

轩辕不好意思地笑了笑，道：“刀剑相通，刀即是剑，剑即是刀，只要稍作变通即可互用，何用惊讶?”

“刀即是剑，剑即是刀，刀剑互通……哇，轩辕，你太了不起了，居然能够有如此想法，你一定要将刚才的刀法教给我!”柔水钦佩地道，旋又扭头望向叶皇，语气变得温柔，“你感觉好些了吗?”

叶皇点了点头，道：“我们还是赶快回神堡吧。”

轩辕转身拾起那大半截鱼竿，自言自语道：“这鱼竿的质地可不简单，不能浪费了。”

果不出轩辕所料，圣女和施妙法师失踪了，几名守护在门外的奴隶兄弟被人击晕，显然是有人在外接应，而且是高手，否则绝难神不知鬼不觉地潜入神堡，再安然地离去。

贰负极为着急，虽然他已经问过了所有哨口，但全都表示未见敌踪，更未发现圣女的踪迹。此刻见轩辕和叶皇回来，而且带来了一个美艳绝伦的女子，不由心中暗松了一口气。

神堡之中其实有火光，但在神堡之外却无法发现光亮，而且通往神堡的浮桥口有人把守，照理应该不可能有人接近神堡而让人无法觉察，但来者还是将圣女诸人接应走了。

贰负无可奈何且略带歉意地向轩辕解释了这一变故，但轩辕却只是极为淡然地说了一句：“这不关你的事，我早就料到会有这样的事情发生，但我还是回来得迟了!”

叶皇似乎立刻明白了轩辕的话意，惑然问道：“你是说可能是……”

“是伏朗，一定是他!”轩辕肯定地打断叶皇的话，语气有些愤然。

叶皇不再出声，他不知道该说些什么，他的思维并没有轩辕细密，也没有想到伏朗出手如此之快，或许是因为他太累了，累得什么都不愿去想吧。

“叶皇，公主，你们去好好地休息一会儿，明天或许还会有一场大战等着我们呢。”轩辕深深地吸了口气道。

“大首领，你的手仍在流血!”郎二担心地提醒轩辕道。

轩辕抬起右掌，望着手中的血迹，不由得淡然笑了笑，道：“没关系，很快就会好的。”

贰负什么也没说，撕下衣服的一角为轩辕缠上，心头却极为沉重。

叶皇知道没有必要为轩辕担心，也担心不了，眼下最重要的事莫过于好好休息，养足精神，以应付即将到来的变故。

柔水也有伤在身，被白虎神将那愤怒的一击伤了内腑，所幸白虎神将是负伤在先，而使得功力大打折扣，这才没有要柔水的小命，但柔水再与红眉老者那一阵剧斗，几乎使她虚脱，此刻一回到安全的所在，自然精神松懈，疲惫不堪。

“贰负兄，请将十位队长全都请来，我有很重要的事情要讲。”轩辕心情也有些沉重，他知道眼下形势的严峻实在已达到了刻不容缓的地步。无论是神谷的力量还是九黎族的力量，都绝不能够掉以轻心，而且东夷族并不只有九黎一部，那么未知的危险是难以预测的。

贰负望了轩辕一眼，他自轩辕的脸上看出了事情的严重性，是以，他并不再说什么，只是缓缓地行了出去。

轩辕望了望郎二，沉重地吩咐道：“你去将神堡之中的粮草全都放到一个外人难以找到的地方藏起来，只要每人留下四天的粮食。行动要小心，越少人知道越好，到时候将地点跟贰负兄和郎大及郎三说一声就行。”

“这是为何?”郎二极为不解地问道。

“你先别管这么多，在你做好这件事后迅速回来见我！连伍老大也一起带来!”轩辕认真地道。

郎二不再说话，而是转身便走了出去，剩轩辕一人平静地在室中沉思，火光之中，他禁不住拿出了怀中的羊皮卷，仔细地参悟着逸电宗的神风诀，他要利用有限的时间将神风诀的精要参悟。至少，他要将神风诀的内容尽数记于脑海中。他不想这张羊皮卷落在九黎族人之手，而带在身上始终是极为危险的。

贰负再次进来，身后跟着郎大和郎三及十位队长，还有四位负责各种事务的头目。

这是轩辕临时所定的十多位人选，是从众奴隶兄弟中选出来的值得信赖之人，而且这十余人分别来自八个部落。在众奴隶兄弟之中，属于这八个部落的便有五百之众。所以，他们之所以被推选出来，也是因为他们在各自所属的部落之中有极高的威望。当然，这八个部落依然存在，但此刻却极为弱小，受尽了九黎部的欺辱而分散于各地。因为他们不想被九黎部奴役，便只好搬出九黎部的势力范围之外，这是一种莫大的悲哀，弱小部落的悲哀。

轩辕望着进来的近二十人，心中稍稍感到一丝暖意，毕竟，他不只是孤军奋战，还有这么多并肩作战的兄弟。

“大首领召我们来不知道有何事吩咐？”郎大率先问道。

轩辕并没有藏起神风诀，只是目光在众人的脸上扫了一遍，深深地吸了口气，这些人的面孔都很熟悉，他也叫得出这些人的名字。在这十七人当中，年龄最大的应是赤龙族的哈莫，年近五旬，但却精神矍铄，看其体魄绝不输于年轻人，也是赤龙族最优秀的猎人，有一些武功底子，是以他当选为赤龙族的队长。当然，在这里没有族别之分，更不存在部落的界限，因为他们都曾是奴隶，而此刻只不过是奴隶兄弟的组合，而贰负和轩辕是他们所推选出来的大首领，他们全都归属于轩辕和贰负统属。

贰负为这群奴隶兄弟的组合取了一个极好的名字——龙之旅！

龙之旅是没有族别之分的群体，但却有着一个小氏族的力量，之所以无法构成一个氏族，是因为缺少女人和构成一个部族所需要的成员。因此，如果当这是一个氏族还不如当它是一支军旅，而贰负便是这个意思，轩辕也认同了这一切。

当然，这是一支新生的力量，还需要极多完善，到目前为止，时间上根本就不允许，无法将之进行统一的编排和训练，否则的话，轩辕绝对有信心将这数百乌合之众变为一支强劲的生力军。

轩辕很珍惜这所得的力量，尤其是如赤龙族的哈莫、地蝎族的蝎王、玉龙族的青玉蛇、虎头族的虎啸、黄叶族的猛禽，及分别代表其他几族的灭灵、玄计、苦心，这些人全都是极为优秀的人物，如果加以调教，假以时日，一定能成为轩辕的得力干将。是以，轩辕并没有将神风诀收起来的意思。

“我找大家来是要让大家花半个晚上的时间记好一种高深的武学，然后大家迅速趁黑离开神堡，找一个安全的地方苦修，或是回到各自的部落训练自己的族人！”轩辕语破天惊地道。

“什么？”贰负和郎大几乎不敢相信自己的耳朵，震惊地问道。

“不用我再重复，时间紧迫，这是唯一可以保全实力的途径，因为事情的变化实在太快，我们与其死守这片谷地战死，倒不如找个地方休养生息，以图后举！”轩辕淡漠而无奈地道。

“究竟发生了什么事？”贰负以一种极为疑惑的语气相询道。

轩辕无可奈何地苦笑一声，向贰负和郎大望了一眼，深沉地嘘了一口气，道：“我们出去走走吧，让他们在这里仔细地看看这羊皮卷，能记多少便记多少，能领悟多少便领悟多少，但你们应该知道，这是不能落在敌人手中的，否则你们的族人永远都无法翻身，待会儿我回来就开始行动。”

众人不由得全都为之愕然，甚至有些人心生不知所措之感。

“走吧！”轩辕转身行出石室大门，扭头对那十余人认真地道：“希望你们能摒弃杂念，好好地记下一些东西，要知道，这是关系到你们的族人能否奋起的大事！”

“我们明白！”哈莫和蝎王似乎知道轩辕的意思，更知道这是多么难得的一个机会，他们心中的激动自是难免的，更被轩辕这种毫不藏私的作风所感动，对轩辕的钦佩之情不自觉地多了几分。

轩辕一声低啸，两道黑影自暗处电射而至，却是两只猿人。

贰负不明所以地望着轩辕，轩辕嘘了口气道：“此刻，我们所面对的不只是神谷的那群可怕的高手，还有九黎族的大举来攻，甚至可能存在着极北的鬼方高手，这几股实力全不是我们所能对付的！”

“怎会这样？”贰负惊骇地问道，旋又疑惑地道，“我们并没有惹极北的鬼方呀！”

“你也知道鬼方的存在？”轩辕问道。

贰负点了点头，似乎仍有些心悸：“我曾与鬼方刑天族的高手交过手，我的武功便是在那一战中被废了七成，这才遭九黎族所擒，且送到这里受他们奴役。本来，我上次便可以恢复武功，但在最紧要的几天，风扬那小子却拿我当人肉沙包，使我真气再次走岔，现在，也不知道什么时候能够恢复武功了！”说到这里，贰负不由得叹了口气，似有种说不出的惆怅。

“哦。”轩辕一把抓住贰负的手腕，在贰负愕然之下，仔细地感应着其脉搏。

“哦，只是手少阳三焦经受阻，手厥阴心包经受损，不难调治！”轩辕松了口气道。

贰负不由得大喜，问道：“兄弟你有办法？”

轩辕点点头道：“这还难不倒我，待会儿我便为你疏通经脉，只需再休息十天半月你就可功力尽复，无须忧虑！”

“那太好了，这些日子以来，我受够了！”贰负激动不已地握住轩辕的手，喜道。

郎大不由得对轩辕又多了一丝高深莫测之感，或许是因为他本身就对轩辕了解不深，但轩辕的一系列表现却让他不得不钦佩。

“如此一来，也是我们龙之旅的喜事，我可以放心地将龙之旅交给你去训练组合了！”轩辕重重地拍了拍贰负的肩头，欢快地道。

“由我？那你呢？”贰负惊奇地问道。

“我还有些事情要办，不能够跟你们一起离开，只能够日后会合。”轩辕道。

“离开？你说我们真的要离开神堡？”贰负讶然问道。

“不错……”

“报告大首领，你让我准备的三十捆长粗绳已经全都准备好了。”伍老大赶了过来，打断轩辕的话，他显然不明白轩辕的意图，更不明白要这么多粗长绳是拿来干什么的。而他曾是这里的奴隶总管，自然知道这类材料放在哪里。

“嗯，很好。郎大，你便让人把这三十捆长粗绳送到望风崖下，让两只猿人爬上崖头系紧；伍老大，你立刻去召集各队的兄弟会合，一切的动作都须轻巧、利落，不能亮火！”轩辕沉声吩咐道。

郎大和伍老大相视望了一眼，隐隐猜到可能发生了什么事，但却又不太明白。

贰负皱紧了眉头，但他并不出声，只是待郎大和伍老大走开后才望了轩辕一眼。

轩辕长长地嘘了一口气，歉意地道：“都是因为我才使得大家被圣女给出卖了！”

“圣女出卖了我们？”贰负脸色一变，惊问道。

“如果我没有猜错的话，九黎本部的高手已经在赶来的途中，而神谷的高手也一定作出了大量的调动，甚至连鬼方的高手也不例外。这全都是因为我算漏了一个人，也疏忽了一个人。”轩辕想到伏朗，便有一种咬牙切齿的恨意，这个人的确太阴险，也太狠辣了一些，甚至有些卑鄙，也或许满苍夷那晚杀他也与伏朗有关。

贰负并不怀疑轩辕所说的话，他只是不明白轩辕为什么竟要如此急切地离开。虽然众奴隶兄弟并不会武功，但人多势众，又有神堡这有利的地形，支撑数天是不成问题的，也用不着这么急切。有时候，他也觉得轩辕太独断了一些，一切都似乎早就已经计划好，只等着他遵着其意愿去执行一般。

当然，贰负并不介意这些，也极尊重轩辕的意见，此刻的轩辕在他心中与神毫无分别。

轩辕似乎也明白了贰负心中所想，遂把相遇满苍夷、与神谷两大高手交战及一系列的事情向贰负仔细地讲了一遍，包括自己的怀疑和猜测，以及这些人之间的关系，甚至在有邑族中发生的事情也全不隐瞒。

贰负只听得目瞪口呆，但对于轩辕的坦诚和信任也感到极为高兴，就算刚才有些微的不快，这一刻已经尽去，他也明白了事情的严重性，而且轩辕的安排显得极为合情合理，布置适当，他自然不会再有意见。而且，轩辕的布置也是一种极有远见的做法，所有的一切，都是为了众奴隶兄弟着想。

轩辕突然扭头向黑暗之中望去，贰负也在此时听到了一阵脚步之声。

轩辕缓缓地转过身来，他已经看清了黑暗中来人的身份，只是奴隶兄弟中的一个小队长。

“大首领，二首领……”那人行得很近了方发现轩辕和贰负的存在，急切地呼道。

“发生了什么事?”轩辕悠然问道，直觉告诉他，一定有什么事情发生了。

“有几个神秘的人物硬闯过了几道关口，兄弟们根本就挡不住他们，反而被伤了几位兄弟!”那汉子惶急地道。

贰负和轩辕不由得面面相觑，轩辕却沉声问道：“是否看清了有几个人?”

“好像只有十几人，他们似乎根本就不惧机关陷阱，武功皆十分厉害。”

“走，我们去看看。”轩辕语气沉重地道。

贰负没有反对，而是跟在轩辕的身后迅速地向谷口行去。

谷口，只有零星的火光可以让人勉强看清入口的景色。

轩辕发现自己所设下的机关陷阱，几乎有一半已经被破坏，不由得心中大怒之时也有些惊骇。

入口处的奴隶兄弟正在调集强弓毒箭以对付来犯的敌人，而操控机关的奴隶兄弟几乎都是负伤而归，那群入侵的高手似乎并无意杀死这群并不会武功的人，抑或在他们的眼中，这群人根本就不值得他们下手。当然，一个思想已经成熟的人，如果让他刻意地去找只蚂蚁来捻死，这似乎也太无聊，太无趣了，这也是这群奴隶兄弟能够侥幸不死的原因。

贰负也为这群纵跃间无比灵活、手法极为奇诡的高手给震惊了，他此刻才深深地明白，为什么轩辕对九黎本部的高手并不怎么担忧，反而对神谷和鬼方为数不多的高手而忧心了。

也的确，一群真正的好手，他们与这群奴隶兄弟之间的档次相差的确很多，眼前就是一个很好的例子，如果正面面对九黎本部的敌人，背后又有这群高手相扰，就算他们将神堡守得固若金汤，也是经不起损耗的，不用多久便会溃不成军。由此可见，轩辕早一步撤离神堡的决定是多么的明智。

兵家必争之地的战乱是最多的，也是最为残酷的，祸与福之间的距离并不遥远，轩辕似乎明白这个道理。

“住手！大家全给我住手!”轩辕突然发出一声高呼，极出人意料的高呼。

那些操控机关的奴隶兄弟和正在与来敌交手的人也全都意外地顿了顿，贰负讶异地望了望轩辕，但轩辕的目光只是投向黑沉沉的谷口。

“下面可是共工氏的兄弟？我是轩辕，大家都是自己人，快住手!”轩辕高声呼道。

贰负再惊，但他运足目力依然无法看清谷口那十余人的面容。

守在谷口的众奴隶兄弟迅速退开，更让出一条通道来，并顺便将谷口的残局收拾了一下。

那本来杀气腾腾的的十余名神秘人闻言后似乎也有些惊异，仰望站在土丘之上的轩辕，半晌才相互交头接耳地低语了一阵子。

“你们是来找柔水公主的吗?”轩辕扬声问道。

“果然是轩辕公子，不错，你可知道公主的下落?”其中一人似微有些惊喜地问道。

“公主便在神堡之中休息!”轩辕先回答了一声，才向那群以强弓毒箭环伺的奴隶兄弟吩咐道，“这些是我们的客人，放他们过来。”

“一切全都仰仗轩辕公子了，如果这次公主真的出了什么事，只怕我们是再也无颜面见水神了……”说话的是柔水身边的第一护卫庄戈。

“公主行事也太任性了，我们也实在是没有办法……这次竟偷跑出来，要不是……唉，不说了，幸亏有惊无险!”望月长老唉声叹气地道。

轩辕心中却在暗自钦佩柔水的痴情，对爱情的执着，叶皇如此对她，她依然不改初衷地千里相追，更亲身涉险。不过他对望月长老及这群护卫们也深感同情，遇到这种任性的主儿，自己也跟着提心吊胆。

这次保护柔水的主要人物其实不是庄戈，而是望月长老。共工氏中共有八大长老，而这八大长老轩辕都曾见过，是以，眼前的望月长老他并不感到陌生。

“对了，我们一路上来，发现有一大批人向这边赶来，似乎是要向这里来。”庄戈似乎记起了什么似的道。

轩辕的脸色微微变了变，沉思了半晌，问道：“你们怎会想到闯到这里来？”

望月长老和庄戈全都一怔，相视望了一眼，尴尬地笑了笑道：“其实我们也不敢肯定公主便在这里，只是我们莫名其妙地收到一封信，说公主被九黎族人所擒，而且被囚于这片谷地的神堡之中，我们本想偷偷地潜入，但不小心触动了机关，这才暴露了身份，谁知道公主真的在，而且在这里见到的不是九黎人，而是你。”

轩辕和贰负的脸色变得有些难看。

“传我之令，全神戒备，任何闯谷者杀无赦，有任何动静立刻来向我报告！”轩辕向一旁立着的小队长郑重地吩咐道。

“你是说有人会跟在我们后面闯谷？”庄戈吃惊地问道。

“如果我没有估计错的话，此刻他们应该已经来了！”轩辕不由得叹了口气道。

望月长老和庄戈的脸色也变了，庄戈一拍桌子，立身而起，激昂地道：“事情是由我们引起的，就由我们去处理好了！”

“庄护卫先别激动，也许事情并不是我们想象的那样糟糕……”

“不好了，不好了……”轩辕的话还没说完，便被一个进来的人给打断了。

“胡月，发生了什么事？”贰负沉声喝道。

“起火了，大首领，二首领，兄弟们所住的营棚和粮仓起火了！”那闯入的汉子满头是汗地禀报道。

“什么？”贰负再也坐不住了，腾的一下站了起来，惊声问道。

轩辕和望月长老诸人全都吃了一惊，轩辕迅速推门而出，放眼外望，果见神堡粮仓方向火焰腾起，还有几个奴隶兄弟所居的营棚也起了火。

噔噔……一串急促的脚步之声吸引了众人的目光。

郎二惊讶不解地赶了过来，伍老大也自浮桥之上迅速跑来，脸色却比郎二难看多了。

“大首领，你吩咐的事情已经办妥了，怎的还要把粮仓也烧掉呢？”郎二不解地问道。

听到这里，轩辕不由得松了口气，庆幸地笑了笑，道：“烧得好，这粮仓并不是我派人烧的，而是有敌人潜了进来！”

郎二一愣，知道轩辕绝不是在开玩笑，不由得吃了一惊，问道：“那我们该怎么办？”

“立刻准备撤离！”轩辕沉声道。

“大首领，我想神谷的高手定是已经来了！”伍老大急匆匆地赶来，脸色苍白，他对神谷的高手可谓忌讳极深，此刻事情稍一有变，他便已经感觉到发生了什么。

“我知道，我吩咐的事你可曾办好？”轩辕冷冷地问道。

伍老大似乎稍稍镇定了一些，认真地点了点头，回应道：“嗯，全都办好了，众兄弟已经聚集，只有那些住在神堡中的人仍未通知。”

贰负心头也松了口气，暗自庆幸轩辕的先见之明，如果轩辕不是事先如此吩咐，只怕此刻定有许多兄弟葬身火海，一片大乱了。

“很好，立即吩咐所有兄弟加强戒备，分成十组巡逻，以毒箭对敌，任何可疑之人皆杀无赦！”轩辕杀意张狂地道。

“我看，我们也去会会这群人好了！”望月长老过意不去地道。

“如此甚好，不过庄护卫还是留在这里为公主护法，免得有人惊忧了她的休息。”轩辕欣慰地道。

庄戈向望月长老望了望，立刻选了四名护卫留于石室之中。

轩辕却向贰负道：“贰负兄，我先来为你打通手少阳三焦经吧！”

贰负大喜，反问道：“现在？”

“不错，这并不需要花多少时间，也很容易！”轩辕自信地道，对于全身的经络穴位，他相信自己懂的绝对不少，当初歧富教他修习先天真气之时，便以他的身子为实例，细细地讲了一遍经络之间气息的运行和各道经脉所起的作用和各穴位储气的方法。是以，轩辕虽然对医理并不是很精通，但涉及经脉和穴位之时，他对自己绝对有信心。他更明白通过对脉理的分析，也完全可以治愈许多伤病，虽然当初歧富并没教他多少医道的知识，但这许多年来，轩辕通过对自己身体各路经脉的自我摸索，也得出了许多有效的治病之法，正是所谓的一通百通，也是因此才会留下经典之著——《黄帝内经》!

而这些对于不懂医理的人来说，自然是极难，但对于轩辕来说却是一件轻而易举之事。

神堡之中依然安静，但火光隐现，倒是湖岸的谷地之中，极为喧闹，四处都有全副武装的奴隶兄弟巡查。

虽然这群人并不是好手，但人多可以压死人，更何况这群人的手中全都有毒箭，任谁都不想正面直迎其锋。

这种场面当然极出敌人的意料，黑暗之中，他们本以为烧的是整营的奴隶，但此刻他们定然已经发现所烧的全都是营棚，这对他们心里的打击定然不小。

望月长老依照轩辕的吩咐，据守于望风崖下那一堵石墙的暗处，而在那里更伏有百余名奴隶兄弟。轩辕并不想让敌人发现他们正在准备退走，是以，他必须维护住这一条道路，其他地方他已经全不在意了，无论对方如何破坏，他都只是睁一只眼闭一只眼。

两只猿人办事的速度极快，攀崖本是猿人天生的本能，望风崖虽陡，但对它们来说仍能够轻松爬上。

轩辕现在要做的就是将神堡之中的病弱先送出谷外，然后再调集众奴隶兄弟攀上崖顶，那时候便是有人发现，想追也已太迟。

轩辕是第一个爬上望风崖的，两只猿人已在上面等候。

四周夜色极沉，黑乎乎的一片尽是密林。

轩辕并不是第一次站在这块地方，第一次和叶皇登临此地之时，遭到九黎族高手的围杀，幸得柔水公主相救，这才逃出生天，此刻却是完全不同的两种处境。

猿人以其极为敏锐的觉察力和速度，在这片林子之中迅速地巡查了一遍，并没有发现敌踪，显然是神谷和九黎族之人没有料到轩辕会如此快地撤出神堡，这完全不合情理。当然，这是因为他们并不知道圣女凤妮已经离开了神堡，也不知道有伏朗这个神秘人物的存在，是以才会估计失误。

伏朗自不会傻得将自己的行踪告诉九黎族人，他的本意也是想借这群奴隶兄弟之手吸引各路人马的注意，这才能够让他达到轻松逃离的目的。就算他知道轩辕会提前撤离，他也不会向九黎人透漏，如果轩辕的这支龙之旅败亡太快的话，他的行踪便一定会很快被发现。何况，他根本就不知道轩辕能够如此快地作出判断，并且提出撤退计划。

轩辕心中很明白，只有事事出乎敌人意料，方能达到最为理想的结果。

郎大和郎二诸人身后也跟着上来了五十多名身手矫健的汉子，更有近百名体质稍弱的奴隶兄弟也在相互帮助之下被拉了上来。他们一上来，便立刻按轩辕所说的方位设机关，下埋伏，这一切的准备全都是为后继者能够毫无顾虑地上得望风崖。轩辕绝不想有半点差错，此刻的他，明白实力的重要性，每一点实力都绝不能够浪费。

在这个蛮荒的时代，一个人的力量显得极为薄弱，这一路上被追杀的苦楚，轩辕是深有感触的，如果自己拥有足够的实力，又何必与人玩这些虚伪的游戏？又何必躲躲藏藏过日子？

此刻轩辕心中有恨，他不明白为什么要恨圣女凤妮，实则他的主要任务便是护送圣女平安地抵达有熊本部就行了。说白了，他们只不过是一群死士而已，根本就没有恨圣女的权利。但轩辕恨圣女凤妮的无情，或许是因为他根本不属于有邑族之人，所以他并不觉得自己是死士，他只是在心中当圣女是朋友，抑或可以说，他爱慕圣女凤妮那脱俗高雅的美，而圣女凤妮却无情地出卖了他和所有的兄弟，这对轩辕来说，无疑是一个极为沉重的打击。

轩辕也不明白，自己究竟是否真的喜欢上了圣女，抑或只是圣女那种不沾人间半丝烟火的美丽使他有些心虚，毕竟自己已有了数名女人，而圣女又是何等高贵圣洁。但此刻却有些后悔没有趁这段时间将圣女弄到手，这或许是一种报复的心理在作怪。

郎大并不知道轩辕心中的恨意，但他对轩辕却是极为尊敬和佩服的，虽然轩辕年纪轻轻，可其武功和智慧及一切的决策却让人不得不心服。

轩辕暗暗决定，一定要将这群奴隶兄弟训练成一群超强的勇士，他要让圣女凤妮看看，忽视了他，是一个绝对的错误！

轩辕再次返回神堡之时，已经发现了敌踪，而四周的奴隶兄弟正向敌人出现之处会聚，杀意几乎弥漫了整个河谷。

望月长老和十多名共工氏的高手已经与另一处暗中潜入的高手交上了手，那群人或许可以瞒过奴隶兄弟们的耳目，但绝对难以躲过望月长老这般高手的灵觉，是以他们准确地截住了这群人。

潜入的敌人并不多。神谷的元气也损伤了不少，在神谷之中，也并非全都是一流的高手。望风崖下烧死了七八十人，谷口的激战中又死去数十人，神谷已经损失了一百多名高手，因此，能够调出来的真正高手已经不多，否则的话，也不会只派出两个老者来对付轩辕和叶皇，而定会设下数道伏兵，杀轩辕而后快。

同时在神谷之中，仍有大批的奴隶，而这群奴隶的实力之强，绝对不是神堡这群奴隶所能够相比的，这是轩辕自伍老大和贰负的口中所得到的信息。

神谷和神堡是两个完全不同的地方，神谷中所囚的奴隶都是从各地俘获的精英，也即是高手。而神堡之中所囚的奴隶都是将高手筛选了之后才带入神堡做苦力，而有轩辕这只漏网之鱼全然是一种巧合。是以，就算神堡方面再乱，神谷之人也不敢倾巢而出，否则的话，那群拥有超强实力的奴隶们一旦反抗，则无从压制，必会酿成更大的乱子。

轩辕知道这一点内幕后，极为欢喜，也更有信心与九黎族一战。

庄戈也发现了敌踪，他发现有数艘小船借着夜色的掩护自湖水中向湖心的神堡靠近，他将其发现告诉了轩辕。

轩辕很快便发现了这些敌人的踪迹。

这些人做得极为隐秘，借夜色掩护，以小船渡湖，只是他们太小看了共工氏的高手。

共工氏的每一个人都绝对是一个优秀的水手，无论是黑夜还是白天，无论是水上还是水下，他们都能很快地发现疑点，除非对手的水性比他们更好，可以做到无迹可寻。

庄戈发现可疑的船只是根据湖面之上那一片幽暗的粼光，虽然只是远处起火，但湖面之上依然会反射出一种异常的光润，他们便是根据这种异样光润的明暗度来分辨是否有可疑人物潜近。换了任何不是共工氏之人，大概都会忽略这一点，这乃共工氏世世代代积累下来的独一无二的水上经验，轩辕若不是有超凡的眼力，也绝难发现这些可疑之处。

第四十一章　弃堡远离

敌人的一切都是在黑暗之中进行，轩辕夺下湖心的神堡，只是借风扬的掩护，这才能够成功。其实那时候湖心的神堡之内总共也不过二三十名九黎族卫士，因为神堡并没有修整好，所以没有派大量的人驻守其中，而神堡之内仍有一群奴隶在干活，这些人里应外合，对付这二三十人还不是一件很轻松的事？但此刻，神堡之中却住着近两百人之多，想要自浮桥之上直攻入神堡，单凭这偷偷潜入的高手，那自是没有任何可能。因此，这群人只能偷偷潜入神堡之中进行破坏，遗憾的是，这群人遇上了轩辕。

“庄兄，我们去‘捕鱼’如何？”轩辕向庄戈笑了笑道。

庄戈哪还不明白轩辕的意思？对于水中作战，身为共工氏的高手，他还从来都未曾惧过谁，不由自信地笑了笑道：“庄某正有此意！”

轩辕一声低啸，衣带缠紧，身子如入水之蛙般跃入湖水之中，只有点点轻溅的细碎浪花波动。

溅起的浪花使庄戈眼中闪过一丝骇然，轩辕入水的身法之优美、利落，在共工部中都是少见的，只从这小小的动作之中，他完全可以断定轩辕的水性不在他之下，甚至比他更好。

那几名共工氏的护卫也有些惊疑不定，他们的水性都极为精湛，行家的眼里，自然是识货的。不过，他们身为水神的后人，对水的造诣当然十分不俗，亦纷纷跃入水中。

这群潜入的高手并没有想到河谷之中早已经有了准备，而且是全副武装，更有一群以水为生的高手夹于其中，这个亏可是吃大了。他们本以为一开始烧毁奴隶们所居之地，如此深夜，这群奴隶一定都在营棚之中熟睡，一烧之下自然会有一大批人在睡梦中变成“烤猪”，在实力大伤之下，必定大乱。可是事实与他们所想相隔甚远。

奴隶们的实力不仅没有减弱，更没有丝毫乱套，反而在轩辕的精心安排下，攻击更为猛烈而有序，这让那批自以为是的偷袭者大伤脑筋，也大叹倒霉。在数百人的强攻之下，又有来自暗处的毒箭，这群深夜入侵的神谷高手根本就难以发挥出自己的特长。毕竟双拳难敌四手，他们虽然也伤了不少奴隶兄弟，但很快成了乱箭之下的冤魂。

黑暗曾为他们作了掩护，但此刻黑暗也为那些流矢毒箭做了帮凶，在奴隶兄弟的杀闹声中，那轻微的破空声完全被掩盖，这些毒箭也成了他们的催命之物。

当然，有人一发现势头不对，便向谷口杀去。他们似乎明白这种失算的后果，是以，他们并不犹豫，便向外闯。

奴隶兄弟近身搏击的确不是这群人的对手，但这群奴隶兄弟都曾是各自族中极为勇敢的猎人，而此刻又是初获自由，对九黎族人恨之入骨，每个人都悍不畏死地拼杀，使得这群闯入的神秘人物锐气尽消。而共工氏的护卫们一个个都是一流高手，比之这偷入神堡的敌人更胜一筹，更是毫不客气地乘势追杀！

伍老大自然认识这群神秘的偷袭者，也正如他所猜，是来自神谷中的人物。不过，他暗自庆幸这群人人数并不多，此刻他可算是彻底地投靠了轩辕。是以，只得不遗余力地指挥杀敌。

可怜这来自神谷的三十多名精卫，还没来得及弄清楚神堡之中究竟是什么局势，便已被杀得抱头鼠窜，几乎没有一人能逃过谷中伏兵的暗箭，他们来的时候可以借夜色掩护，回去之时却成了箭靶子，这的确是一种深重的悲哀。

他们也实在是太低估了轩辕，轩辕对谷中的每一个地方都仔细观察和分析过，是以，他所设伏兵的位置会起到奇袭的作用，而更使谷中的实力让对方完全无法揣度，这才让神谷中的好手一开始便失策，也就只好以失败而告终。

而湖水之中的战局也很快便成了定局，四艘小船载着十三名神谷的高手。

这些人的水性并不算很差，但是他们与共工氏这群在黄河浪涛之中滚大的人比来，相差不知凡几。而轩辕在水中之时，几乎比在岸上更自由，简直如一头凶猛至极的虎鲨。

打一开始，庄戈和轩辕便自水底掀翻了四艘偷偷潜入的小船，这样船上众人身无依持，只好全凭自身的水性在冰寒的湖水之中与敌相搏。

当轩辕和庄戈几人上岸之时，只与跃入水中的时间相隔一盏茶之久，但他们已经轻松地解决了那十三名神谷的高手。如果是在岸上相搏，轩辕不敢自信能够占到任何便宜，但此战却是在水中。

这是一种幸运，庄戈大叫痛快，但却不得不佩服轩辕在水中的表现，他一向对水性自视甚高，可是当在水底遇到轩辕之时方知道什么是人外有人，天外有天。

轩辕却明白，这并不是自己的水性真的比庄戈等人好，而是因为他误食了龙丹，这才使他在水中能够灵活自如，甚至似乎可以在水中呼吸，那种圆通之感，如鱼得水。而庄戈等人的水性全是凭自己练出来的，这就比轩辕更难得了。当然，在未服食龙丹之前，轩辕的水性已经极佳了。

守在岸上的十名奴隶兄弟见轩辕诸人安然无恙地上得岸来，这才松了一口气。黑暗之中，他们根本就无法得知水中的情况，禁不住为轩辕担心了好一阵子，此刻自是大为欢欣。

“传我命令，神堡中所有兄弟在望风崖下聚合，不得有误！”轩辕顾不得浑身湿淋淋的衣服，沉声道。

那群奴隶兄弟一怔，但轩辕既下了命令，他们自不会有违。

庄戈上岸之后禁不住一个哆嗦，此刻已是深秋，身上穿着这冰凉的湿衣，的确不好受，不过，他有些惊讶轩辕的功力之高。

石室之中，那十多人正如痴如醉地共阅着神风诀，有的甚至在比画着，看样子是对这种武学极感兴趣。

轩辕只是将神风诀的上半部给这群人翻阅，而下半部却是在自己的怀中。这并不是他有意藏私，而是他不得不考虑到许多问题，虽然眼下这群人都极为听话，但往后却很难说，如果神风诀的秘密传到了敌人耳中，那后果难以想象。更何况，他也不能不顾满苍夷的本意。因此，他留下了后半部，而这后半部只能限制于叶皇和他自己知道。

神风诀的上半部轩辕深深地记在心中之后，便当着这十多人的面付之一炬，虽然这十多人有些惋惜，但轩辕事先已经讲过，是以，他们只好眼睁睁地望着轩辕将这神奇的武学烧毁。

不过，这群人对轩辕也更多了几分敬服，轩辕能够把如此的神奇武学毫不藏私地给他们看，这对于他们来说，是何等的幸事，也可看出轩辕对他们是极为信任的。他们心中明白，这是多么难得的一个机会，但此刻，他们却要离开这座神堡了。

叶帝没有发现神堡之中有任何动静，虽然看到了一些模糊的人影如一些飘扬的旗帜，但这些东西似乎全是死物。

河谷之中一片寂静，那被烧毁的营棚的轻烟仍在冉冉飘起，却没有发现一个巡逻的人影。

已近中午了，太阳光线极强，可叶帝的心情竟多了一些烦躁，他竟发现不了河谷之中的伏兵在哪里，甚至连暗哨也无法发现。对于轩辕，他确实多了一种高深莫测之感，他知道，往日他小看了轩辕这个年轻人，这才有昨日的惨败。

昨晚，能自神堡逃出的神谷高手仅有两人，四十名精卫入谷，却闹得如此结果，的确让他不能不惊。是以，今日他竟不敢轻举妄动。至少，在九黎本部援兵到来之前，他不敢轻举妄动，他实在是再经不起折腾了，一个不好，只怕神谷中也会乱套。

当然，负责神谷之事的人，并不是叶帝，他还不够资格，充其量也只不过是神谷中的一个客人，一个得宠的客人。

在神谷中，比叶帝武功更好的大有人在，但比叶帝更受尊敬的人却并不多，因为叶帝乃九黎本部二王子风浪身边最得宠的红人，而风浪在九黎本部的权势除九黎王和大王子之外，便数他最大，且风头之锐更隐有盖过大王子风沙之势。在继承王位的问题上，虽然风沙名正言顺，但风浪的可能性也不小，而叶帝便是风浪身边的第一红人，他自然成了神谷中没有多少人敢得罪的人物了。

此时叶帝所在的位置正是望风崖上，也是轩辕和叶皇那次被追杀的位置，他破除了一些机关和陷阱，在日上三竿雾散之时，他便赶来了这里，此刻他已经立了两个时辰，依然没有发现谷中有什么动静。

隐约之中，他也感到情况有些不对劲，但他却不知道究竟有什么不对劲。

幸好，九黎本部的大批勇士已经赶来，他们是经过长途跋涉赶来的第一批人。

叶帝感到时机快成熟了，至少，有这两百余人，可以对谷中进行试探一下，是以，他长长地嘘了一口气。

叶帝心中的气恼是无与伦比的，他怎么也没有想到竟会被轩辕要了这么一招。

神堡之中居然空无一人，害得他紧张兮兮了老半天，九黎族的第一批勇士很轻松地便进入了谷地，却没有一个人出来反击。

进入了谷地，他们才发现，那些大旗下的营棚一个个都是空的，而那半隐半现的人样全是草扎而成披上人衣的模子。

这简直像是一个笑话，一场闹剧，叶帝有种哭笑不得之感，他竟没有发现轩辕和那数百奴隶大军是怎么离开这片谷地的。

昨夜，犹有一场激战，今日却尽数销声匿迹，唯有地上仍横七竖八地躺着血肉模糊的尸体，显然是惨死的神谷高手。

第一批九黎勇士进入神堡，迅速搜遍神堡的每一个角落，却什么也没有发现，能够带走的，已经全都带走了。所剩的只是一堆石头砌成的废堡，叶帝没有半点胜利的喜悦。

这两百九黎勇士的领队之人乃是九黎族的帝十三，也即九黎族十八大长老之一。

帝姓在九黎族中有着不可取代的地位，仅有风姓可与之相比。而帝十三更是帝姓家族中的大门子弟，兄弟十八人，皆相继为九黎族的长老，历代未变。不过，在生老病死和战乱之中，帝十三的十八兄弟也仅剩八人而已，但这八人在九黎族中仍然有着极高的声望，更把持着九黎族中的重要事务，便连叶帝都不得不对他恭恭敬敬的。

此时帝十三的脸色虽然很难看，但却能够平心静气地指挥属下占好所有有利的地形。

这次九黎族的损失的确极大，不仅损失了三四百壮丁和精卫，还损失了如此之多的劳动力。这对于九黎族来说，的确是个极大的挫折。

以九黎族的实力，数十年都没曾有过如此大的损失，所有的一切都似乎是无往不利，但这一次却落得如此败局，实在让人心痛，但又无可奈何。而这一切，全是因为一个叫轩辕的年轻人。

帝十三要杀轩辕，为死去的数百英魂，也是为了给九黎族人争回一口气。

叶帝担心的却不是这个，而是圣女凤妮的下落，他的任务便是要带圣女回九黎本部，可是白虎神将却被轩辕重创，圣女凤妮突然被轩辕救走，这对于他来说，是一个更大的失败，他实在想象不到，凭叶皇和轩辕的实力竟然能够将那五十名九黎勇士击得落荒而逃。

当然，叶帝不能不将那两只巨大的猿人也计算进去。

“巡察使认为他们是自哪个方向逃出这片谷地的呢?”帝十三淡漠地道，他对叶帝办事的效率极为不满，也是因为叶帝对轩辕无声的撤离竟然毫不知情，这是一种严重的失职表现。

叶帝不由有些尴尬：“依我所想，他们应该是在天亮之前，自望风崖攀崖而去!”

“你不是一直都守在望风崖上吗?”帝十三更是气恼地质问道。

“长老有所不知，我在天亮之前，身在谷口接应潜入谷中的兄弟，并没有守在望风崖上。当然，这也是我的失职，未能想到他们竟能够自望风崖上攀逃。”叶帝平静地道，他的确是忽视了望风崖，因为望风崖太陡，根本就不是人所能攀爬的，不仅仅是他，任何人都不会想到轩辕竟能带人自望风崖上逸走。

“这事不能怪巡察使，望风崖陡峭至极，又有二三十丈之高，的确没人能估计到他们居然能自这里爬上崖顶，这几乎是不可能的事情。”帮叶帝说话的乃是神谷的副总管敖广。他与叶帝关系极好，同属于风浪一派。是以，他才会出言为叶帝辩护。

“可是他们却从望风崖逃走了，这又是为什么?”帝十三本想发一通脾气，但叶帝和敖广两人统一口风，他又无可奈何，虽然敖广只是神谷的一个副总管，但其实际身份并不低于他，更是一个可怕的高手。

神谷和神堡是两个完全不同的地方，神谷之中可谓是藏龙卧虎，里面聚居的尽是高手，能够成为神谷的副总管，绝对不是一件易事，更不是任何人都可做到的，是以，连帝十三也不敢轻易得罪敖广这个人物。

叶帝并不怕帝十三的质问，论到斗心计，他还很少输过任何人，论到心狠手辣，他也绝不会向任何人认输。否则的话，他如何能以一个外人的身份在数年之内成为九黎本部的巡察使?这是一个极肥的差使，对于分布各地的九黎势力，他都可以插手。是以，这份差使可谓极有地位。

“我之所以失算，是因为他们有两只猿人相助。望风崖的确不是人可以爬上去的，但是如果有两只猿人的话，那结果又会不同了。”叶帝淡漠地道，他是自龙奇口中知道有这两只大猿人的存在，但他却忽视了这两只猿人。

帝十三也为之愣了一下，的确，如果有两只猿人相助的话，那的确又当别论。望风崖虽然陡峭无比，但却也无法阻挡这些“大山之子”的脚步。

“我们也不必讨论这些了，帝十长老所率的两百勇士也该快要到了，我们立刻派人去搜寻这群奴隶的行踪，到时候便倾力出击，将他们赶尽杀绝好了！”敖广并不在意神堡的建设，是以，他说话根本就不想给这群奴隶留任何余地。

“对轩辕那小子我们必须小心，那小子的武功很好，更可虑的是那小子诡计多端，一个不小心反而会上他的当！”叶帝提醒道。

“那小子便交给我，我一定要将他煎皮拆骨，为忘尘二老报仇！”敖广想到轩辕，禁不住有些咬牙切齿。

忘尘二老正是那矮胖老者和红眉老者，这两人与敖广关系极好，但却一死一伤，使得敖广痛心疾首，也对轩辕恨之入骨。

帝十三并不以为然，虽然他也很想击杀轩辕，却并不认为轩辕有那么可怕。

“长老……”一名九黎勇士匆匆跑了进来，手中却拿着一张羊皮和一颗血迹已干的人头。

“什么事？”帝十三冷冷地问道。

“属下在一间石室之中发现了这颗人头，人头下面便压着这张写满字的羊皮！”那人将羊皮和人头全都奉上。

“敖法！”敖广和叶帝禁不住同时惊呼，他们终于认出了那颗血迹已干的人头惨白的面目，竟是昨晚受敖广之命自湖中潜入神堡的领头之人，但敖广却没想到竟是在这种情况下再见到敖法，只是一颗没有血色的脑袋。

帝十三的脸色也变了，望着那颗没有血色的脑袋和背面沾血的羊皮，半晌才接过羊皮细看了一遍，脸色再变。

敖广和叶帝相视望了一眼，极为难看的脸上显出一丝疑惑，禁不住同时问道：“上面写了些什么？”

帝十三将羊皮推了推，那名九黎勇士立刻接过送到敖广和叶帝的面前。

敖广和叶帝一看，神色也显得变幻不定，但他们可以肯定，这是轩辕故意留给他们的，至于是何意图，却不是他们所清楚的。

“你们相信他所说的是真的吗？”帝十三出言问道。

叶帝和敖广又相视望了一眼，他们也不敢肯定这上面所写的是真是假，不由得再仔细看了一遍：

“也许你们并不相信我说的这些，但我还是要告诉你们这个消息：圣女凤妮已经走了，与太昊之子伏朗一起秘密返回有熊本部，她出卖了我们，所以我才连夜撤走。我知道你们定会很快赶到这里，是以，我也不妨做些报复之举，因为本人行事一向恩怨分明。当然，信不信随你们便，本人只是让你们决定我轩辕与圣女对你们的重要性，但无论你们选择谁，都要快下定论，迟则追不及……哈哈哈……”

署名“轩辕亲笔”！

“太昊之子伏朗?!”敖广的脸色阴晴不定地自言自语道。

“我认为这封信有六成的可能性，我也一直感到暗中还有一个可怕的高手在与我们作对，如果真如轩辕所说，那这个神秘的高手应该就是太昊之子伏朗！”叶帝估计道。

“这个年轻人我听说过！”帝十三面上的神情严肃起来。

“不管如何，我们宁可信其有，也不可信其无，不能让圣女返回有熊本部！”敖广肃然道。

“可是你想过没有，欲对付伏朗或是伏羲氏的高手，我们可能要花多少人力?”帝十三犹豫地道。

“这是少昊大神的命令，即使花再多的人力，我们也在所不惜，只要来日我们夺得了有熊族的实权，这点牺牲又算得了什么?”叶帝坚决地道。

“我们可以先放下轩辕那小子的事情，全力追捕伏朗，那样应该不会有问题。”敖广提议道。

“但是你怎知道这不是轩辕那小子的诡计呢?”帝十三质疑道。

叶帝和敖广全都不作声，因为事实本就是这样，轩辕为他们出了一个难题，这个难题不仅使他们不能够全力去追杀轩辕和那群奴隶，也同样使他们不能全力追捕伏朗，而陷入了一种进退两难的境况中。

“相信帝十长老很快便会赶来，他来了，就由他去对付轩辕那小子好了，那小子刚走不久，相信不会跑得很远，追他们也不急在一时，但若圣女凤妮追迟了的话，恐怕后果就难以预料了！”叶帝在轩辕和圣女之间，他还是看重圣女一些，因为在内心深处，他并不希望轩辕这么快惨死，他只是怕叶皇也遭遇不测。叶皇与轩辕的关系极为密切，如果是去对付轩辕的话，也便等于是对付叶皇，是以他主张舍轩辕而取伏朗。

帝十三也没什么更好的办法，因为轩辕话中的可信成分并不少，极有可能是真的，而他们最重要的任务便是阻止圣女凤妮回有熊族作权力之争，在迫不得已之时，甚至可以杀死圣女，而这一切的确是他们的神——少昊的意愿。因此，他们不得不对轩辕的这封信慎重考虑。

帝十，是个极有性格之人。在九黎族之中，他极得少昊的重视，那是因为他会驯鹿。

帝十的坐骑是一只极为膘肥壮实的梅花鹿，他曾为少昊驯了一只梅花鹿。是以，在九黎族中，许多人都称他为鹿长老。

梅花鹿是一种极为蠢笨的动物，但帝十却能够驯服其野性成为人的坐骑。

在九黎族中，最让各族之人闻之丧胆的便是少昊的鹿骑。

鹿骑是一支攻击力极为强劲的战旅，但这支战旅的人数并不多，仅三百人而已。不过，这三百人都是从九黎族各部挑选出来的精英，每个人都懂得驱鹿之术，这数百只战鹿全都是帝十一手驯养的。在这平原的森林之中，三百鹿骑有着来去如风的攻击速度。

这种乘鹿作战之术很难得以推广，一是因为懂得驯鹿之人不多，而能够驱驾鹿的野性之人也不多，只有一群精英才能有殊荣进入少昊的鹿骑之中。

当然，这支劲旅并不会轻易出击，他们所做的一切都很慎重，也没有多少事情能够劳动这支劲旅，而且，这是由少昊亲自指挥，外人根本无权调动他们。

鹿骑的存在，只不过是说明帝十的重要性。

帝十的亲卫军中，也有二十名骑鹿的护卫。

此次帝十出征，所带的是族中两百名战士，这是一群作战经验比较丰富的人。

鹿，极为敏感，对危险的觉察力很高，是一种最易受惊的动物，即使被驯过后的战鹿也是如此。

帝十感到了一阵异样，或许可说是他的战鹿坐骑感觉到有些不安。

“小心戒备！”帝十立刻吩咐自己身后的九黎族战士，他极相信自己身下战鹿的灵觉，因为它从来都没有一次失灵过。

山林极密，古木参天，在这种环境之中，危险存在于任何一刻，因为谁也无法预料在这洪荒的野林中，究竟藏有什么东西。便是有千军万马，也照样会被这片原始森林给淹没。在这种环境之中，唯有凭借敏锐的觉察力去洞悉一切的危险。

吱吱……鸟雀惊飞，帝十的目光迅速移至鸟雀惊飞之处，却发现两只巨大的猿人正在路口似乎极为好奇地张望着他们，而他身下的战鹿却开始不安起来，显然是对两只巨大猿人生出了极为强烈的惧意。

帝十不由得哑然失笑，他明白了为什么身下的战鹿会生出不安了，因为猿人天生便是鹿的敌人。通常，猿人总是成群出没，与人类一样，以狩猎和采摘各种野果为生。而它们最喜欢的动物，便是那群极笨的鹿。猿人对鹿群的威胁比狼群和虎豹更甚。是以，鹿天生便对猿人的存在极为敏感。

帝十之所以好笑，是因为自己竟被这两只猿人弄得紧张兮兮的。

九黎战士也似乎明白了这群鹿不安的原因，立刻有人张弓搭箭。

那两只猿人似乎极为机警，见有人搭箭，便迅速转身没入林子深处，又是一阵鸟雀惊飞之声响起。

帝十不由得笑了笑，喝道：“加快脚程！”

“爹，不要在前面休息一会儿吗？兄弟们已经赶了七八十里路，都累了，不如休息一会儿，也好有精神直接与十三叔会合。”说话之人是帝十之子帝弘。

“此地距神堡不过三十余里，再急赶一个时辰便可到达，休息也不在乎这一个时辰，到时候看情况而论！”帝十叱道。

帝弘不再言语，只好跟在帝十之后前行。此次出征，帝十有意安排带其子出来历练历练。而帝弘并不是一个能吃苦耐劳的人，仗着其父乃是少昊身边的大红人，在族中胡作非为，花天酒地，便是帝十都看不过去。九黎族人都看在帝十的面子上，对帝弘的行为只是睁一只眼闭一只眼。不过，帝弘好色也只是在女奴之中挑选作乐的对象，并不敢在族中乱来。

战场毕竟不是一个好玩的地方，帝弘安乐惯了，自然不喜欢外出作战，但又不敢违拗父亲的决定，只好极不情愿地跟来。

“那两只畜生还在附近，鹿儿仍有不安的感觉。”帝十又感觉到了坐下战鹿的不安。

“让属下带几人去将那两只畜生宰了。”说话之人乃是帝十的亲卫队长帝放。

帝十清楚帝放的武功，但他并不认为有这个必要，淡淡地道：“不必管它们了，谅它们也只敢跟一会儿便会自行离开!”

帝放自然知道这个结果，如果猿人知道没有希望猎获这群猎物，便不会再跟，而会自行离去。

“长老，似乎有些不对劲，我感觉到了杀气!”另一名护卫惊疑地道。

“杀气?”帝十经护卫如此一提，立刻感觉到一股阴冷的杀气散飘在虚空之中，而他由于太在意鹿儿的感觉，竟忽视了这一点。

“放箭!”一声暴喝响彻林间。

帝十还没有来得及作出反应，无数的劲箭已自四面八方齐射而至。

劲箭来得全无征兆，更不知是自哪个方向射出，当所有人发现这一簇簇劲箭之时，劲箭已经射入了他们的身体。

“呀……呀……”惨叫声响成一片，九黎族的战士也全都乱成了一团，各自寻找自认为安全的地方躲避，但这些箭矢似乎是自四面八方射出，令人根本就无从躲起。

帝十大惊，也大怒，他发现了敌人的所在，但已经迟了。

这些神秘的敌人早就布下了一个埋伏圈，而且他们是选择攀上高高的枝头，借古树那些粗干密枝的掩护，只等着他们进入射程，便施以无情的攻击。

帝十身子如一团旋风般掠起，手中是一杆幻成一团暗影的利矛，箭雨尽在他身外五尺之距自行飞开，似是承受不住利矛所鼓起的气旋的逼迫。

帝放也长啸着腾空而起，他的任务是保护好帝十的安全，同时他心中更明白，如果死守在地面之上，唯有死路一条。

箭头都是淬毒的，被射伤的比被射死的人更痛苦，因为他们还要承受着毒物无情的煎熬，直至死去，惨号之声不绝于耳。

这一仗犹未正式交手，帝十的两百余名九黎战士便已损失了一半，而剩下的一半都乱成一团，正在箭雨之中挣扎。

哗……帝十的长矛在愤怒之下，竟砸断了一根古树的粗枝，那名箭手惊呼着飞跌而落，着地之时便已摔死。

“老鬼别凶！”帝十的左手在身子下坠之时，又抓住另一根树干，但已感觉到一股锐利至极的劲风迎头袭到。

帝十一声冷哼，左手一用力，身子如林中小鸟一般斜掠向另一根粗枝，险险地避过了头顶的那一击，但当他刚立稳足时，那道锐风又已扑面而至。

叮……帝十的利矛一横，准确地挡开袭来的那道锐风，却是一根分水刺。

“你是共工氏的人?!”帝十见这分水刺，不由得怒声质问道。

那攻击之人便是庄戈，听帝十如此一问，不由得吃了一惊。

这群人正是轩辕的龙之旅，轩辕之所以在这条路上埋下伏兵，是因为他早知道帝十会带人攻陷神堡。

原来，昨晚轩辕带领众奴隶兄弟离开河谷之时，有两名潜入谷中纵火的神谷好手被生擒，这两人承受不了拷打，终于说出了九黎本部有人来援的消息。于是轩辕将这群奴隶兄弟分作两批，一批由贰负和郎氏三兄弟所领向北，在黄河边找个秘密之处相候，而他则领着一批精兵前来伏袭帝十。

轩辕本想伏击帝十三，但由于时间上来不及，便只好让帝十三安然而去，而在这里等来了帝十。

轩辕知道，欲摆脱九黎族人的追杀，便只有让九黎族人没有追杀的能力。他算准了神谷的高手不敢轻举妄动，能够对他们构成威胁的便只有九黎本部赶来的九黎战士。无论是在体能还是作战的集体配合上，这群九黎战士都要比奴隶兄弟优胜。因此，轩辕不想处于被动状态，便主动出击。

此刻主动出击至少占着数大优势：第一，帝十绝料不到他们早已离开神堡而且埋伏于前路之上；第二，帝十之军是远征之旅，可算是疲兵；第三，己方熟知对方的路线，有足够的时间设伏。有这么多的优势，轩辕完全有必要打出这手奇兵，而让帝十大大地栽上一个跟斗。

更妙的却是，如果让帝十的这支劲旅元气大伤，单凭帝十三那两百多人与神谷不敢妄动的高手，根本就不能够对轩辕这支龙之旅构成什么威胁，而轩辕的那封信定会让叶帝和帝十三大伤脑筋，使得帝十三的力量不知向哪个方向追击——这一切都早已在轩辕的心中盘算好了。

轩辕不在意此刻出卖圣女凤妮，因为他本就极恼圣女出卖他们，更气伏朗的阴险，如果能让伏朗吃些苦头，那是再好不过了。不过，他知道就算此刻九黎族倾其全力，也不一定能够抓回圣女，因为圣女已比他们早动身一天，茫茫林海，又到哪里去找这几个人呢？何况，此地离有熊族的势力范围只不过数天的行程，九黎族人根本就没有时间细细搜索。因此，轩辕并不介意此刻留点问题让叶帝和帝十三头痛。

庄戈吃惊的当儿，帝十的长矛已化作一幕幻影强攻而至。

庄戈心中暗骇，刚才那一击，他试出了帝十的功力比他高出不止一筹，而且在兵刃上，他的兵刃太轻，根本就不宜与对方硬拼，此刻只好退。

退，并不是一件容易的事，因为此刻并不是在平地上，而是在古树的枝丫上，一个不小心便会自数丈高处坠下，这种感觉并不好受。

帝十的长矛好快，庄戈根本就来不及退，唯有挥出分水刺硬挡，他实在不该吃那一惊，就因为吃惊才使得先机尽失，苦于应付。

当……庄戈身子大震，忍不住暴退数步，身子哗的一下撞到树干上，帝十一声轻啸，长矛丝毫不竭地直贯庄戈的心脏。

庄戈无奈，只得身子向树下倒栽而下，这是没有办法的办法，他根本就不是帝十的对手，虽然他自认身手不错，但是与帝十比起来，实在相差太远。

嗖……一支劲箭带着凄厉的怪啸破入帝十的矛网，直袭帝十的心脏。

庄戈身子一坠，帝放的长矛便已袭到，呼啸的杀气只让庄戈身子寒透，这竟是一个死局，此刻的他根本就没有丝毫还手之力。

当！一道闪电般的青影自庄戈身侧掠过，准确地截住帝放的长矛。

帝放忍不住惊呼："叶帝！"同时他的身子也借力倒弹向另一棵大树。

庄戈只觉得身子一滞，一只手已经将他拉起，却是叶皇。

"谢谢！"庄戈惊魂未定地道。

"小心！"叶皇突然出剑低呼，却是帝十将射向他的那支劲箭拨向了庄戈。

"让我来会会你吧！"轩辕朗笑着自几棵树顶踏枝而过，犹如一只滑翔的鹞鹰。

帝十的轻视之心立敛，他知道刚才那一箭正是轩辕所射，使他没有机会追袭庄戈的背门，使庄戈逃得一命。而此刻轩辕的来势极猛，汹涌的杀气如潮水一般漫过几棵大树，直向他罩来，他知道这个敌人绝不会如庄戈一般容易对付。

刀，如巨斧一般重重地斩落，断枝，劈风，生出强大无匹的气势，笼罩了帝十所有可退之路。

"好！"帝十不得不赞一句，因为这一刀的的确确极为精妙，他还没有见过一个人能够将刀使得这么好的。

当……嚓……刀与矛相击，帝十脚下的粗枝竟承受不了这沉重的压力而断裂。

这似乎在帝十的意料之中，是以他的身子以最快的速度掠向另一根树枝。

轩辕的身子被反震而起，破开枝叶冲出树顶。这一击的反震之力极大，若非轩辕的天生神力，只怕手中的刀会被震飞。

帝十的功力的确惊人，便是轩辕也有点吃不消之感，不过轩辕对自己的神力极度自信，而且这段时间他的功力猛增，究竟到了什么程度，他也想知道，是以一开始便与帝十以硬碰硬。

帝十也有些惊讶，惊讶轩辕如此年轻，竟拥有如此强霸的功力，虽然仍不能与他相比，但也相去不远。他还真想不出轩辕的功力是如何练起来的，不过，他不想想得太多，只要轩辕是他的敌人，他便绝不会留情，他甚至深深地感受到了轩辕那潜在的威胁。这样一个年轻而可怕的高手若不除去，他日定会酿成大患。

帝十并不认识轩辕，也从未见过轩辕，但他却隐隐地猜到，轩辕与那群奴隶定有关系，而且很可能是白虎神将口中那个诡计多端极难缠的年轻人。除了这个人之外，他实在想不出还有别的青年可与眼前这个杀气烈如烧酒的年轻人相比。

轩辕身子再落，却发现脚下的枝叶底下竟卷出一股强劲的龙卷风，枝叶尽碎，而且跟着这股旋风狂旋翻转，形成一个充满吸力的旋涡——然后，轩辕发现帝十的长矛已破枝而出。

第四十二章　矛宗绝技

帝十不想给轩辕一丝喘息的机会，他也不能给轩辕任何机会，因为他所领的九黎战士已处于一种极为不利的劣势，如果他再耽误下去的话，只怕局势会更为糟糕。

虽然九黎族的战士在整体素质方面胜过龙之旅的这群奴隶兄弟，但这群奴隶兄弟占着绝对的地利，根本就不与九黎战士正面交手，而且箭头更涂有毒液，使得九黎战士的优势根本就无法发挥出来，完全处于挨打的局面，能够主动出击的，只有帝十的那群护卫高手。但是，他们却遇到了共工氏的高手，战成了僵局。

轩辕吃了一惊，目光已经被那搅成一团的枝叶给迷住了，似乎看不清所有的景物。巧幸，轩辕的灵觉极强，身体的每一部分都可以感受到外在气压的变化。是以，他依然能够准确地辨出帝十的长矛自哪个方位攻来。

当……轩辕横斩在帝十的矛锋之上，身子借势侧投入身边的一棵大树的枝叶中，他感受到了帝十那疯狂的杀伤力。

帝十也有些惊讶，但身在虚空，受轩辕巨力一震也不得不向侧边的树上落去，而此时一柄快绝无伦的剑斜袭而至，一道黑影似飞鸟般破开古树的枝叶，带着强烈的杀机发出致命的一击。

好快的剑，也只有叶皇的身法方能够使这一剑具有如此快绝的攻击力。

帝十吃了一惊，剑已经破入他的护体真气。不过，这一剑并不能要帝十的命。

叶皇的剑并未斩实，而是被帝十的靴底踏中，换来帝十疯狂的一脚。

砰……叶皇在剑被踏之时迅速出拳，准确无比地击在帝十的脚底，两道身影再次自两个方向分开。

帝十因身在空中，又与轩辕交换一招，这一脚并不能用上全力，不过，叶皇仍有点受不了。

战鹿发出一阵惨叫，根本无法逃过毒箭的攻击，两只猿人此刻也跑出来凑热闹，又是两根粗长近两百斤的大木棍。

猿人有了第一次大杀特杀的痛快经历，这一次更是杀得大欢，轩辕所教的几个简单动作，竟也使得似模似样，不过这回似乎又多了一个动作，挑！它们始终是扫、砸、撞、挑这四个动作。两只猿人并肩子上，几乎是所向无敌，而近攻的任务便由奴隶兄弟们担当。猿人只顾自己兴奋地大杀一通，又踢又劈，只让九黎战士哭爹喊娘地奔窜。

如果没有两只猿人加入战团，这群九黎战士或许还有得一战，他们之中不乏好手，可是猿人那两件重兵刃使他们本已乱了套的阵脚更乱，几乎是溃不成军，又冷不丁地自哪里射出一支暗箭，几乎让这群九黎战士伤透了脑筋。

“杀……杀……”奴隶兄弟们斗志大盛，战意高昂，两百多九黎战士在毒箭的攻击之下，只剩数十人有再战之力，而且正在受两只猿人的攻击。是以，奴隶兄弟们提起刀枪纷纷跃下树枝，进行一场肉搏大战。

此刻奴隶兄弟的兵力几乎是九黎战士的数倍之多，在气势上占着压倒性的优势，大有将这群九黎人一举歼灭的气概。

帝十并非不清楚眼下的战局，但他却知道气急也没有用，除非他想死。

帝十不想死，是以，他绝不能分神，此刻他所面对的是轩辕和叶皇这两个最具攻击力的年轻人，他们的气机紧紧地锁在一起，只要他稍有松神，便会换来最为无情的攻击。

轩辕的刀，诡异之中又带着飘逸的洒脱，更有着无迹可寻的杀伤力，似乎可以自任何一个角度切出，又似乎可以任意改变攻击的目标和方向，应风而变，比之叶皇那快绝无伦的剑更难应付。

轩辕明白，帝十的长矛在远距离相搏之下，他们根本就没有机会赢，凭帝十的功力和矛法，比白虎神将绝对只强不弱，想要胜过这样一个对手，实在有些困难。不过，轩辕却最能够合理地利用每一寸空间，他借这一棵棵古树的枝杈之助，与帝十缠斗。

帝十全无办法，长矛长有丈许，在这种枝密干粗的大树之间交手，许多招式都被限制，如横扫、直砸都不可避免地被树干所阻，有时候甚至因矛身击在树干之上而被快绝的叶皇乘机袭入。

“帝十，你就认命吧!”轩辕不时地以言语相激，使得帝十异常气恼，但又无可奈何。

庄戈与帝放战得齐鼓相当，柔水和望月长老也都凶猛异常，犹如斩瓜切菜一般。轩辕的神剑在柔水的手中，根本就没有什么兵刃可以与之相抗。是以，她这一组人的杀伤力并不亚于两只猿人那无坚不摧的气概。

“给我杀出去!”帝十不战，反而突地撤矛自树干之上直向地上的柔水扑去。

柔水此刻正杀得帝弘左支右绌，这让帝弘很难堪，居然在一个女人的手下都如此狼狈，这是他往日从来都没有过的。

望月长老见帝十不顾一切地俯冲而下，他哪里能让柔水接这般沉重的一击？只得举棍相迎。

噗……望月长老只觉得手中之棍并没有真正地击在实物上，而帝十的矛头此刻已准确地指向柔水。

当……叶皇的剑始终是以最快的速度出招，这次，依然是他截住帝十的矛头，但那股沉重至极的爆发力使他几欲呕血。

“叶皇!”柔水见叶皇无法自制地狂退几步，而且脸色极为难看，不由惊骇地奔向叶皇，欲一把接住叶皇倒退的身子。

帝放见之大喜，忍不住对帝十发出一声赞叹，而他自然不会放过这个攻击的好机会。

帝十一击被叶皇所阻，立刻矛尾回收，倒撞向自身后逼来的望月长老。

砰……矛柄和长棍相交，帝十与望月长老同时一震，帝十却已长啸一声，长矛幻成一道虚影，向四面八方辐射开来，矛影所至，犹如孔雀开屏，又似一把张开的大伞，杀气如潮。

望月长老和叶皇同时吃了一惊，帝十的武功的确是惊人至极，刚才在树上是受地势所限，无法展开手脚，而此刻他有了足够的空间，气势也立刻疯涨而起，林间除了森寒的杀气，就是一种无法挥去的压抑之感。

柔水正在吃惊的当儿，帝放的长矛已如一条毒蛇般袭了过来。

叶皇惊呼，剑出，竟是自腋底挥出，他最先发现帝放的长矛，自然不能不管柔水的安危，可是他却忽视了自己的安危，那是帝十的长矛。

帝十的长矛比帝放的长矛快了不知多少倍，柔水出剑救叶皇，但她立刻发现自己的剑招如同秋风中的败叶，根本不受控制。

叮……含沙剑竟被击得脱手飞出，而帝十的长矛竟无阻碍地直袭叶皇的后颈。

“不要伤他!”柔水如疯虎般直扑向帝十的矛尖，竟欲以双手抓握住几乎是无坚不摧的矛头。

“公主!”望月长老惊呼，但他相救已是不及。

“找死!”帝十的目光之中闪过一抹残忍狠辣的神采，矛势丝毫未歇，更无半点怜香惜玉地刺向柔水。

柔水的心情竟无比的平静，似乎不知道这一矛之下自己必死的结局，目光平静如秋水地注视着那破空而至的矛头，蓦地只觉眼角暗光一闪。

轰……两股强大无比的气旋相击，生出威猛至极的冲击波，向四面散开。

柔水只觉眼前一黑，身子不由自主地倒退两步，背部却撞到叶皇那厚实的背上，她没有死，她感觉到自己并没有死，睁开眼睛看到的第一个人是轩辕。

轩辕的右手紧紧地握住帝十的矛杆，而左手的刀紧抵矛锋，有一截矛尖已刺入了轩辕的肩胛。

帝十简直不敢相信这是事实，有人居然用身体挡住了他这一矛。当然，不全是身体的功劳，还有轩辕的刀。

噗……帝十的矛迅速拔出，轩辕也松了手，连连退后五步，鲜血自他的肩胛喷洒而出。在柔水赶到之时，他已单膝跪倒在地，以刀拄立，目光依然紧紧地盯着帝十那转攻向望月长老的矛头。

“轩辕，你……你没事吧?”柔水紧扶着轩辕，惊慌地问道。

叶皇连攻几剑，逼开帝放，也回过身来，关心地扶住轩辕。

轩辕没有回答，只是目光依然紧紧地盯着帝十那犹如暴风骤雨般杀得望月长老左支右绌的长矛，脸上露出一丝古怪的笑意。

“轩辕，你怎么了？”叶皇倒被轩辕的表情吓了一跳，忙为他止血，焦灼地问道。

帝放此时又乘机攻来，却被几名奴隶兄弟阻住，但这群奴隶兄弟如何能阻住帝放？很快全都一招致命，帝放正在得意之时，却听得柔水一声怒吼：“去死吧！”吼出的同时，柔水的剑已经化为一缕电芒射出。她实在是怒极，也恨极，如果不是这讨厌的帝放，便不会有轩辕的受伤了。而轩辕之所以受伤，却是为她挡了帝十致命的一矛。

“我找到了——我找到了！”叶皇正在焦灼不安之际，突然半跪的轩辕发出惊喜的低呼，更蓦然之间立身而起，整个人似乎突然充盈了无穷无尽的生机，散发出让人斗志张狂的气势。

叶皇突然感到，轩辕像是一团火般燃烧了起来，那当然是一种感觉，但这种感觉很清晰，不由莫名其妙地问道：“你找到了什么？”

“破绽！”轩辕的回答依然有些莫名其妙。

帝十骤然回首，放开被攻得手忙脚乱的望月长老，神情惊骇地望向轩辕。

叶皇感到一种从未有过的莫名惊讶和骇异，他不知道帝十为什么这般突然地转身，眼神之中为何有那般古怪而震惊的感觉，但他却知道，在轩辕和帝十之间发生了一些事情，一些外人无法得知的事情。

望月长老也突然感到了异样，他在帝十扭头之时，发现了轩辕的眼光——散发着无限狂热而又空洞的眼神。他读不懂那眼神的含义，但却有一种感觉，那便是——他是多余的。

是的，望月长老感到自己是多余的，在轩辕和帝十两个人的世界里，他竟感到自己根本就无法插足其中，那纯粹是一种感觉，但却极为清晰，清晰到望月长老发现轩辕和帝十两人的气机和精神紧锁为一个整体，任何人的加入，可能得到的是两个人无情的攻击。

两丈五尺，这是轩辕和帝十之间的距离，帝十没有动，轩辕只是将自己的身子挺得更直一些，肩胛之上依然有些微微的血水流出，而轩辕便像是一尊石雕的神，宁静得让人想到子夜的苍穹。

望月长老没有继续出手，帝十的武功实在是很可怕，那种矛法犹如暴风骤雨般狂野无情，但此刻帝十却静得可怕，由动骤然变静，这之中的过程是那么突然，突然得有些诡异。便是望月长老这般见惯了怪事的人物也感到有些莫名其妙，不知所以。不过，他知道可以另选目标了。帝十，只属于轩辕。

轩辕身上的气势便连柔水和帝放也清晰地感觉到了，柔水感到惊讶，此刻的轩辕与方才的轩辕似是两个截然不同的人，因为他似乎拥有了截然不同的气势。不过，不管如何，柔水只有欣喜，只要轩辕没有死，她便高兴。

帝十的可怕叶皇是见识过的，轩辕的武功他自然也知道，但是此刻轩辕似乎感染了他的信心，使他拥有一种连他自己也不明白的狂热信心，他竟相信轩辕不会败，而且很肯定轩辕不会败！这是一种感觉，清晰无伦却又自信无比的感觉。

这或许有些盲目，盲目的自信，而这种盲目的自信竟是来自轩辕自身，那股无形却有实的精神境界。

帝十脸上的表情逐渐化为平静，不再有惊骇，不再有讶异，甚至看不出任何的喜怒哀乐，平静得像是一潭无底的潭水，无风无波，不惊不扬。

静立，对峙，唯有目光在交缠——轩辕和帝十的目光！这个世界似乎只属于他们两个人，外人再也无法融入其中，这像是一个被某种物质完全隔离的世界。

轩辕再也不语，在说了“找到了”三个字之后，他就变得沉默如水，像是一个哑巴，一个失去了知觉的残废，但他不是！

任何人都知道他不是，轩辕手中的刀斜斜挑起，刀尖呈一个内扣的弧状，刀锋低指，斜对帝十的脚腕。

一个小小的动作，帝十的脸色又显出一丝惊讶，没有人明白他为何而惊讶，或许只有他和轩辕才能够体会出其中的意境。

叶皇发现轩辕越来越高深莫测，这些时日来，每每都会有惊人之举，给人以沉重而实在的震撼，此刻依然如此。

帝十的长矛终于动了，并不是他推动，而是矛尖以一种怪异的弧度轻微震动，而手指根本就没有丝毫移动的迹象。

砰……轩辕紧紧地逼上一步，左手中的刀依然是保持着那种异样的架势，没有半点改变，而他的脚步如同平滑而出，但又结结实实地落在地上，发出了那一声沉闷的异响，犹如丧钟一般响在每一个人的心中。

帝十一声长啸，再也无法保持应有的沉默，身形在一片矛影之中淡化为虚无，沙石断枝残叶，如同被暴风卷起，变得狂野而粗暴，又像是一个巨大的浪头，以一种扇形的大平面直向轩辕压到，似乎欲吞噬一切的生命。

二丈五尺，实在不是距离，其实，心与心之间根本就没有距离，也没有任何距离能够阻碍由心而起的攻击。

刀，化为一道亮弧，自一个玄奥莫测的角度划出，看上去极为平淡而朴实也毫无花巧，而那被激起的扇形平面竟出现了裂痕。

那是被矛劲激起的沙石，以及断枝败叶，但是，此刻已完全崩溃，只因为轩辕这平淡而朴实的一刀。

当……刀锋、矛尖竟然在十万分之一的可能之中相触、相交，再相互弹开。

轩辕被震得倒退了两步，帝十的攻势立刻一窒，所有的后招全都无法继续，只得骇然惊退两步。

帝十一退即进，攻势又再一次重组，他绝不想给轩辕任何喘息的机会。

叶皇和望月长老及柔水都忍不住为轩辕捏了把汗，不过他们的担心全都是多余的，因为轩辕脸上根本就没有半点惊慌之色。

轩辕似乎完全不在乎对方那汹涌如暴怒之海潮一般的气势，而只是极为轻松洒脱地挥刀，像是在拈花，优雅柔和得让人心醉。

帝十心中的惊骇是无与伦比的，这像是将上一次的经过重演了一遍，轩辕轻轻松松地一刀再次把他的攻势阻遏，后招根本就无法使出。

轩辕的刀，又一次在十万分之一的概率之中，找准了帝十的矛尖，并且相击，再相互弹开。

这简单是个奇迹，让人心惊的奇迹，但又是事实，无法抵挡的事实。

帝十知道，就算有第三次、第四次，甚至更多的攻击，其结果都是一样的。他不明白这是什么原因，但在轩辕说出“找到了”这三个字后，他便有了一种极为古怪的感觉，如同赤裸着身子暴露在千万人目光之下的感觉，更清晰地感觉到一股无形的精神力与他的气机紧紧锁在一起，当他发现感觉全都来自轩辕的目光之时，他心中的惊骇自是无与伦比的，但他很快镇定了下来。不过，那种古怪的错觉——不，应该说是一种预感，却一直挥之不去。此刻，轩辕的刀让他证实了这个预感的真实性。

叶皇也发现了轩辕这两次奇迹般的对击，心中禁不住升起了一种莫可名状的感觉，他不知道轩辕是如何自那幻成一片的矛影之中找到长矛真实的所在，而且还如此准确地封锁了帝十那些可怕的后招，总之一切都显得那般怪异。或许，真的如轩辕所说的“找到了”，但是找到了什么呢？叶皇显得更为迷茫。

轩辕的气势依然在狂升，犹如一团越烧越旺的烈火，横刀而立，大有睥睨天下的气概，让人不敢逼视。

帝十的信心竟不自觉地为之动摇，九黎族的战士正听帝十的吩咐向包围圈外疯狂地杀去，但是却没有人能够来为帝十分担任何的压力，此刻的他似是步入了欲退不能、欲战又急的进退两难之境。

龙之旅的奴隶兄弟们早已尽伏四周，九黎族的战士根本就无法闯过毒箭之网，唯有来时的方向并未设伏，想要逃命，也只有一条路可走，但他们又不能不退走，此刻大局几乎已定，根本就没有改变的可能，只怕没有轩辕缠着帝十，帝十也无回天之力。

这一切都是轩辕精心策划的结果，否则的话，轩辕早就对帝十三的那一群九黎勇士发动进攻了，只是那个时候轩辕并没有太多的时间准备，没有十足的把握，这才放弃了帝十三而选择帝十。

帝十也明白此刻大势已去，只是他不明白究竟是什么改变了轩辕，使得轩辕在如此短的时间之内改变了这许多，也变得更为可怕。或许，这个问题只有轩辕自己才能够回答，但轩辕定不会告诉他。

帝十有些不甘心，虽然他不抱希望轩辕会告诉他结果，但作为一个武人的好奇，他仍忍不住问：“你是如何做到这一切的？”

叶皇几乎当帝十是个白痴，十足的白痴，他竟然想从自己敌人口中得知敌人是怎么对付自己的，这样的人不是白痴也不会好到哪里去，谁还会傻到将个中秘密说出来呢?

轩辕不是傻子，当然明白帝十此问的意思，但他却没有拒绝回答的意思，只是高深莫测地笑了笑，悠然道："死点，每个人每一招都会存在着一个死点，你的招式也不例外!"

"死点?"叶皇和帝十同时低念了一遍，但却更显得茫然，叶皇料不到轩辕会如此坦然地说出来，但轩辕说出来之后他才知道，如果只是这种答案的话，根本就没有隐藏的必要。

死点又是什么东西?死点又在哪儿?但叶皇顿时明白轩辕刚才那欣喜的呼声"找到了"是什么意思，因为那正是轩辕找到了帝十招式间的死点，而显出的大彻大悟的欣喜。

当一个人找到了对方招式间的死点后，他自然可以立于不败之地，一个知道自己不会败的人，其气势自然随之狂升，这很正常。当轩辕的气势狂升之时，帝十竟感觉到了来自轩辕的强大威胁，是以才会突然停住对望月长老的进攻而转对轩辕。因为他不想自己处于一种极度被动的状态，那样他很可能败得极惨。高手相争，先机极为重要。

帝十不得不佩服轩辕的斗志和聪明，更对轩辕的体质极为迷惑，因为在这之前，轩辕已被他击伤，至少肩胛的伤口仍在滴血，这便证明了一切。但轩辕居然能以左手刀硬破他的长矛，这种韧劲和斗志的确惊人，当然这也需要有一个极其优胜的体质做后盾。

轩辕的确不简单，帝十只是自重伤的白虎神将口中听说过，真正的见识却是此刻。当轩辕在千钧一发之际以身躯和刀为柔水挡下那致命的一矛时，帝十便清晰地感觉出眼前这个年轻人的勇敢、智慧和武功都是极端优秀的，更有着无法想象的眼力，否则谁又能够将挡击之势拿捏得如此之准?以肩胛、刀、手三结合阻住帝十那惊天动地的一击呢?

轩辕的眼力的确是惊人至极，这也是轩辕值得自豪之处，但轩辕却知道，自己的眼力绝不仅于此，只是他不知道如何去挖掘自己的潜力而已。他甚至清楚地记得在与刑月第一次交手之时，他发现所有人的招式都是那么缓慢，产生了那么多的破绽。当然，那种感觉是一纵即逝的，并不是每次都有。但也让他知道，至少自己的眼力能够达到那种境界，他也明白，那种境界与他腹中的龙丹有着不可分割的因素。如果今日也能够达到那种境界，那对付帝十还不是一件轻而易举之事？

在生死一线之间，轩辕发现自己的潜能被一点一点地激发出来，刚才帝十那致命的一击，正将轩辕推上了生死一线的境界，轩辕竟能够发现帝十招式的死点，也是在这千钧一发之间，轩辕以刀切在长矛的刃锋之上，阻住了长矛继续刺入肩胛。

“是以，我劝你不要负隅顽抗，你不可能赢得了我，如果继续战下去，当我发现你的破点之时，便是你的死期!”轩辕表情显得无比自信，声音也极为淡漠。

“破点?”帝十低声重复着这个入耳惊心的词，脸色极为难看地退了一步，如被毒蛇咬伤的猛兽一般，凶狠无比地望着轩辕。

叶皇也不由得全神戒备起来，他绝不敢小觑帝十，这是个极度危险的人物，今日这群人中，除轩辕之外，大概还没人有取胜他的希望。

帝十一声长啸，再次挥矛狂攻，声势更烈，空气发出被撕裂般的锐啸，漫天的矛影连他自己的身影也完全给吞噬了。

叶皇的双眼眯成一道极小的缝，但是，他无法发现帝十招式中的死点，他有把握在对方这样一招之中逸走，但却没有把握将这一招的攻势瓦解。那的确是有些难以想象，不过，轩辕说得那般自信，且事实又让人不得不相信轩辕的确能够做到这一点。

轩辕没有动，脸上依然挂着那丝高深莫测的笑意，让人不知道他心中究竟在想些什么。当然，这全然不重要，重要的是他如何瓦解这如惊涛骇浪的一招。

轩辕没有出刀，更没有化解这一招的意图，似乎是在看戏，看一场极有趣的戏，那专注的表情，那认真而坦然的眼神，似乎根本就感觉不到危机的存在。

叶皇惊，惊的是轩辕竟然不挡。不过，他很快明白了轩辕为什么不挡，因为，帝十这一招本就是虚招。

帝十的这一招不仅是虚招，更是以进为退的招式。不过，轩辕那似乎可以洞穿一切的眼神和那稳若泰山的表情使他惊骇若死，他感到似乎没有任何意图可以瞒过轩辕。

矛影骤敛，像是升华的水，骤然间化为无形，而帝十的身影已倒射出三丈开外，攻向柔水。

柔水吃了一惊，慌忙而退，而此时她才发现帝十意不在她，而是为了缓解帝弘的战局，但当她反应过来时，帝十已拉着帝弘向来时的路上闯去。

叶皇欲追，但看轩辕立着不动，并没有追赶的意思，也就止步未追，却弄不懂轩辕为何不追。

“呀……”欲阻止帝十的奴隶兄弟根本就是送死，骇得众奴隶兄弟纷纷闪让，一名共工氏的护卫也被帝十的利矛击成重伤。

柔水和叶皇也不禁为帝十的武功暗暗咋舌，皆将目光全都移向轩辕，暗忖道：“今日幸亏有轩辕，否则这样一个可怕的对手还真不知该如何对付。”但当他们的目光投向轩辕时，却忍不住惊呼。

当……轩辕手中的刀竟在刹那间断成了三截，更自左手坠下，他的气势也在瞬息间崩溃，“哇……”轩辕忍不住狂喷出一大口鲜血，在阳光的映衬下，犹如一团红雾，溅得叶皇身上斑斑点点，到处都是。

“轩辕……大首领……轩辕公子……”一旁的所有人全都大惊，一时之间竟将轩辕围了个水泄不通。

“你怎么了？”叶皇怎么也料不到竟会出现这样一个结果，这才明白为什么轩辕舍敌不追，是因为轩辕根本就没有力气追，禁不住大急地抱紧轩辕依然火热的躯体。

“让我看一下！”望月长老拉起轩辕的左手，却发现轩辕的虎口竟渗出了血迹，禁不住大惊，叶皇也吃了一惊，表面上根本就没有见到轩辕吃什么亏，实则轩辕已是强弩之末了。

“我……我没事，让我休息一会儿！”轩辕苦涩地笑了笑，脸色也显得有些苍白。

“你……你感觉……”

“我明白自己的伤势，也通医理，知道如何调理，你们先让大家准备撤离吧，依照计划收拾残局……”轩辕说完这段话，禁不住有些气喘起来。

“立刻给我做一副担架，其他人收拾残局，依计行事！”叶皇向围过来的奴隶兄弟大声吩咐道。

轩辕却已经闭眸盘坐于地，肩胛处的鲜血也已自行止住，他实在是有些累了。

帝十走了，一切并未就此结束。轩辕受了重伤，更算漏也算错了一个人。

这一切，只是等到风扬和帝十三出现时轩辕方始醒悟。

风扬和帝十三的出现，是在最不该出现的时候，也是在最不该出现的地方。

轩辕没能与贰负会合，但他却看到了伍老大，一个最不该在风扬和帝十三队伍里看到的人，但是轩辕却看到了。

叶皇的表情有些僵硬，但轩辕的声音已在他的耳边响起，极小极小。

“伺机突围，绝不能有妇人之仁，如果我有什么不测，你照顾好柔水，去找共工和青云。”

叶皇心头一紧，隐隐升起一丝不祥的预兆，其实此刻的形势已经很明显。以帝十三和神谷的力量，他们根本就没有可能取胜的希望，身边的这群奴隶兄弟虽然是奴隶群中的精英，但是又怎能与九黎族的精锐战士相提并论呢？或许，再有半年时间对这群奴隶兄弟进行训练，还会有一战之力，但今日却是伤残病弱之身……

叶皇和轩辕都有些后悔，后悔没有杀死风扬，更没曾提防伍老大，他们也不得不佩服伍老大隐忍和做作的功夫，竟然以出卖神谷的进攻来获得他们的信任，而伺机救出风扬，这个人的确不简单。

“轩辕，我要你死！”风扬对轩辕是恨得咬牙切齿，在侥幸逃得性命的情况下，恨不得扒掉轩辕的皮。

九黎族战士的劲箭指定了每一个可能发生变故的角落，几乎每一位奴隶兄弟都在他们的射程之中。

也许是因为胜利的喜悦冲昏了头脑，叶皇和轩辕诸人直到走入了伏击圈中才发现自身存在的危险，这的确是一种悲哀，也是一种无奈。或许，若轩辕未曾受伤，他应可以感觉到危机的存在，但此刻一切都已经迟了。

轩辕的目光在帝十三、敖广那冷峻的脸上扫了一遍，露出一丝坦然而无奈的笑意。然后才将目光落在风扬和伍老大的身上，淡漠地吸了口气道："我低估了你！"

伍老大诡秘地笑了笑，他知道轩辕是在跟他说话，他也听出了轩辕那平静语调之中的恨意，不由回应道："你没有后悔的机会了。"

轩辕也笑了起来，笑得众人莫名其妙，半晌才道："但是我并没有吃亏！"

帝十三和敖广及伍老大的脸色全都变了，轩辕说的并没有错，他没有吃亏，至少，神谷为之死去了上百好手，九黎勇士也死去了数百人之多，但轩辕只有一条命。是的，轩辕没有吃亏，就算将之杀一百次，依然于事无补。九黎族的损失岂是轩辕或这群奴隶之命所能够抵得了的？

伍老大之所以色变，是因为他明白自己所犯下的罪过有多么严重，就算他安然救下了风扬，又能够折去多少罪责呢？连他自己也不知道。不过，风扬已答应他，绝不会怪他，而九黎王风绝疼爱这幼子风扬，说不定不会太过责怪他，但对于伍老大来说，此刻的心情绝难平静。

风扬心中只有恨，但他却并非不知大局之人。见轩辕依然肃坐于担架上，不由吼道："给我杀！"

帝十三却伸手制止，喝道："等等！"

风扬不解地望了望帝十三，有些微恼，但帝十三尊为长老，他也不敢太过得罪。

"放下武器者可免一死，反抗者格杀勿论！"帝十三冷冷地扫了轩辕诸人一眼，充满杀意地道。

众奴隶兄弟的目光全都落在轩辕和叶皇的身上，目光之中全都是坚定不移的神色，似乎是在等待轩辕一声令下，便立刻与这群九黎战士拼个你死我活。因为他们知道，放下武器唯一的结果就是再次沦为奴隶，永无翻身之日，到时候所受的折磨可能比昔日更甚。因此，他们宁可战死也不会再回到神堡之中忍受镣铐之苦。

轩辕依然很平静，他也不能不平静以对，他自然明白眼下的局势和事情发生的后果。他不想这群奴隶兄弟死去，但他又无法保护好这群人。因此，结果只好任由天命去安排了。

叶皇的目光扫过柔水和望月长老，然后再落到轩辕的脸上，竟发现轩辕笑了，极其淡漠地笑了，让人无法捉摸这笑意之中的含义，更无法明了轩辕在笑什么，只是，叶皇似乎读懂了轩辕内心的意思。

树林比较阴暗，阳光透过无叶的树枝，洒下一片微黄的光润，使得林间的气氛有些诡秘。

杀气使得空气有些沉闷死寂，九黎战士呈弧形分布在轩辕诸人的周围，以半月之状钳住轩辕的每一举动。

风扬怒极，他怒轩辕居然在这个时候还笑得如此古怪，他怒轩辕似乎不把他当一回事，但此时却也有些无奈。

“如果我愿意放下武器，不作反抗，你们会不会杀我?”轩辕突然出乎所有人意料地道。

帝十三和敖广也为之一震，脸上闪过一丝讶异之色，相视而望。

“呼……杀……”轩辕蓦地发出一声暴喝，在帝十三和敖广分神之际，足下的担架已如一堵倾塌的高墙般向帝十三和敖广飞撞而去。

叶皇早就会意，共工氏的众高手也同时以最快的速度扬手甩箭，以暗器的形式射杀几名九黎箭手，身形向包围圈外逸去。

“呀……”嗖嗖……箭雨横飞，惨叫连天，奴隶兄弟们本就处在敌人的箭矢之下，虽然极力反抗，却仍然吃了大亏，但这并不影响他们求生之欲望和斗志。在他们的心中存着一个让他们拼死到底的念头，那就是活着比死了更惨！因此，他们没有半点犹豫，向周围的九黎战士凶猛地扑杀。

帝十三和敖广大怒，他们虽然早知道轩辕不可能轻易屈服，但却料不到轩辕如此刁滑。

叶皇伸手带着轩辕以最快的速度向来路退去，轩辕已经身受内伤，行动自是不便，他绝不能够弃轩辕于不顾。

柔水和望月长老也以轩辕为中心，为之挡开所有射来的箭矢。

那些箭矢对于这群高手来说，在这密林之中似乎作用并不大。

神谷的人又岂会眼睁睁地望着轩辕离去？

“放开我，不要管我！”轩辕坚决地道，他很明白眼前这群敌人的实力，如果叶皇想连他也一起带走的话，那纯粹是不可能的，不仅如此，还会连累柔水和望月长老诸人。

“你们先走，这里交给我们！”望月长老一咬牙，反身向飞掠而来的帝十三正面迎去。庄戈也领着两名共工氏的战士反身迎上追袭叶皇和柔水的高手。

“来吧！就让我来会会九黎族的狗屁绝活！”庄戈豪气冲霄地低吼道，浑身充盈着一去无回的强悍斗志，提剑静立。

望月长老手中的长棍已如一条蛟龙出海，直袭帝十三。

“找死！”帝十三冷哼一声，背上的长矛已破空而出，他根本就没有在意望月长老那狂袭而至的长棍，而只是极力让自己的长矛刺出。

当……望月长老横棍猛扫，他不能不放弃主动而挡开帝十三的矛势。因为照这种速度和角度，在他的长棍尚未能击到帝十三的身上时，他已经中矛，这绝对不值得。

帝十三的矛头一偏，但望月长老的身子却被震得横移两步，他无法抗拒帝十三长矛贯出的力道。

叮叮……庄戈的斗志依然高昂至极，但是却无法抵抗敖广疾如怒涛的攻势，一口气被逼退十八步。

庄戈根本就不把生死放在心上，完全是一副以命搏命的打法，这使得敖广极为恼怒。但庄戈的剑法并不是很成章，每一击都是与敌同亡之势，简直像个无赖。

庄戈是个无赖，此刻他就是要做个无赖，只要能够让他们的公主柔水安然而去，他做什么都可以。

帝十三怪笑一声，长矛竟像蛇一般弯曲起来，以一个极为怪异的弧度侧袭望月长老。

在功力上，帝十三占着绝对的优势，在人数之上，帝十三也同样占着绝对的优势，在气势上，帝十三同样胜过望月长老。

胜败其实早有定论，是以，轩辕心痛，叶皇心痛，柔水也心痛，但他们为有这样肯为自己去拼命的兄弟而自豪、骄傲。

当……望月长老再次挡开帝十三的长矛，却被震得横跌出四步。

帝十三冷哼一声，不再理会望月长老，只是向轩辕和叶皇追来。

“想走?!”望月长老已经深知帝十三的武功并不比帝十逊色，如果轩辕没受伤或许还可以与之一战，但是此刻轩辕身受内伤，又怎能胜过帝十三呢？如果柔水和叶皇被缠住，只怕今日真的只有全军覆灭的结局了。是以，他无论如何也要缠住这可怕的帝十三。

“去死吧!”一声冷哼响自望月长老的身后，是神谷的高手。

望月长老冷哼一声，长棍在身后袭来的兵刃之上一击，身子却借力向帝十三射去，他绝不能让帝十三追上轩辕。

噗……那偷袭望月长老之人一愣，似没料到望月长老如此机敏。其实，他的确是小看了望月长老。尽管与帝十三相比，望月长老要差上一级，但是望月长老也是个不可多得的好手。

第四十三章　舍身取义

帝十三骤然止步转身，一切全都出乎望月长老的意料。

望月长老没想到帝十三竟能在如此快的冲势之下骤然止步转身，不仅仅如此，他还看见了帝十三那似乎充满了悲悯之色的眼神，心中禁不住生出一丝阴影。

帝十三的眼神之中的确有悲悯之色，像是对一个将死之人的同情的怜悯，如同一个仁慈的佛徒面对阿修罗界内那群可怜之人。

长矛，自望月长老根本就想不到的角度，更以望月长老根本就估不到的速度自帝十三的腋下穿出，在帝十三转身回眸之时，已借转身扭腰之力将长矛的速度推至极限。

“长老……”庄戈和柔水诸人禁不住大声悲呼。

一切都是如此出人意料，一切都是如此快捷，根本就没有给人以任何思索的机会。打一开始，帝十三便想好了击杀望月长老的方式，而望月长老所做的一切全都在他精妙的算计之中，这的确是一个悲哀。

望月长老却没有感到悲哀，死亡并不是世间最可怕的事情，当他转身阻截帝十三之时，他便已经忘却了自己的生死和安危，他不怕死！

噗……帝十三的长矛刺入了望月长老的胸膛，望月长老的确是没有丝毫阻抗的能力，这也是帝十三制造出来的必杀格局。

帝十三很自信这回头一击，一切也都如他所料，没有半分偏差，不！似乎有点差异。

是的，有点差异，异样的原因是望月长老的眼中并没有帝十三想象的那种痛苦之色，不仅没有，甚至连惨叫声都没有发出。相反，望月长老眸子里却泛出一种阴狠得意而满足的神采。

长矛，的确已经刺穿了望月长老的胸膛，那狂喷的鲜血可以证明这一切并不是假象，但是……帝十三有些惑然，为何……

突然间，帝十三明白了一切，明白了望月长老表情古怪的原因，但是他有些后悔，因为他明白得迟了一些。

噗……望月长老手中的长棍棍头突然爆裂，长棍之中竟射出一根长约三尺的利刺，锋锐无伦，更准确地刺入避无可避的帝十三的胸腹之中。

这是个意外，一个让所有人都愕然的意外。

望月长老的长棍在这种距离之中绝对无法击中帝十三，这一切帝十三已经算得极为准确，可是帝十三算漏了棍中那根长约三尺五寸的利刺。如果再将望月长老的长棍加上三尺五寸，便足够对帝十三造成致命的打击。

这也许正是望月长老表情古怪的原因，他是无憾的，虽然他的生命在这一刻结束，但却让帝十三为之陪葬，他无憾，也值得。

砰……望月长老的躯体重重地跌落在地上，帝十三也跟着踉跄跪倒，手中的长矛松脱在地，双手捂住胸前那被长刺刺穿之处，脸上露出了难以置信且又痛苦悲切的神色，为自己生命的流失而痛苦悲切。他怎么也没有想到自己竟是这样一个死法，竟会栽在自己一手设下的死局之中。他有些后悔，但一切都已经迟了。

“长老……长老……”九黎战士们惊呼，柔水也发出一声惨呼，但她绝不能回头。

帝十三耳中的声音已经逐渐模糊，那像是自另一个空间飘来的梵音，望月长老长棍之上的利刺刺穿了他的心脏——绝对致命的一击，就如他击杀望月长老那一击一般。

庄戈的心中充满了悲壮之气，为望月长老的死，也为那拼死的奴隶兄弟，他将自己的能量发挥至极限，遗憾的是敌人太多，实力相差太过悬殊。他中箭了，背门中箭，在动作一缓之际，敖广的长刀已经切下了他的头颅。

奴隶兄弟根本就不是九黎战士的对手，而且一开始便被射杀近百，在力量悬殊之下，能够逃命的人并不是很多，留下来苦战的都死得差不多了。如虎狼一般的九黎战士迅速会合，向轩辕和叶皇诸人追去，而神谷的高手根本就没怎么受阻。

轩辕心中涌动着无限的悲哀，他看见了望月长老是怎么死的，也看见了庄戈和那几名共工氏兄弟的死亡，更看到了奴隶兄弟勇而无畏地与九黎战士搏击，那种根本就不将生死放在心上的豪情和斗志让他的心在滴血。

叶皇感觉到轩辕身上的杀意越来越浓，似有一团烈火在轩辕体内涌动。

柔水身边的几名护卫也似被望月长老和庄戈的壮烈激得热血上涌，望着逐渐追近的敖广诸人，沉声道："公主先走，我们挡住他们！"

柔水心中隐痛，她岂会不明白这样下去也不是办法，根本就无法摆脱敖广等人的追杀？若以叶皇的速度，不带着受伤的轩辕，逃命并不是一件难事，可是他又怎能丢下轩辕而不顾呢？柔水的心在痛，叶皇的心也在痛。而此时，叶皇陡觉手臂之上传来一股大力，使他再也无法抱紧轩辕。

轩辕的躯体落地，一个踉跄，但又很快挺直，挺直之时，他已拄剑在手。

"轩辕……"叶皇又怎会不明白刚才那股大力正是自轩辕身上传来？此刻见轩辕的架势，分明是要负伤决战阻敌，怎叫他不急？

"走！"轩辕声音极为肃然沉稳，让人不容半分置疑。

"要走大家一起走！"叶皇和柔水一人抓住轩辕一条手臂，共工氏几名护卫更挡在轩辕与追兵之间。

"我让你们走！听到没有?!"轩辕蓦地身子一抖，怒道。

叶皇和柔水竟无法抗拒轩辕这一挣之力，被甩得跌出数步，不由相视愕然，也更为骇异。

"还不快走?!留得青山在，不怕没柴烧，快走！"轩辕真的怒了，回头对叶皇和柔水吼道。

柔水的眸子之中闪过一丝晶莹，叶皇的鼻头也有些酸，心中似乎憋着一股无法溢泄的情绪，但看轩辕身上的血迹和那坚定热切的目光，他的心在滴血，又怎会不明白轩辕的拼死之心？又怎会不知轩辕是多么希望他们能安全离开？

“走呀……”轩辕额头青筋滚动，那种焦灼之情让人禁不住心酸。

柔水的眼泪终于还是忍不住滑落下来，叶皇也流下了两行清泪，他读懂了轩辕的心，也读懂了一切，是以，他一拉柔水，以一种悲伤而又平静至极的语调道：“走！”

柔水和叶皇再次回头望了轩辕一眼，此时敖广诸人距轩辕只不过六七丈远。

“你们也走！保护公主！”轩辕向挡在他身前的几名共工氏高手沉声道。

“不行，你一个人怎能挡他们……”

“加上你们就可以吗？快走！”轩辕吼道。

“可是……”

“没什么可是，快，不要作无谓的牺牲，你们要记住公主的重要性！”轩辕打断那名共工氏的高手，叱道。

那几人相视望了一眼，眸子里涌出无限崇敬之色。

“你保重！”共工氏的几名高手望了轩辕一眼，语调竟有些哽咽。他们又怎会不知道留下来只有死路一条？但轩辕这种不顾自我、舍己为人的精神的确让他们深深地感动了。

“走！”轩辕没有任何表情，只是低声吼道。

“保重！”共工氏的几名高手最后望了轩辕一眼，转身而去，但轩辕给他们的最后印象却成了其心中永恒的烙印。他们感觉到轩辕那沾满血迹的背影竟是那么雄伟巍峨，像是万里平原上拔地而起的苍山，又似孤海之中屹立的巨峰。

轩辕的脸是那般年轻而刚毅，眼睛是那般坚决而深邃，便像那遥不可及的星空。

共工氏高手们的心禁不住为之震撼，为之感动，但也烙上了深深的悲哀。

轩辕的脸上泛起了一丝笑意，像是满天的阴霾尽散，初露于人间的骄阳。没有人能读懂轩辕的笑意，也许，只有他自己才明白。

是的，敖广读不懂轩辕的笑意，但他却感觉到了轩辕那涌动膨胀的杀气和生机。

轩辕立着，静静地立着，却像是一座大山，横在远去的叶皇和九黎追兵之间的大山，有着延绵千里无法逾越的气势。

每个人都清晰地感应到了这一点。

敖广止步，风扬止步，神谷的高手止步，便连九黎族所有的战士也都止步，与轩辕相距两丈而立，每个人的眸子里都射出惊讶和骇异的神色。

“要想过去，便自我的尸体上踏过！”轩辕的声音是那般冰冷，竟像是一阵细碎的雪花自天空飘落。

这是冬天，已经凋零的冬天，肃杀得鸟雀不敢栖近。有阳光，却无法温暖这片凋零的树林。

轩辕依然静立，但他的剑已经平举于空，整个身子犹如一团冰火在燃烧。

那是一种感觉，世上是否存在着冰火？没有人知道，冰与火本就是两个极端，但在轩辕静立举剑的一刹那，九黎族众人便不由自主地将这两个极端扯到了一起。也许，只是杀气，只是无形的气机，但轩辕变了，这是不可否认的。

轩辕变了，是相对于刚才的病夫！

“轩辕真的受伤了吗？轩辕的力量从何而来？轩辕究竟有多大的力量？”每个人的心中都存在着许许多多的疑问。

现实与感觉与逻辑实在是有些矛盾，矛盾交错之中，轩辕竟挺拔如山，这算不算是个奇迹？

风扬也为轩辕的气势所惊，这一刻，他竟无法对轩辕生出恨意，只觉得这个对手真的是有点值得尊敬。

风冷，风渐疾，轩辕缓缓地移了一步，他并不主动出击，但他在移动的过程之中，所有九黎战士的心都绷紧了。在他们的感觉之中，如果他们当中谁拨一下弓弦，就会遭到暗中之敌的万钧强攻。是以，九黎族人虽多，却没有一人以弓箭对付轩辕，抑或他们认为以弓箭对付此刻的轩辕，那是对武道的不敬，是以，场中如死般寂静。

敖广的脸色有些难看，望着叶皇和柔水远去的背影，他们两百余人竟不敢越过轩辕独成的防线，这简直是一种耻辱，一种深重的耻辱，可是他竟没有勇气去正面迎对轩辕那断天裂地的气势。

这便成了一个僵局！

轩辕的目光如宁静的深潭，空洞深邃，却让人感到一种从未有过的寒意，他目光所到之处，九黎战士都忍不住心寒。

沉闷的僵局，只维持了数息的时间，敖广便已飞身而上，身为神谷的副总管，在帝十三死后，他也便成了九黎战士的最高头领，如果让僵局持续下去，他的面子将往哪儿搁？是以，他必须出击，无论轩辕多么可怕。

敖广用剑，蓄足了劲气的一剑，像是挂在虚空的彩虹，煞是好看，也威力十足。

敖广动，他身边的神谷高手也一齐出手，他们自然感觉到了来自轩辕身上的威胁，对于敌人，他们并不在意是否群攻，是否不合理，只要是阻碍他们前进的任何人或物，都会被无情地踢开，此刻轩辕正处于被踢开的行列。

轩辕一声狂吼，双手握剑，竟以一个怪异莫名的姿势使出了让他自己也惊异莫名的一剑——山裂！

是青云所创惊煞三击之中的山裂。混沌之中，轩辕竟有如神助般领悟了这一剑的精义，汇合体内那莫名的力量使出了一式让九黎战士陷入噩梦的一剑。

枝碎，石飞，草折，风裂，虚空在刹那之间变得混乱不堪，犹如风暴在凄号，每一寸空间都充盈着来自十万个方向的力量，似欲撕毁每一片实物。

惨号，惊呼，一切的声音都显得不够真实，便连轩辕也感觉不到自己生命的存在，整个躯体似乎有十万只手在撕扯，使得每一寸肌肤都欲离体而去。

“这是怎么回事？这是什么剑式？”轩辕自己也不知道是梦是醒，不明白为何会是这样一种场面。不过，在身体几欲分裂的一刹那，他又感到了一阵无可比拟的轻松和空虚，似是一个泄了气的皮球。

天地也在刹那间静寂下来，轩辕有种想哭的冲动。他看清了一切，看清了敖广、风扬和所有九黎族人那一张张骇异莫名却又莫名其妙的脸，这群人便像是在看戏的傻子，一个个呆痴而没有言语，地面上有断臂残剑，更有几具尸体。遗憾的却是轩辕力道无以为继，便像是一条将死的野狗般趴在地上。

轩辕知道，自己是完了，毕竟伤势太重，刚才竟以体内那完全不受控制的力量催动了山裂，但在无法控制这霸烈一剑的情况下，耗尽了体内自身的力量。若非体质特异，只怕已被那发自体内的剑气碎成残肉，这种结果使得轩辕想哭一场。

没有人比轩辕更清楚自己的状况，此刻即使是一个五岁的小孩也能轻易地击杀他，因为他已是一个废人，一个功力尽失的废人。他不敢想象山裂剑式之中所蕴含的毁灭性的剑气是如何的狂野，他已经死过一次。轩辕知道若非刚才刚好剑气散尽，他定已看不到这一切了。

死亡，是那么真实，那么近，一切的一切都似在死亡的路上埋下了伏笔。

轩辕还没有死，没有被自己的剑气分裂，但他却知道等待他的，可能是比死亡更可怕的折磨，敖广绝不会放过他，风扬也不会。九黎族的战士谁又会放过他这个杀人凶手？

地上碎裂的尸体散发出的浓重血腥味使得林间更为阴森，使得这个冬天的风更为凄厉——这一切，全都是轩辕的杰作。

那惊天动地的一剑，的确震惊了所有人，敖广也受了些微的小伤，因为他见机得快，是以，他退了回去。但他的心和灵魂似乎为那一剑所震慑，久久未能平复。

有片刻的沉默和死寂般的宁静，似是为刚才那一剑哀悼。

轩辕努力地以剑撑住上半身，努力地使自己的身体不像一条趴在地上的死狗，就算是死，也要挺立着死。在他体内，是那不屈的灵魂和峥嵘的傲骨。是以，他努力地撑起上半身，哪怕是以最痛苦为代价，他也在所不惜。

砰……风扬最先出脚，他自惊愕之中恢复得最早，发现轩辕欲挣扎而起，更无半点气势，他也明白，轩辕再不可能有还手之力，是以，他出腿，毫不犹豫。

噗……轩辕的身子如烂草把般跌出，滚了两滚，吐出一口鲜血。

九黎族人再次沉寂，不知道为什么，他们竟没有一点高兴之意，就算轩辕虚弱得像一条死狗，他们也并没有丝毫的骄傲和成就感，更没有人帮风扬去要毫无还手之力的轩辕。

“起来呀，躺在地上装死干吗？刚才的威风哪里去了？”风扬步至轩辕的身边，刻薄地道。

轩辕咳了几下，咳出一小口血液，望着风扬那停在他眼前的脚尖，只感到虚脱得每一根筋骨都已碎裂。但是他还是咬咬牙，以手撑地，努力地挣扎着支起上半身。那笨拙的样子像是背上背负着万钧重物，但他还是撑起了上半身，并抬头与风扬那鄙夷的目光相对视。

轩辕笑了，一种解脱和不屑的笑，像是在嘲讽世俗的一切。

风扬大恼，他似乎没想到在这种时候轩辕还有心情笑，而且轩辕的举动的确让他感到一种深深的屈辱和刺伤，那鄙视一切的目光像是将他骄傲的自尊切割成无数的小块，这怎叫风扬不恼？不怒？

砰……轩辕再次被风扬踢得翻了两个跟头，嘴唇和下巴也被踢破。

“居然敢小视本王子！”风扬恼恨地道。

轩辕趴在地上，抽动了一下，然后又缓缓地挪动双手，将上半身撑起，依然以那种表情笑了。

“我叫你笑！”风扬又连踢两脚，轩辕的躯体猛撞上一根树干，随即反弹而回，滚了几滚，竟不动了。

敖广没有作声，九黎族的战士全都静默，林间顿时陷入了一片死寂，他们似乎没有恨意，恨一个毫无抵抗能力的人，那是浪费情绪，他们是战士，是以他们尊重强者，向往强者。真正的战士是不会与一个弱得根本不能做对手的人计较任何东西的，而轩辕由一个令人惧怕的强者突然变成了绝对的弱者，这是强者的悲哀，也是轩辕的悲哀。是以，九黎族的战士们只有同情。因此，林间显得极为安静。

轩辕并没有死，许多人都以为轩辕已经死了，因为开始他动都未动一下。

轩辕依然是挣扎着撑起身子，目光之中没有悲哀，虽然神态极为凄厉，但那不屈的神采并没有散去，那坚决的眼神让所有人觉得——轩辕可以站起来！依然可以顶天立地，哪怕是死，也是顶天立地。

轩辕的视线被阻，是风扬的身体，然后风扬的脚重重地落在他撑起上半身的右手背上。钻心的剧痛几乎麻痹了轩辕的整个身体，他不由自主地皱了皱眉头，但却没有发出任何声音。

“怎么样？滋味如何？”风扬眼中尽是狠辣之色，更有一丝不屑，似乎看到别人痛苦，他才能够从中获得极大的快感。

轩辕的右臂有些发抖，但却依然没有呻吟一声，只是看向风扬的眼神中更多了一丝怜悯和鄙夷，像是一个智者面对一个胡搅蛮缠的傻子。

风扬大怒，脚下更用力，竟旋转起来。轩辕的指骨发出咯咯的脆响，似乎很快便会碎裂。

豆大的汗珠自轩辕的额头滑下，极度的痛苦之中，轩辕竟还能以平静的语气说道：“你可以高高在上地跟……我说话……但……你的灵魂……永远……都……都是……卑微……可怜的……”

砰……

轩辕一句话还未说完，便已挨了一记重击，跌了出去。

“竟敢骂我！”

轩辕像是永远都打不倒的机械，很快又撑起身体，鄙夷的目光投向风扬，凄厉地笑道：“你只是一堆包裹得很好的狗屎，枉有一副人样，却……”

砰……砰……风扬怒不可遏地对轩辕一阵狂击，只打得轩辕昏厥过去。

“五王子，这个人还要交给大王处置，先不要杀了他！”敖广上前拦住怒气难平的风扬道。

“他居然敢骂我，我定要杀了他！”风扬不依地道。

“他之所以骂王子，就是想激怒王子，好让王子痛快地杀了他，让他少受点折磨，王子岂能上了他的当？”敖广眼睛一转，笑道。

风扬一想也对，心中的怒意顿平，望了望地上的轩辕，再重重地补了一脚，阴狠地道：“你想让我痛快地杀了你，我就偏要慢慢折磨你，看是你狠还是我狠!”

“将他拖回去!”敖广向身边的人吩咐道，他的目光却停留在那数具被剑气割碎的残尸上，心中还在暗自惊骇轩辕那一剑的可怕。

“副总管，还要不要追击叶皇他们?”

“还能追得上吗?”敖广没好气地向那多嘴的属下反问道。

那人似知道敖广心情并不好，不由得低首不敢再言语。

这个战局是谁也没想到的，神谷战士虽不过死伤二三十人，但帝十三却死了。不仅如此，帝十也惨败而走。这对于九黎族来说，的确是个极为沉重的打击，而这一切，全都因为一个少年!

轩辕的影响的确很大，整个九黎族都为之震动。毕竟，数百战士和帝十三之死都不是小事。

神谷谷主风骚见到轩辕，却感到有些失望。因为他所见到的只是一个功力尽失的废人，不过，风骚没作任何表态，这件事情只能交由风绝亲自处理。

其实，风骚也很想看看风绝的尴尬样子，当一个废人将他手下的爱将杀死，更将他的战士打得一败涂地，他想象着风绝那种表情，便暗自偷笑。

帝十三死了，帝十惨败，风骚并无不快。其实，风骚和风绝兄弟之间的恩怨，稍明了一些的人都会清楚。

风绝为了减少风骚对其王位的威胁，特意将之安排到神谷中，永远都无法干涉九黎族内部的重大事情，这便像是一种流放。在九黎族中这已经不是什么大秘密。

风骚绝不是一个甘心寂寞的人，是以，在神谷中培养了大量的高手，更聚居了许多奇人异士，逐渐壮大到风绝心神不安的地步。是以，风绝才要建立一座神堡来牵制神谷的力量，风骚岂会不明白风绝之意?在没有定下王位之前，他们兄弟之间便已在明争暗斗。自风绝当上了九黎王后，风骚也显得很低调，只是风绝没有一刻忘掉这个隐患。

这次发生了这么大的事情，风骚不免心惊，但对于他来说未必不是一件好事。不过，此刻见到如同废人的轩辕，却感到没趣至极，他本想见识一下轩辕的能耐，在他的内心深处，倒希望能将这样一个厉害人物纳入自己的实力之中，说不定将来会对他大有帮助，不过此刻是一点兴致都没有。

于是，轩辕被押入了大牢之中，等候九黎本部之人送信过来或是将人带走。

囚室，轩辕醒来，身上依然阵阵抽痛，那不堪重负的手脚之上系着沉重的铁镣。

四面阴暗、潮湿，冰冷的巨石筑起的墙壁上还有一个细小的天窗渗进冬日特有的寒风。

轩辕忍不住打了个哆嗦。冷，的确是有些冷，这是往日轩辕所无法感知的，但此刻却成了致命的感觉。

他并不知道自己身在何处，但却知道自己仍未死，此刻是什么时候？他又昏睡了多少天？对于这些轩辕并不知道。

生与死，此刻已经不是很重要，落在九黎族人的手中，想要活下去，那也许要等待奇迹，更不知道风扬会如何想尽办法折磨他。轩辕不愿想太多，一切该来的终究会来，即使想躲也躲不掉，若是细想，只会徒增烦恼，倒不如利用这难得的清闲好好休息一会儿。

轩辕的确感到有些累，无论是心还是身体。不过，叶皇和柔水能够安全离去，他已经没有什么好担心的了，至于贰负和那群奴隶兄弟究竟发生了什么事，也不是他所能管的。伍老大能够救出风扬，当然也可以出卖贰负诸人。不过，轩辕只愿贰负能见机得早，在九黎追兵赶到之前撤走。

当然，伍老大定是最先向帝十三报告轩辕诸人的位置，因为轩辕和叶皇都是极为重要的人物，而且也将对帝十进行偷袭，如果帝十三不是第一时间来拦截他们，绝不可能如此之快便截住了他们的退路。因此，贰负和郎氏三兄弟诸人并不是没有机会转移目的地，而叶皇定会过去与之会合，那样便可安全撤离，至于到底撤往哪里，便不是轩辕所能猜到的，当然是越远越好。

吱呀……地牢之门被打开，风扬那带着诡异笑容的脸映入了轩辕的眼中。

“很好，你终于醒了！”风扬邪邪地笑了笑。

轩辕爱理不理地扫了风扬一眼，只是将目光落到风扬身边一个容颜清瘦却美丽绝伦的女子身上，心神大震，但他那满是血污的脸上根本就找不出半点波动和异样。

轩辕没有出声，极力掩饰内心的波动，因为他发现风扬身边的女子竟是圣女凤妮三个婢女中的春韵。

春韵似乎也发现了轩辕的目光，眼神变得复杂至极，也有一丝焦灼和关切，但这一切都是无声的。

风扬当然没有发现这些，只是向身边的春韵笑了笑，再向轩辕一指，不屑地道：“你看，就是这熊样，再厉害的人到了本王子手中，也要让他求生不能，求死不得！”

春韵勉强地笑了笑，故作不屑地迎合着风扬的话语，娇声道：“我还以为是什么三头六臂的人物，原来也不过是个病夫而已嘛！”

“说得好，说得好！”风扬说话间一脚踢在轩辕的下巴之上。

看着轩辕惨哼着滚出，风扬不由得放声狂笑起来。

春韵心口一紧，但强忍着装作若无其事之状，娇笑道：“王子何等身份，与此等病夫玩耍，实在是没意思，倒不如去找点别的有趣之事做做。”

“别的有趣之事？”风扬一听，色心大起，一把抱紧春韵的纤腰，色迷迷地道，“好，咱们俩去做有趣的事，我的小美人，我都听你的。”

“嗯。”春韵欲擒故纵地推开风扬的手，媚声道，“王子想到哪里去了？”

“哈哈哈……我想到哪里去了？你身上哪儿最好玩，我就想到哪儿去了……”

轩辕心中溢满了一股悲怆之意，更多了许许多多的无奈。听着风扬那不堪入耳的话，他真后悔当初没有杀死这个花花公子。

啪！一个细碎的声音在轩辕耳边响起，却是自春韵袖间落下的一颗骨珠，轩辕没有半点犹豫地拾起，风扬的心神全都被春韵所惑，根本就未曾注意到这细小问题。

风扬走了，冰冷的囚室之中仅剩下轩辕一人在面壁呻吟。

轩辕打开骨珠，里面竟是一张布条，布条之上有一行小字。

叶皇今晚子时相救。

布条之上只有这么几个字，但却看得轩辕心惊肉跳。他不由暗问道："这是哪里？叶皇如何进来？为什么春韵会出现在这里？春韵又怎会与风扬在一起？现在又是什么时候了？"许许多多的问题只让轩辕脑中一片混乱，但他知道春韵说的是真的，叶皇定会在子时赶来。

不管这个消息是真是假，轩辕必须振作精神应付一切，至少要给自己一些求生的欲望。

身体依然有些虚脱，但轩辕却明白，自己虽然功力尽失，却并非一无所有，因为丹田之中仍有一个能量宝库，那是龙丹所蓄的功力。只要不死，他便有希望，这是外人所不知的秘密。因此，轩辕绝不会感到绝望。

世间本无奇迹，奇迹只是一个出人意料的结果或事件，因此只要有本钱，完全可以制造出一个让人惊讶的奇迹。

似乎并没有很好的休息时间，风扬走后不久，敖广居然也进来了。

敖广进来之时，轩辕感觉到精神稍好了一些，毕竟，他的体质绝不同于常人，便是他的血液都有着别人所意想不到的功效。只不过，他并不想让人知道他的这些秘密，因为这将是他求生的本钱。

敖广缓步来到轩辕身前两尺之处立定，俯眼相看盘膝而坐的轩辕，似是上帝在俯视苍生，那居高临下的态势生出极强的压力。

轩辕没有抬头上望，只是闭上眼睛完全当敖广不存在。他实在是没有必要以仰视的形式去看一个落井下石的小人。在他的眼里，敖广根本就不配他仰视。

敖广静立了半晌，似乎明白了轩辕的心态，不由笑了笑，冷冷地说道："果然有个性！"

轩辕依然静坐，他不觉得有任何回答的必要，那也只是浪费口舌和精力，此刻他已经感到了极度的饥饿，也不知道多久未曾进食了。饥饿之时，最好的节能法，是不言不动。

“你已经三天没有吃东西了，本以为你会就此死去，却没想到你仍能够活下来，这不能不说是一个奇迹！”敖广并不掩饰自己内心的惊讶，淡然道。

轩辕也暗自吃了一惊，自己竟然在这囚室之中昏迷了三天，在没人料理的情况之下自己醒来，这的确有些不可思议，不过轩辕知道这是因为自己特殊的体质所创下的奇迹。他自身便具有比普通人强许多倍的修复能力和生机，只要仍有一息尚存，便有活下去的希望。

啪啪，敖广轻轻地拍了拍手，囚室之门便被推开了。

轩辕的身子动了一下，他嗅到了肉香，肚子也禁不住咕咕地叫出声来，的确已到饥肠辘辘的地步。

“想来你是饿了，我特地为你准备了一顿丰盛的午餐，相信你会喜欢！”敖广笑意盈盈地道。

轩辕被敖广的表现给弄糊涂了，却不知其葫芦里卖的究竟是什么药。不过，他却知道这顿午餐绝没有这么简单，不由冷哼道：“你想怎样就说吧，别在这里演戏！”

“哦，我只是想让你吃顿饭，又有何不可呢？”敖广并不生气，那侍者已将饭菜移到了轩辕的身前。

“那我就不客气了！”轩辕不想啰唆太多。当然，他根本就不怕这饭菜中有毒。对于他来说，早已是百毒不侵之躯，又何惧之有？

“慢！”敖广突然挡住轩辕的手，那侍者很自觉地退了出去。

“怎么，有毒？怕我死了？”轩辕并不意外，又轻轻地放下已拿到手上的山羊腿，漫不经心地回问道。

敖广不以为然地笑了笑道：“你放心，我倒舍不得你死，今日来，是来与你谈个条件，对你我都有利的条件。”

“哦，条件？我有那资格吗？”轩辕自己也为之愕然，他不知道敖广口中所谓的条件是什么。

“你有！只要你愿意，我可以保证你平安离开神谷！”敖广认真地道。

“平安离开神谷？这里是神谷？”轩辕吃了一惊，反问道。

“不错，在神谷之中，只有我才可以帮你。”敖广夸大其词地道。

“那你的条件又是什么？”轩辕冷冷地问道。

“我要你教我你最后所使的那式剑法！”敖广神情一肃，沉声道。

轩辕一震，旋又大感好笑，望着敖广反问道：“你也想像我一样功力散尽，成为一个废人？”

敖广也震了一下，疑惑地问道：“你是说，是那一式剑法让你功力尽失？”

轩辕心头一动，不由得淡然笑问道：“你可曾听说剑宗之中有一式剑法名为同归于尽？”

“同归于尽？这是什么剑法？”敖广大惊，他的确是从来都没曾听说过这样一式剑法，但顾名思义却知道这剑法的本意是与敌皆亡。

“我饿了，吃饱了再说！”轩辕不答，伸手又拿起那只山羊腿。

“你必须先答！”

“我可以胡编乱造，如果你想知道正确答案，必须我心情好！”轩辕漫不经心地道。

敖广倒真的是没办法，他可以不让轩辕吃，但轩辕也同样可以要他。他本是一个习剑之人，但在见过轩辕那无与伦比的一剑之后，才发现自己的剑法是多么庸俗，这便是他要想方设法学得轩辕那一剑的原因。

“你现在可以说了。”敖广望着轩辕香喷喷地吃完这许多菜肴，冷冷地问道。

“看来你并不坏，我就告诉你吧！”轩辕嘘了口气，悠然道，吃饱了的滋味的确很舒服，体内也似乎积下了许多力气。

“同归于尽即是与敌皆亡，这是一招在逼不得已时才会使用的招式，从这招的创始人到现在，真正用过此招的人，大概只有我一人。因此，我无法将之发挥到最高的威力，也便成了功力尽失的废人……”

“我是要问这一招究竟是一种什么样的原理，不是要知道这些啰里啰唆的东西！”敖广不耐烦地道。

“这招的使法是将自己的精、气、神和所有功力在刹那之间通过一种形式迸发，散化成无坚不摧的剑气，以给敌人最致命的一击，而自己也将化为碎片随剑气而去，这就是这一招的原理和后果。”轩辕淡漠地道。

敖广心中生出一丝寒意，脸色极为难看，其实，只要轩辕稍稍提醒他就会明白。

轩辕自然知道敖广相信这些，虽然他只是信口胡诌，但事实上这种理论是存在的。因此，敖广根本就没有不信的理由，而且他自身也是一个很好的证明。当然轩辕并不是因为这莫须有的同归于尽才功力尽失，而是因为无法控制山裂的剑气，加之重伤之躯，这才使得功力尽失，但这些敖广并不知道。

“这种剑式，剑气是由体内迸出，因此，是先伤己再伤人，如果无法下同归于尽的决心，那这一剑将会失去很多威力。你好好想想吧，其实这一剑并不难掌握，你想好了如何放我出去，我便在神谷外传授你此招！”轩辕淡漠地道。

敖广脸色数变，他在考虑为了习得这式差点将自己性命断送的招式，而冒极大的危险放轩辕值不值得，但话既已说出口，又不好自打嘴巴，不由笑道：“好，明天我再来看你！”

“不送了！”轩辕再次闭眸。

第四十四章　囚室春光

“副总管！”一个娇稚而柔媚的声音使轩辕再次睁开了眼睛。

“桃红姑娘，你怎么到这里来了？”敖广似乎有点尴尬。

轩辕大惊，却不明白在神谷中还有能令敖广感到尴尬的女人。那这桃红究竟是什么人呢？

“圣姬让我来看看这个轩辕究竟是个什么人物，自然不能违命喽！”桃红的声音似乎有一种勾魂摄魄的魔力，听得让人骨酥心摇。虽然轩辕仍未见到桃红的容貌，却有种想入非非的冲动。

敖广似乎是害怕与桃红纠缠下去，慌乱地道：“没想到连圣姬也给惊动了，既然圣姬有令，我就不相扰了，姑娘请进吧！”

“看你，好像怕我吃人似的。”桃红似乎微嗔地嗲声道。

敖广发出一声干笑，却迅速走远，使得轩辕心头大惑，不明白这桃红和圣姬究竟是什么样的人物。不过，很快他便会明白，因为桃红已走了进来。

轩辕顿觉眼前一亮，桃红并不比褒弱或燕琼诸女漂亮，但骨子里透出的那股妖冶的艳丽却能让任何男人都本能地生起原始的欲望，包括走路和挥手的姿态，无不充满了挑逗性的诱惑。

轩辕身体本有些虚弱，但仍禁不住为之咽了一口口水，这时，他更不明白为什么敖广会对这桃红敬而远之。“或许，只是敖广怕忍不住侵犯了这个女人，而这个女人又是不能侵犯的；抑或，敖广很怕老婆，怕回去挨老婆骂；或许……”轩辕这么想着，桃红已经如一团火焰般来到了轩辕身前。

桃红一身红衣，紧裹娇躯使得曲线玲珑至极，特别是胸前呼之欲出的双峰似散发出逼人的热浪，一张有若象牙般滑嫩光润的脸上绽出一个让人心神荡漾的笑颜。

轩辕嗅到了一股淡而清新的香味，但这股香味几乎使他脑子一片混乱。

“你就叫轩辕?”桃红缓缓地蹲下身子，与轩辕相隔不到两尺，柔声问道。那水汪汪的大眼睛平视着轩辕那刀削一般轮廓分明的脸，然后充满挑逗性地逼视着轩辕的眼睛。

轩辕只觉得口干舌燥，神志模糊地点了点头道：“我就是轩辕。”他竟生不出抗拒的念头。

桃红似乎极为满意地笑了笑，自怀中掏出一张白色的丝绢，极为温柔地为轩辕擦去脸上已干的血迹和尘土，像是为婴儿洗澡的母亲一般柔和。

轩辕心中涌出一丝无法形容的情绪，甚至连他也会吃惊自己有这样的念头，他居然想到如果此刻桃红要他自杀，他也会毫不犹豫地自杀。

“嗯，原来你长得很帅!”桃红轻笑道。

“谢谢姑娘夸奖。”轩辕神志似有些迷糊。

桃红又笑了，竟主动在轩辕那已擦干净的脸上轻吻了一下，只吻得轩辕魂飞魄散，不知今夕何年。

“你能走动吗?”桃红又问道。

“能!”轩辕竟然站起身来，他根本就无法抗拒桃红的魅力。桃红的每一个动作都是那么自然，那么温柔，但又似乎深入人的灵魂，将人的灵魂紧紧地攫住。

桃红望着站起来有些踉跄的轩辕，不由得又笑了，笑得极为含蓄，却让人神魂颠倒。

“你真美!”轩辕突然迸出这么一句让桃红再次发笑的话。

“是吗?”桃红充满挑逗性地反问道，旋又看到轩辕那有气无力的样子，不禁有些失望，但仍伸手把住轩辕的脉搏。

接触到轩辕那充满弹性的肌肉，桃红双眼一亮，但旋即又微皱眉头，自言自语道：“奇怪，怎会这样?”

轩辕手足之上的铁链一阵叮当乱响，但神色间有些茫然，自然不知道桃红为什么而奇怪了，只是任由桃红把住他的脉门，丝毫不作反抗。

桃红松开轩辕的脉门，深深地望了轩辕一眼，依然有些疑惑，半晌才问道："你还能不能运力?"

轩辕突然笑了起来，极为突然，也极意外地道："如果要和你上床，我定可以运力!"

桃红脸色骤变，继而又变得绯红，骇异地退了两步，像看怪物一般望着轩辕，半晌才笑道："果然没叫人失望，原来打一开始，你便在演戏!"

轩辕再次盘膝而坐，目光丝毫不收敛地在桃红身上来回游移，淡淡地道："虽然我功力尽失，但还不至于被你这未成气候的摄魂之术所控制，不过你的确很美丽，就算不用摄魂之术，我也情愿向你屈服。正所谓牡丹花下死，做鬼也风流。"

桃红讶异地望着轩辕，笑靥如花，没有人不喜欢奉承，何况轩辕的奉承说得那般坦诚。

"是吗? 那你为什么还要骗我呢?"桃红反问道。

轩辕也笑道："我只是想在你的心里留下一个比较深刻的印象，到时候就算我死了，至少还有一个大美人记得我! 哪怕只记得一刻也好，所以，我才想与美人开个玩笑。"

"哈，你说话还真有趣，但是你知不知道这样表现对你一点好处也没有?"桃红依然不愠不火，妖娆地道。

"错，至少有一点好处，那便是你对我的印象越来越深，能否认吗?"轩辕反问道。

桃红大感有趣地笑了起来，半晌才问道："让我对你留下一个深的印象真的有这么重要吗?"

"当然有!"轩辕似乎极为认真，旋又吸了口气道，"反正迟早总得死，生与死又有什么大不了? 若是死的时候还让人感到自己是个窝囊废，那岂不是跟死只猫死只狗没什么区别? 我是轩辕，因此，死也要像个人样，而这个人样更要烙在你的记忆之中!"

桃红也禁不住为轩辕这豪气干云的话给怔住了。的确，虽然轩辕是个功力尽失的废人，但却仍有一股不灭的气势和傲气存在，那眸子之中坚定的神采让人绝不敢忽视他的存在。桃红不由得对轩辕刮目相看，暗忖道："如果谷主这个时候再见到轩辕，而不是在昏迷时见到他，肯定不会将轩辕忽视了。"

"你可知道，此刻他们对你都有些忽视，就是因为当你是个废人，这个忽视足可为你逃走提供便利，可是如果你仍拥有这一番表现，相信他们定会对你严加看守，那时候你恐怕即使插翅也难以飞出神谷了。你不觉得这样很不划算吗?"桃红竟然不想对轩辕隐瞒太多，竟为轩辕指点起利害关系来，这是桃红自己也没想到的结果。

不知道为什么，桃红竟被轩辕那透自骨子里的傲气和气势所震撼，竟对这落难的敌人深具好感。

轩辕不屑地笑了笑，道："对我的轻忽是对我的侮辱，我并不在乎他们加强守卫，因为我根本就不可能有机会逃走。能在死前让我的敌人劳心费力，这当然是一件不错的事。"

桃红无奈地笑了笑，似乎有些遗憾："只可惜你是我的敌人，否则，我可能真的会喜欢上你。"

"谢谢桃红姑娘有此一言，如果还有来世，就让我们再相约岂不是更好?"轩辕坦然笑道。

"如果还有来世?"桃红自言自语道，同时将美目再次投到轩辕的身上，迅速低头在轩辕的脸上亲吻了一下。

这次轩辕竟似有备，以系着铁链的手迅速勾住桃红的脖子，桃红正欲后退，轩辕的大嘴却封住了她的樱桃小口。

"咦……嗯……"桃红吃了一惊，但被轩辕那粗重的男性气息一冲，竟无力推开轩辕那重伤之躯，被轩辕一记长吻，吻得透不过气来。

轩辕此刻竟似忘了身上的伤势，这一吻极为粗野狂放，更用尽了技巧。他岂会不知道眼前此女绝对不是一般的女人?也绝不会是第一次接触男人，所以，他毫无顾忌，放肆地去痛吻一气，双手更极不老实地活动起来。

桃红的武功极好，如果她在亲吻轩辕之时不是心中存有绮念，轩辕绝不可能轻易勾住她的脖子，更吻住她的小嘴。此刻似乎所有的武功都用不上，桃红被吻得浑身发软，更被轩辕压倒在地，任轩辕那戴着铁链的大手四处乱摸。

轩辕的手似乎透着异样的热力，所过之处，桃红身体泛起一种从未有过的快感，她根本无从抗拒轩辕的手，甚至有些迷失在那醉人的感觉之中，而忽视了一切。她根本没去想轩辕手上的感觉为何与别的男人不同，没去想圣姬只是让她来看一看这个轩辕究竟是个什么样的人，包括此刻身处何地，她都不曾想过。她只觉得身体好空虚，好空虚，急需要找到填补这种空虚的东西，是以，她死命地搂紧轩辕，感受着那铁板般的肌肉带给她的压迫感。她从来都没有想到自己也会有动情的时候，而且是这般不可收拾。往日只有男人拜倒在她的石榴裙下，可今日竟然……

轩辕突然松开嘴，停止了一切活动，在桃红耳边轻轻地道："叫他们把好门！"

桃红满是情欲的眼里显出一丝迷茫，那种被抚摸的感觉依然冲击着她的每一根神经。轩辕一松手，她便像是整个世界都失落了一般，感到莫名的空虚，但仅存的一点神志却记起了轩辕的吩咐。

轩辕为她稍整衣襟，柔声道："去吧！"

桃红乖巧地起身行到囚室之外，沉声吩咐道："没我的吩咐，不准靠近囚室，有谁来了，就喊一声，可知？"

那看守的人似乎极惧桃红，忙不迭地点头道："是，是，小的知道！"他们其实很清楚圣姬身边每一个弟子平时所做的事情，是以见怪不怪，只是在暗自嘀咕："这样一个快死的人能有用吗？"

桃红再回到囚室，外面已将门锁了起来，冰凉的囚室并没有减少一丝春情。

轩辕心中暗赞叶皇所授的御女之法。当然，这也多亏轩辕当初为对付地祭司而偷习了那迷心之术，此刻结合起来运用，效果竟极好。他不知道这与他体内的龙丹更有关系，不过，他却清楚阴阳相交能够催发那积留在丹田之中的神龙之劲。是以，轩辕绝不会放过桃红这个机会。

桃红几乎是完全无法忍受来自轩辕的刺激，一入囚室便扑到轩辕的身边，媚眼如丝地亲吻起轩辕来。她本身就是个荡女，一旦情欲高涨，竟比任何人都强烈都需要。

轩辕怎会客气？他丹田之中的气劲在情欲的刺激下，竟逐渐活跃，甚至向那已空虚的四肢扩散，使他在刹那间拥有了强大的力量。他毫不留情地对桃红大加征伐，让那自丹田涌向四肢百骸的生机更泛滥地涌动，使得身体上的伤痛在最短的时间内不药而愈。

桃红也被轩辕体内涌动的生机冲击得狂呼乱叫，快感如潮水般漫上全身的每一根神经，一次又一次地登上快乐之巅，享受到了从来都未曾享受过的快感，最后迷失在肉欲的欢悦之中。

轩辕的心神却与桃红完全相反，他竟可以清楚地捕捉到守在门外那狱卒的粗重喘息之声，显然那狱卒在偷听，更无法忍受囚室中狂涌的欲火才会发出这犹如野兽般的喘息。这一切轩辕都不在意，他只是静心调理体内四处游走的真气，以将之收归已用，这样便可以恢复功力。他不得不感谢这送上门来的尤物，是以，更加卖力地为桃红送出永生难忘的快乐。

桃红似乎是永远都不知累地热烈奉迎着，如同一个久旷的少妇，乍逢甘霖便不知厌倦地索取。

轩辕暗自庆幸居然没有人打扰，当然不是指那守门的狱卒，抑或正如桃红所说，除个别别有用心的人，余者皆对他这个功力尽失的废人不感兴趣，这才让他有这难得的机会。待会儿他自不会让那狱卒活下去，他不能让人知道他的功力尽复。而对于桃红，轩辕有足够的自信这个女人不会再背叛他，这对于轩辕来说绝对只会是件好事。

当然，这里的守卫稀松可能还与敖广有关，因为敖广为了方便自己的活动，故意放松了这边的警卫。对于轩辕这样一个功力尽失的废人实在没有什么必要浪费太多的守卫，就是谷主风骚也可能有这种想法，而敖广身为神谷的副总管，作此安排实在是轻而易举的事。

轩辕的战意依然高昂无比，他的体质绝不是普通人所能相比的，即使是桃红这种修习过异术的美人也无法完全承受轩辕的恩泽。幸而轩辕只是适可而止，并不想要桃红的命。

轩辕罢战之时，桃红已经陷入了一种半昏迷的状态，若非轩辕以真气相渡，至少会患一场大病。

桃红醒来时，发现四处狼藉一片，轩辕正龙精虎猛地坐在一边温柔地望着她，不由得一阵脸红，也一阵骇然。

“你为什么不杀我?”桃红怯怯地问道，此刻的她依然感到天地似在摇晃，仍无法自刚才那使人痉挛的快感中完全走出来。的确，她品尝到了女人所能品尝的快乐极限，使得她竟有些害怕轩辕，怕往后再也见不到这唯一可以给她最幸福的男人，连说话都有些口软。

轩辕运气把自己未泯的情欲逼退，将精元练化，这才轻轻地抱起坐在地上衣衫凌乱的桃红，在那表情复杂的脸上亲了一口，柔声道：“别傻了，我怎会杀你呢？你今后便是我轩辕的女人了，我会让你享受到女人最高的幸福之境。待离开这里之后，我要好好地爱你，知道吗？你是我所见过最动人的女人。”

桃红被轩辕的温声细语说得心头一阵乱跳，一种幸福之感如潮水般漫上了心头，禁不住依恋地搂住轩辕的脖子，小声地问道：“你刚才还没有尽性，是吗？我还可以承受。”

轩辕又亲了她一口，笑着为她整好衣裳，小声道：“没关系，来日方长，下次你一定要补上，这里不适合再来，你去让门口那人忘掉刚才所看到的一切吧！”

桃红这才记起自己仍在囚室之中，想起刚才的荒唐，竟有一股久违的羞涩之意涌上心头，但却依轩辕之话转身行到囚室门口，叱道：“给本姑娘开门!”

“是，是。”囚室门口传来一人慌乱的回答，然后便是钥匙开铁镣之声。

桃红大步行出，逼视着那不敢正眼看她的狱卒，冷杀地问道：“刚才你看见了什么?”

“我……我……我什么都没有看见!”

“很好，本姑娘奖你一颗神丹。”桃红说完以极快的速度不由分说地将一颗药丸喂入那狱卒的口中，再一捏喉咙，药丸直滑腹中。

那狱卒根本就没有一点反抗的机会，桃红出手的速度快极。

“姑奶奶饶命，姑奶奶饶命。”

“这不是立刻就会死人的药丸，只要你乖乖地听本姑娘的话，三天之后去圣殿找我，到时候不仅会给你解药，还会给你些意想不到的好处，你也不必一直待在这种地方看门了。”桃红淡漠地道。

那狱卒一听，心下稍安，问道：“姑奶奶要我怎么做，我都愿意听，保证不敢有违！”

“很好，我要你将刚才所听到、所看到的全部忘掉，三天之内若有第四人知道这些，你就等着受死吧！”桃红狠狠地道。

“是，是，刚才根本就没有发生什么事，姑奶奶来了一会儿，在副总管走后便走了，这里一点变化也没有。”

桃红一听，露出一丝笑意，旋即又问道：“那个轩辕呢？”

“还是老样子，要死不活。”

“很好，就这样说，待会儿换岗之后可去雅楼找一个你喜欢的婢女或女奴轻松一下，我会为你通知一声的。”

“谢谢姑奶奶，谢谢姑奶奶。”那狱卒大喜，似乎没有想到今日竟能交上桃花好运，他自然相信桃红的话，只要是圣姬身边的人，在神谷中都有特殊的地位。而雅楼更是由圣殿中的人掌管，只要桃红开了口，自然不会有问题。

“你做得很好，来，奖你一个吻。”轩辕笑了笑道。

桃红主动凑上去又与轩辕缠绵一番，半晌方讶异地道：“你的功力竟然可以自动恢复，而且这么快便能如此充沛，真是难以想象。”

“这全都是美人的功劳，也是你救了我，所以，我要好好地爱你，加倍地爱你，但我要你以后从一而终，你愿意吗？”轩辕爱恋地抚摸着桃红那健美而深具弹性的肌肤，认真地道。

“嗯！”桃红羞涩地点了点头，紧缠着轩辕道，“我以后专心地伺候你，只要有你疼我，其他的男人全都是狗屎！”

轩辕知道，自己无论是在肉体上还是心灵上，都征服了这个风骚的美人。对于桃红来说，心灵上简直是一片荒芜，像她这种女人，根本就未曾拥有过感情。因此，只要在肉欲上给她以满足，更让她生出好感和新鲜的刺激，同时也勾起她的好奇，那便足以征服她荒芜的心灵。轩辕对女人的了解虽谈不上深，但却对人性的了解很深刻。

“轩辕决定什么时候离开这里？可一定要带上我啊!”桃红担心地道。

“会的，我怎么会舍得丢下你呢？不过，我需要你给我找一份神谷的地图，这样我才能决定如何出去，而且越快越好。”

“可以，我立刻就去为你准备。”桃红说做便做，立即就要去准备。

“小心一些。要知道，如果没有你一同离开，我活着便会失去光彩。”轩辕小心地叮嘱道。

桃红心中一阵温暖，即使轩辕此刻让她去死，她也不会有丝毫的犹豫，那真切的话语足够感动任何动情女人的心。虽然她曾经不知听过多少赞美的话，但所有的加起来都似没有轩辕这一句话有分量，禁不住又与轩辕缠绵一番，才依依离去。

望着桃红离去，轩辕心中涌起了无比的自信，虽然他并不是真的喜欢荡女，但却不介意以花言巧语去征服她。在这个世界里唯有不择手段方能够真正地生存下去。为了生存，任何可以利用的机会和人，他绝不会错过，这也是他从小养成的惯例。不过，此刻他需要用心去静静地想一想即将可能面对的问题。

事情的进展有些出乎轩辕的意料，但一切都显得极为顺利。桃红十分卖力，似乎是为了能让轩辕逃出神谷而倾其所能。

地图很快就送到了轩辕手中，然后也不打扰，便退了出去。剩下的时间便是轩辕独自一人在偷偷地研究着神谷的地形和逃走路线，此刻轩辕更是充满了信心。

“这小子死了没有?”风扬的声音传了进来，轩辕心神一紧，迅速将地图揉成粉末撒入一旁的乱草堆中，那是他的床。他抬头向天窗外望去之时，天已近黑。

风扬推门而入，轩辕已装出一副有气无力的样子，像是大病未愈之状。

“嘿，你小子还没死，可真不简单。小子，你可看见一根玉钗?”风扬没好气地问道。

轩辕的目光微扫了一下，发现春韵也跟在风扬的身后，正向他使眼色，不由装作有气无力的样子道：“什么玉钗，我看见了十根!”

“死到临头还嘴硬!”风扬怎会不知轩辕只是在戏谑他？不由得大怒，飞身向轩辕踢去。

“在这里，我找到了。”春韵突然出声轻呼道。

风扬的身子立刻打住，狠狠地瞪了轩辕一眼，回头像是一只摇尾乞欢的小狗，对着春韵假欢喜道：“果然在这里。”

“当然在这里了，我还会说谎吗?”春韵一边自杂草之中拾起一根晶莹的玉钗，一边娇嗔道。

“是，是，是我说错了。”风扬似乎生怕得罪了春韵，附和道。

轩辕却大感惊讶，他知道，这一定是春韵故意演的戏，因为刚才他清楚地看到，那杂草丛中并没有任何玉钗的痕迹，此刻凭空多出一根玉钗，自是春韵一手设下的局。

“还好，没有丢在别的地方!”春韵以手拂了一下玉钗上的灰尘，然后幽怨地瞥了风扬一眼，嗲声道，“都是你，走吧，这里的味道难闻极了。”

风扬有些诚惶诚恐，他往日所见的女子并不少，但却从来没有人能似春韵这般深深地吸引他，更吊足了他的胃口，使他心痒却又无法咽下这烫口的美味。虽然春韵是被关在女奴群中，却是圣姬看中的人，因此，她也绝不是一般的女子。风扬一到神谷，便禁不住为春韵那别具一格的风姿所吸引，所以，他才斗胆向圣姬将之要过来。可是对于这个女人，他并不想霸王硬上弓，他要享受细嚼慢咽的味道。但当他与春韵接触越多，就越是被春韵的内在气质所吸引，甚至连心神都禁不住为之所牵，变得百依百顺。

“好，那就走吧!”风扬对春韵的话的确是百依百顺，只是在临走之时向轩辕狠狠地瞪了一眼。

轩辕只是装作什么也没有看到，但是他却发现了春韵所留下的东西——又一颗骨珠。

捏碎骨珠，字条上的字却让轩辕心头发凉——小心桃红，她是叶帝的女人！

轩辕的心的确在发冷，也有些糊涂。桃红的表现让他根本就起不了丝毫的怀疑之心，一切都是那么自然，那么痴迷，如果说之中会有什么阴谋，那实在让人难以想象。但是，桃红又有什么图谋呢？她有必要如此吗？究竟是春韵的错还是桃红的错呢？

“春韵是如何认识风扬的？又是如何留在神谷中？她在神谷中是什么身份？而桃红又是什么身份呢？叶皇怎会知道我被囚在神谷中呢？他又是怎样与春韵联系在一起的呢？而秋杏和冬宁呢？她们去了哪里？猎豹和花猛他们呢？叶皇会不会连猎豹和花猛也一起救呢？……”轩辕脑子里一片混沌，太多的问题纠缠得他本来明朗的心情再一次沉重起来。

轩辕只感到心情异常的沉重，究竟谁对谁错？究竟谁是谁非？圣女凤妮已经骗过自己一次，难道春韵也会骗自己……

轩辕的脑中再次映出桃红那痴恋狂热的表情和那美丽妖冶的容颜及那热切而真诚的目光……然后，又浮出那张神谷的地图。哪里是圣殿，哪里是谷主殿，哪里是供奉殿，哪里是雅楼，哪里是奴隶营……还有几个没有标上名字的地方，这一切应该不是近日之作，倒是那上面所标写的名称是今日才涂上去的。难道地图也有假？可是这怎么可能？

轩辕不明白的却是，如果春韵没有说谎，桃红真是有图谋的话，究竟图谋什么？若说要杀他，桃红至少有一千次机会，若说其他，轩辕可谓一无所有。而轩辕离开神谷对桃红又有什么好处呢？唯一让轩辕舒服一点的便是：就算桃红是叶帝的女人，此刻也已经被征服了，且春韵并不知道自己功力已经恢复，应该不会有相害之心。但不管如何，轩辕内心作出了另一个决定，他不能等待，被动之人将会处处挨打，他不能被动地在这里等待，要靠自己的力量争回绝对的主动权。此刻他功力已复，绝不是没有一搏的本钱。当然，神谷中的高手太多，想硬闯只会是死路一条，因此，一切只能从长计议。

“你他娘的要死也别这般鬼哭似的，再吼老子割断你的舌头！”狱卒终于忍受不住轩辕在囚室之中鬼哭一般的惨号，怒骂道。

轩辕似乎对狱卒之话无动于衷，反而惨号之声更烈，之中夹杂着似乎无法忍受的痛苦呻吟，似一只垂死的野猪在挣扎号叫，只让人心寒。

“你他娘的要死就死快点……”狱卒不停地咒骂着，他也被轩辕的叫声弄得毛骨悚然。

轩辕在囚室之中的惨号声越来越高，半晌之后又转低，到最后竟没有丝毫声息，陷入了一片死寂之中。

狱卒在外听了半天，依然没有一点动静，不由得探头在那天窗之处向囚室之中望去。在囚室内微弱的灯光下，轩辕扑在冰凉的地上一动也不动，像是一具了无生机的尸体早已僵硬。

狱卒仔细地看了片刻，轩辕的躯体依然没有丝毫动静，不由吃了一惊，咒骂道：“他娘的，真的死了！”说完忙拿出钥匙打开囚室大门的铁链行了进去。

轩辕的呼吸已经完全停止，狱卒仍未到轩辕的身边便知道，但他还是忍不住伸手探了一下轩辕的鼻息。

“他娘的，下午还好好的，怎么这会儿……啊……”狱卒一句话还未说完，一只手已经钳住了他的脖子，然后他便看到了轩辕那冷厉而充满杀意的目光。

“你叫什么名字?”轩辕立身而起，几乎将狱卒提了起来，冷冷地问道。

“阿……铁……”

“只好对不起了！”轩辕手上一用力，狱卒的脖子便如火柴棒一般碎裂。

“站住，阿铁，还没到换班时间你竟敢擅离岗位！”一个冷冷的声音自黑暗之中传了过来，同时两串脚步声也逼了过来。

“我……”

“我什么我？还不回去站岗……呀……你不是阿铁……”那两人一句

话犹未讲完，便已挨了重重的两击，他们根本就没有反击的机会便被钳住了脖子。

“你说对了，我不是阿铁！”

“你是……轩……轩辕……”那两人自快要断气的喉间挤出一句让他们自己也为之惊骇的话。

“你们也认识我，那很好！”出手者正是轩辕，说完他不再给这两名狱卒任何说话的机会。

轩辕感激敖广为他创造了这么好的机会，这里的守卫的确是很稀松，或许真的已把他当作了一个功力尽失的废人。是以，对他根本就没有在意，而这也正好为轩辕越狱提供了方便。

轩辕功力尽复的确是敖广所未能想到的。他本想为自己制造方便，好自轩辕手上学得那绝世剑招，可是他太低估了轩辕，也许并不是他低估了轩辕，只是因为，轩辕的存在本就像是一个奇迹。

轩辕将其中一人头顶的帽子摘下戴在自己的头上，再将取自阿铁身上的衣服紧了紧，手持兵刃便向黑暗之中行去。

阿铁的衣服并不合身，短了一些，穿在轩辕身上似乎很紧，但暂时也只能将就一下。

黑暗中，似乎没有什么可以逃出轩辕的目光，包括那来回巡逻的神谷高手。夜间，似乎是轩辕的天下，他可以不必任何灯火就能够看清一切，而使他从容地避开各路哨卡。

神谷中的建筑的确是美轮美奂，假山、小桥、流水、松林、修竹、花卉成簇，轩辕不能不暗赞这些人会享受。不过这些房子都是以木石为料构筑而起，朴素大方，大石柱之上雕刻着各种图案，使轩辕想到神堡之中的那群奴隶兄弟。这样的一个建筑群，需要花多少人力和时间方能竣工，的确有些难以想象。

避过几路巡逻的九黎战士，轩辕并没有任何欣喜，因为这一切都是在他的意料之中，而且他更知道真正难以逾越的只是圣母桥。

圣母桥是走出神谷的必经之路，除非能自水面踏水而过，否则这八丈圣母桥一定要踏过。当然，可能有人会想到自桥下水中游过，但那样只会是死路一条。因为圣母桥下的水域之中养了成千上万的食人鱼，只要有另类入水，保管会尸骨无存。这是桃红告诉轩辕的，事实是否真的如此，那就不是轩辕所能知道的了。

欲自圣母桥上走过，想不惊动守在桥两边的神谷高手，那几乎是不可能的。是以，此刻轩辕没有半点欣喜——他看到了圣母桥。

桥身以长木横连，以巨石为礅，看上去古朴而简陋，桥上有栏杆，而栏杆之上点燃了十数支火把，几乎把桥面上的一切都照得丝毫不漏，此刻别说是一个大活人，就是一只老鼠走上桥面都不可能逃过守卫的目光。

桥两端各静立着四名佩剑之人，只看那静立的架势，让人一眼便知这几人都是用剑的好手。

其实，神谷与谷外相通并不难，但这里的地形似乎极为特别，一条条河道将这广阔的谷地分割为一块块，而这些河道更是相通。因此，想离开这里的任何一个区域到另一个区域都必须过桥。

这种特殊的地形使得神谷中每一个区域与区域之间泾渭分明，除一些身份特殊的人可以畅通无阻外，其他的包括九黎战士，想离开这片区域都得向这块区域的总管请示，因此，神谷便显得分外神秘。有些人在谷中待上一辈子都不可能每一个区域都行到。

轩辕自地图上得知自己所在的区域乃是神谷的囚室区域，而这个区域由总管帝恨所辖，面积也是所有区域中最小的，而想出神谷，却要经过元老殿和客卿殿。因此，轩辕至少需要经过两座桥才能够抵达客卿殿，再闯出谷外，这的确是一条让他心中生寒的途径，也使他怀疑叶皇如何能进入神谷救他。不过，此刻轩辕根本就不欲多想，事情发展到了这一步，他唯有继续闯下去，绝不能坐等叶皇。只有占主动的人方能够从容应付一切可能发生的问题。

来到水边，轩辕轻轻地扔了块木片入水，水面之上立刻有几张大口咬住了木片，但很快又吐了出来。黑暗之中，轩辕依然可见到那一群长着青鳞利齿的怪鱼，心中不禁泛出了一丝寒意。

那群食人鱼反应竟如此之快，使轩辕心存的那一丝侥幸完全消失。想过这片水域便只能自圣母桥上踏过，而这样也必定会引起那群守桥剑手的无情进攻。

轩辕心中暗自踌躇之时，突然发现黑暗的水边似有一根漂浮的木料，不由得大喜过望，走近仔细一看，那的确是一根足以渡人的粗木料，只是不知道究竟是谁留在这里。当然，轩辕也不管是谁留的，只要能用就行，但仍小心地以手向水下按了按，木料浮力很大，若用来渡过七八丈宽的水面并不是一件很难的事。

在这片水域之中并没有小船和木筏，由于这片囚室区是在神谷的内部，因此，河的两岸并没有什么哨口。因为任何进入或出去的人都要经过另外一道关口，这便为轩辕渡水提供了极大的便利。

轩辕水性极好，驱舟之术也绝不俗。他将木料打横，足下一用力，便犹如顺风之舟直驶对岸，一切都显得十分顺利，连水中的鱼儿都未曾惊起。

元老殿，虽是如此叫法，但并不是一个殿，而是一大建筑群，依然是总管帝恨所辖，只是里面住着一群元老级的高手，这群人只是在元老殿里养尊处优，根本不用管事，也只有谷主才能管他们，帝恨虽尊为总管，也得对这群人极为客气。当然，在特殊情况下，帝恨依然是这群人的头领。

元老殿中的建筑比起囚室来说，又要好上许多，此刻四处仍有灯火未熄，甚至有的窗子里会透出一些让人热血沸腾的淫声浪语。

轩辕不敢仔细去想这里究竟是个什么样的地方，也没有这个心思去想。他必须尽快离开这里，而且一切都必须很小心很谨慎。否则的话，只可能葬身于此，绝没有第二条路可走。

轩辕当然不想死，是以他行事十分小心。

呜呜呜……一阵号角之声划破夜空，也吓了轩辕一跳。

“谁?”一声冷哼自一扇透光的窗子中传了出来。

轩辕心中暗叫糟糕，身形以极速向一座假山之后滚去，落地轻若灵猫。

呼……窗子一张一合之下，一条人影如夜鹰般冲出。

轩辕发现对方是一个赤着上身的老者，而且浑身散发着无法掩饰的杀意。

轩辕忙移开目光，因为那老者似乎对别人投向他的目光极为敏感，竟朝假山——轩辕的藏身之处小心地行来。

“有敌人入侵，七号和十号被高手所杀！”囚室方向传来了一阵呼声，很快传到元老殿。

那老者听到这一阵呼声，不由得一怔，扭头向囚室方向望去，只见河的对岸迅速亮起了近百支火把，如一条火龙般四处游走，显然是在追寻凶手，而圣母桥上依然没有任何动静。

“哼，居然敢偷看老子玩女人，滚出来！”那老者并没有意识到轩辕是自囚室之中逃出的凶手，因为圣母桥上没有一点动静。

轩辕心中微急，他没料到这老者竟如此机警。他只是稍微弄出一点声响，就被对方发现，而且对方正是在情欲高涨之际仍有此听力，可见神谷的确是藏龙卧虎。

当然，轩辕并不想就此被发现，如果就这样被发现的话，那他只能作困兽之斗了。到时候，他实在不敢想象凭他一人之力如何能够杀出重围。不过，他在屏息凝神的同时，也准备了给对方致命一击，这自然是最迫不得已之时才不得不出的下策，因为他根本就没有把握能够对这老头一击致命。

“还不出来，要老子动手，你会死得很惨的！”那老者缓缓地向轩辕藏身之处逼来，口中冷冷地道。

轩辕握刀的手心渗出了一丝冷汗，他也不知道这老者是不是发现了他藏身的位置，但他可以感觉到这老者的气机不断逼近，那浓郁的杀气犹如散漫在虚空中的寒露，让人心冷。

值得庆幸的是在这个院落之中，并没有谁喜欢多管闲事，因为其他人并不知道轩辕的存在，或者是见怪不怪，抑或是人情冷漠，都在忙自己的事情，而懒得管这些小事。当然，不管结果如何，没有其他人来参与对轩辕只会有百利而无一害。

第四十五章　神谷元老

元老殿中巡逻之人并不如囚室那边那么多，皆因这里所住的都是一流高手，他们根本就不需要人去保护，而且高手的脾气也有些怪，并不想有人打扰他们的生活，因此就算有巡逻之人也全都是在远离这群高手的住处，因此，并没有人赶来相助老者。

老者再逼近了几步，只要他绕过一道弯便可发现轩辕的存在，但他突然停步，似乎松了口气。因为到此地步仍未见动静，如果有人的话又怎能沉得住气？再加上那老者本就不敢肯定那声音是否是人为的，在号角声的干扰下，使他的判断准确性打了折扣。其实他并不知道轩辕已经准备出刀，只要他再上一步，轩辕便会毫不犹豫地出刀。

轩辕听到那老者的房间里传来了低低的抽泣，是一个女人的声音，便见那老者又转身向自己的房间望去，口中却咒骂道："臭娘们，遇上老子还敢哭……"

"凶手可能已经进入了元老殿，河边发现了木料……"敖广的呼声打断了那老者的骂声。

轩辕心道"要糟"之时，那老者已陡然转身向轩辕藏身的地方扑来。

那老者可谓是老成了精，只听敖广那一句话，又勾起了他的怀疑，是以这才陡然转身要看个究竟，但很遗憾的却是轩辕比他更快一步地发起了攻袭。

轩辕想到要糟之时，便已料到老者绝对会重新转身。其实，这之间的时间差距配合得太巧，如果敖广再迟一些示警，老者便很可能已经回了屋子，但他偏偏不迟不早地在这种要命的时候扑上来，使得轩辕的身形无所遁迹，也逼得轩辕不得不出刀。

那老者身形刚近假山之时，刀风便已将其紧罩。

轩辕这是不遗余力的一刀，也是决定自己生死的一刀，他绝不敢有丝毫怠慢。

那老者也吃了一惊，轩辕的刀式和这一刀所夹的强大气势让他不能不惊，而在这时他才意识到自己只是空手，以空手对利刃。

叮叮……这下子轮到轩辕惊讶了，老者的手指犹如花朵一般在虚空之中绽放出千万指影，竟然点击在刀背之上，而破去这要命的一刀。

砰！轩辕绝对不会给老者丝毫的喘息机会，在刀势一顿之时便已沉沉地踢出一脚，老者本来是冲扑之势，虽然发现轩辕刀势极狂，却来不及后撤，在勉强挡开轩辕刀锋之时，却无法挡开轩辕紧接着踢来的一脚。

中招后的老者冷哼着倒退，但他却没有丝毫喘息的机会，因为轩辕的刀已划过一道美丽的弧线，紧追而上。

轩辕的每一个动作都充盈着爆炸性的力道，老者在挨了一脚之后居然仍能够不倒，这的确有些出乎轩辕的意料，不过，他早知道神谷高手如云，这老者中招不倒并不值得惊奇。如果不是抢先一步占着先机，且以利刃之便在完全出乎老者意料的情况之下，能不能够占到丝毫的便宜还是一个问号。不过，轩辕根本就没有太多的机会去想，在生与死之间的抉择，也许就只是这几招之间，他不能拖，更不能浪费一分一秒的时间。

圣母桥上的灯火更亮，也有嘈杂的人声传来。敖广诸人绝不是混饭吃的草包，极为果断地判断出凶手是进入了元老殿。

敖广作为副总管，他有权利任意通过每一座桥抵达每一个地方，也有权利调集人马进行搜索。是以，在通报了自己的怀疑之后便立刻率人进入元老殿。

这一切看在轩辕的眼里，但却不能使他慌乱，相反，他更为平静，心如止水。不过，他的刀更狠更辣。

毫无花巧，平平淡淡的一刀，但却凝聚了天地间最为霸烈而肃杀的气旋，破空狂劈而下。

那老者脸色很难看，但刀气沉重得使他无法出言呼喊，而且小腹中了轩辕那沉重至极的一腿，内腑犹如翻江倒海一般绞痛，根本就没有机会呼喊，他唯一可做的便是挡。此时老者有些后悔自己的大意，也后悔自己刚才不该转身之后再回头出击，如果他没有转身面对自己的房间去咒骂房中的女人，他也不会被轩辕那一脚暗算。

老者蓦地出掌，双掌同出，他避无可避。但，他却以双掌夹住了轩辕那狂劈而下的刀锋，这是他唯一可做的事，这是他唯一可以扳回先机的机会，那便是凭自己的功力取胜。

当然，每一个人的算盘都是如意的，但事实是否是这样却没有谁知道。

轩辕的刀锋的确难有寸进，老者的功力极为强霸，不过，在老者受伤在先的情况下，并不能占到多少便宜。

轩辕眸子里闪过一丝狠辣的杀机，出脚！

砰砰……老者显出一丝狞笑，这次他绝不上当，轩辕出脚他也出脚，两只脚在虚空之中以极快的速度连击十数下，但依然争持不下，不过老者狞笑也只是持续了那么一瞬间，因为他已经死了！

“呀……”惨号之声惊动了元老殿，到死之时，那老者方始看清轩辕的面目。他不该忽视了一件东西，一件致命的东西——剑！

是轩辕的剑！老者挡住了轩辕的刀，挡住了轩辕的腿，但却忘了轩辕比他多一只空闲的手。

这一切全都在轩辕的意料之中，没有丝毫的意外和偏差。不过，却用尽了轩辕所能用的所有杀招，而且是在出其不意地击伤了对手的情况下才能够使这一剑致命。

轩辕知道，如果两人是在正常情况下决斗，鹿死谁手还是一个大大的问号。

砰！轩辕又补一脚，将老者的尸体踢入黑暗的角落，他必须快速离开这里，老者的惨叫已经惊动了所有人，此刻的他便犹如过街的老鼠，唯一让他感到庆幸的是——这是夜晚。

当敖广赶到惨叫之声处时，却只见到那老者的尸体和地上的一摊血迹。

“是剑伤，透穿心脏！”一名汉子迅速向敖广汇报情况。

敖广的脸色变得极为难看，目光向黑暗处扫了一眼，却只黑乎乎的一片，并无凶手的踪影。

“给我搜，大家小心些，能杀死费老的人绝不简单！”敖广的护卫吩咐道。

“加紧两边桥头的守卫，绝对不能放过凶手！”敖广冷冷地吩咐道。

“呀……”敖广话音刚落，远处又传来一声惨叫，使得所有人脸色都变了。

“是曲和桥！”有人惊呼。

敖广身形已如夜鸟般向客卿殿方向的曲和桥掠去，他身边的护卫也极速随行，他们绝对不能放过凶手！杀死费老，这绝不是一件小事，无论是小事还是大事，让凶手潜入神谷，这本就是一个极大的失误。

“轩辕！”敖广几乎不敢相信自己的眼睛，但那的确是轩辕，已经将生死置之度外的轩辕。

敖广曾去囚室外望了轩辕一眼，隐约间，他依然见到轩辕蜷缩在地上，只是看门的阿铁不见了。是以他并没有想到凶手会是那功力尽失、形同废人的轩辕。在他的心中，功力尽失的人无论如何都不可能在如此短的时间内恢复，今日中午他还见过轩辕，那绝对是一个功力尽失之人的模样。是以，他根本就不会在意轩辕这个废人，也便没有打开囚室看清楚。他当然想不到轩辕已经杀了阿铁，并与阿铁换了衣服，将阿铁的尸体反锁在囚室之中。阿铁的个头本比轩辕小，敖广见了，模糊之中自然以为是轩辕怕冷而蜷缩着身体。他做梦也想不到轩辕会借桃红而恢复功力，且越狱而逃。

此刻，敖广吃惊，认识轩辕的人都感到吃惊，这的的确确出乎他们的意料。

轩辕已经击杀了守在桥头的八名剑手，在这种时候他已经没有任何考虑的时间，必须在敖广未下达封桥命令之前闯桥，否则连一分活命的机会都没有。轩辕自然不想这样，是以，他不顾一切地闯桥。

轩辕看见了追来的敖广，他笑了，终是比敖广早一步，虽然前途莫测，但他终是多了一分活命的希望。

呼……呼……哗……哗……轩辕在穿过曲和桥之时，竟将桥板踢入河中，只留下几个空桥礅立在水中央。

“杀!”轩辕根本没有松气的机会，在这一条河边，每隔一段都有哨口。是以，轩辕一开始向曲和桥进攻之时，行踪便被发现，只是那些人相信曲和桥上守卫的剑手的力量，并没有多大的骚动，但是当轩辕杀开血路闯到曲和桥中间时，那些哨口的守卫便开始意识到这是一个绝不简单的敌人。

的确，轩辕绝不是一个简单的敌人。八名剑手有三人被挤入河中，五人死于轩辕的刀下，虽然轩辕也受了伤，但相较起来却是轻微至极的小伤。

轩辕一声闷哼，刀锋化为千万道虚影，犹如一只全身长满刀锋的刺猬，撞进拥来的神谷战士之中。

杀是轩辕唯一的选择，也是他唯一的出路，就算死，他也要尽可能地多找一些人陪葬。生与死在这个时候显得极为不重要。

叮叮……兵刃撞击声、惨叫声在那摇曳不定的火把光亮映衬下，一切都显得那般惨烈和残酷。

轩辕也不知道自己中了多少剑多少刀多少枪，但他知道自己已是浑身浴血，有自己的，也有敌人的。

一路走一路杀，轩辕也不知道自己怎会身具如此强大的耐力和斗志，像是一个根本不知道痛的怪物，更杀红了眼睛。

敖广也为疯狂的轩辕而惊骇，但他知道轩辕还有最可怕的剑法没有使出来，如果轩辕真的领悟了那招同归于尽，那将会是怎样的一种结果呢？他不敢想象，甚至心中生有一丝惧意。

不仅仅是敖广自己有这种想法，他身边的护卫也全都心中充满了阴影，以至于见到轩辕这种疯狂的搏杀而忘记了追袭。

“阻我者死!”轩辕一步一挥刀，刀势如奔雷，简单明了，毫无花巧，但却生出了犹如千军万马厮杀的惨烈气势，挡者披靡！而轩辕对于斩向自己的兵刃竟似不闻不问，不过，真正能攻入轩辕刀势的人并不多。

“杀！杀！杀!”轩辕狂吼三声，三刀犹如疾电破空，杀开身前的最后两名挡路者，身形如鬼魅般飘进一片松林之中。

敖广这时才醒悟，大吼道：“追!”他身边的追兵只有几人有能力跃过断桥，借立在水中的石礅过桥。

跌跌撞撞中，轩辕的脑子里依稀记起桃红的那张地图，可是眼下他却糊涂了，他已经奔行了好久，竟仍未见到地图上所标的出口，反而似乎只是在原地打转。

越想越不对劲，轩辕那杀得发热的脑子逐渐变得清楚。此刻并没有人追来，这绝对不合常理。

难道敖广愿意这样放过自己？难道到这里便已经摆脱了九黎族人的追踪？那这里是哪里？轩辕心中很明白自己绝对还是在神谷中，绝对没有摆脱神谷中高手的追捕，只是为什么没有人来追自己呢？轩辕越想越心寒。

轩辕仔细打量着周围的一切，他依稀记得这是他刚开始走入的地方，一路的血迹告诉了他这一点。也就是说，他这一路的奔跑全是白费，只是在原地打转。

这是为什么？

四周静得能听见自己的心跳，呼吸显得极为粗重，空气之中似乎压力越来越重，轩辕手心渗出丝丝冷汗，他握紧了刀把，闭目凝神倾听，但传入他耳中的却是北风的呼啸之声，没有一点人声，犹如漠外的风沙奔涌的声息使他的思绪有些混乱。

这是什么鬼地方？轩辕努力地在脑中回忆着自己此刻存身之处在那幅地图上的位置。突然间，他脑中一亮，记起了这片地方在地图之上根本就没有标名字。地图之上有几块空白，桃红并未为其标上名字，而他此刻所在的方位正是那几块未标名字中的其中一块。

轩辕心头发凉，桃红为什么不为这块地方标上名字呢？这又是什么地方呢？这之中究竟有什么玄奥之处？轩辕一边为自己止血，一边小心翼翼地向林子深处行去，走了约莫一盏茶时间，他发现自己竟又回到了起点，于是再试，可无论横走竖走，都只是同样的结果。轩辕禁不住有些沮丧，他从来都没有折灭过的信心，这时候竟然大打折扣，一阵疲惫也随之袭上了他的心头。

轩辕的目光落到自己身上的伤口上，血迹殷殷，他也不知道自己究竟受了多少伤，流了多少血，但有一点可以肯定，没有一处伤口是致命的。

值得庆幸的是在客卿殿中并没有多少高手出击，如果刚才自己仍滞留在元老殿中，只怕那里的众多高手早就将他撕成碎片了。

轩辕露出一丝苦笑，虽然侥幸闯过了元老殿，却被困在这片林子之中，迟早不免一死，结果都是死亡，根本就没有任何分别。

刀锋似乎已经变钝，更生出许多缺口，如果再战，这柄刀也不知道还能够承受多少击，刀锋之上血迹斑斑，轩辕以衣袖轻轻地将之拭净，静静盘膝而坐。在无法走出树林之际，他必须以最快的速度恢复功力。

大概一炷香之后，轩辕感觉自己恢复了一些体力，于是继续前行。忽然，轩辕脑中灵光一闪，眼睛扫过一路走来的林间小道，心中大喜。

地上并没有血迹，不错，地上没有血迹，虽然这里和最初的景物一模一样，但是却少了血迹，这地方并不是刚才所坐之地。这一路之所以没有血迹，是因为轩辕已经止住了身上的流血，也就是说自己并未走重复的路。只是最开始时由于头脑昏沉才会慌不择路地乱窜走了许多重复的路，抑或，那也不是重复的路……想到这里，轩辕不由得信心大增，选好方向，也不依树林之中所设的小路，直接自林间横插而过，这次轩辕学了乖，以刀在树干上留下记号，遇到荆棘便自树干之上翻越而过。

走不多时，又出现了一条同样的小路，所有景物一模一样，如果不是轩辕留下了那个记号，他还真以为自己又回到了原地。不过他知道，这是一条新的一模一样的路，只是一种迷惑人的方式，使人形成一种走来走去又走回来了的假象。明白此点后，轩辕信心倍增，又同样地在树干上留下一个记号，再以同样的方向径直前行。

这片林子并不如轩辕想象中的那么大，行不多时便到了边界。因为轩辕已经听到了人声，他不得不佩服布设此阵之人的智慧，这种阵是以一种环环相扣的双复环的形式，使得行入阵中之人形成一种永远也走不出去的错觉，而精神陷入崩溃的边缘，甚至崩溃，然后再任其宰割。

设阵之人对人性的理解绝对是极为深刻的，轩辕虽然已走到了边缘，但仍有些心有余悸，想到其他几个未标名字的地方是不是也设有同样的阵，或者是更为可怕的阵呢？这些当然不是轩辕所能知道的，但他也不想知道，经此一劫，他再也不想去探这劳什子阵子。

“你很聪明，居然能在这么短的时间内就看破这座松林大阵，难怪连帝十和白虎也会栽在你的手中了！”一个冷冷的声音似乎响在轩辕的耳边，使得轩辕差点没吓一跳。

轩辕手心微紧，抓紧手中的刀柄，他发现了自黑暗中走出的人。

杀气使得林间气压陡增，空气变得沉闷至极。轩辕只感到来者犹如一堵伟岸的高崖，气势之强，让人有种无法攀越之感。

轩辕的手心渗出了丝丝冷汗，并非全因为黑暗中走来的人，而是因为他竟不知道是如何暴露了自己的行踪。轩辕并不害怕高手，虽然他很年轻，但并非未见过高手。神龙潭边，神奇乎至歧富和鬼三，以及青云剑宗的青云，都是绝世高手，眼前之人的气势虽烈，但并不会比青云和鬼三之流更厉害。轩辕只是不明白为何对方会这般清楚自己在黑暗中的位置。

“不过，就算你能闯过松林大阵，也逃不过我的手心，你只好认命吧！”那人与轩辕相距两丈而立，声音极冷。

“你，你是什么人？”轩辕有些疑惑，但他却知道，这将是他在神谷所遇到的最为可怕的对手。

“你便叫我帝恨好了，我不怕你死后去地府中告我的状，说吧，你想怎样一个死法？”自黑暗中走来的人冷漠地道，口气狂傲得紧。

轩辕心头却大为震撼，他当然知道此刻所面对的正是神谷中有数的几位厉害人物之一——总管帝恨。

帝恨可算是帝十叔父辈的人物，但却比帝十小五岁，乃是帝十祖父的小妾所生，其武功造诣之高，比之帝十有过之而无不及。这些都是自伍老大的口中所知，也应该是可信的，如果真是这样的话，轩辕几乎没有希望胜过帝恨，何况他此时已是疲兵。

想到伍老大，轩辕还真有些弄不懂这究竟是怎样一个人，在答应降服之时，不遗余力地向轩辕诉述九黎族内的情况，但转眼又立刻翻脸，使人真有些弄不懂他究竟扮演的是一个什么角色。

“你就是神谷总管帝恨?”轩辕淡淡地问道。

“不错，你应该知道自己是没有任何希望了。”帝十带着狠辣的杀意冷酷地道。

“不见得，听说你是你娘的私生子，你爹并没有把绝招教给你，所以你也不一定能赢我!”轩辕无中生有地戏谑道。

帝恨的脸色霎时犹如充了血一般难看，杀机骤浓，他无论如何也没有想到轩辕一开口竟是这样阴损至极的话。

轩辕心中暗笑，他自然知道帝恨心中有多么愤怒，而他就是要帝恨发怒。只有在对方狂怒之时，他才会有机可乘，才会有更多的机会。

轩辕曾与帝十交过手，深知帝十的可怕，但是帝恨究竟是比帝十更可怕还是不如帝十呢?这是他所无法得知的。当然，车到山前必有路，该要面对的，躲也躲不掉，不该面对的，也不会来。到了此刻，轩辕根本就没有任何好考虑的，唯一可做的，便是孤注一掷，要死便死!

“你生气了?哎哟，我是不该揭你的短，真是不好意思，我不告诉别人就……”

“去死吧!”帝恨不等轩辕那调侃之语说完，便已怒不可遏地出手了。

轩辕一声低笑，虽然他也觉得自己的话太过阴损了一些，但却是迫不得已的手段，在这只有孤身一人作战的情况下，如果依然古古板板，那便只会死得更快。

帝恨怒，是因为轩辕出语污辱了他的先人。从来都没有人敢以这样的语气调侃他，也从来没有人会这般地污辱他，轩辕是第一个，而且语气和语调是那般让人无可接受。他身为神谷的总管，在九黎族中可谓是举足轻重的人物，何时受过如此之气?是以，他忍无可忍才会愤怒出手。

轰……轩辕未接第一击，帝恨的长矛却劈断了一棵大树，声势惊人至极。

轩辕也为之暗骇，不过他早有准备，是以能够从容避过。另外，他占着绝对优势的是这松树林极密，帝恨的长兵刃绝不如他的刀剑灵活，而且受到这些松树树干的限制，矛式的许多威力都发挥不出来。

轩辕借松树树干左右横移走避，的确是对付帝恨的最好方法。

轰轰……帝恨接连三击全被轩辕躲开，也击断了三棵松树。

轩辕之所以不与帝恨短兵相接，是因为一个人在盛怒之下，其劲力比平时更猛，虽然他会出现破绽和漏洞，但这些并不是很快便能出现的，轩辕只是想一泄帝恨的锐气锋芒，然后再寻机反扑。

帝恨似乎看穿了轩辕的心思，竟很快冷静下来，矛势一改，长矛如同灵蛇一般，竟可自由弯曲绕树而去，身子更如穿花蝴蝶，随着矛式穿插进袭。

轩辕没估到帝恨说变就变，而且竟能从刚才那刚猛无匹的矛法变得如此阴柔缠绵，一时之间竟被长矛挑出一道血槽，更是险象环生。

“让你见识一下，什么才是真正的矛法！”帝恨冷冷地道。

轩辕心中的惊骇的确是无与伦比的，帝恨的矛法竟完全不受这密密的松林所限制，反而能在树干之上借反弹之力，使矛速加快，便如同丛林之中的眼镜蛇般灵活而快捷。

当……轩辕不得不出刀，但他却无法像对付帝十那样找到矛头的破点，因为帝恨的矛法全是合乎松林的一切布置，像是完全融入了这片松林之中，他根本就找不到破点所在，但他的刀还是斩在矛身之上。

呼……刀的确是斩在矛身之上，但矛头竟又曲回直刺轩辕的手臂。

轩辕一声冷哼，身子不退反进向帝恨撞去，根本就不理那回头反噬的长矛。

帝恨的眼里闪过一丝讶异，却发现了轩辕的剑。

轩辕出剑，他根本就不在乎自己的生与死，便是长矛刺死了他，也只会有一个同归于尽的结果。

帝恨吃了一惊，他无论如何也看不出轩辕这以命搏命招式中的破绽，他当然不会傻得与轩辕同归于尽。

噗……帝恨手一抖，矛身再次挺直，一股强劲的力道自矛杆传入轩辕的刀上，竟将轩辕的身子震得横移一尺，长剑刺空。

“好！”轩辕叫了一声好，为帝恨的矛法喝彩。

不可否认，帝恨的矛法比帝十和帝十三都更精湛，已达到了出神入化的地步。

轩辕没有退，他也不能再退，帝恨的矛法太可怕，若是再退的话，帝恨的长矛将无可遏制地挥洒，更深切地融入这四周的大自然之中，那股气势也会越来越烈。那时，轩辕将不可能有扳回先机的可能，因此，他绝对不能再退。

轩辕明白，帝恨绝对不屑与自己以命搏命，这便是轩辕可以依仗的本钱。同时，他也明白了为什么帝恨以长兵刃也敢走入这绝不利于长兵刃发挥的战场来与自己相对，那是因为帝恨有足够的自信。

帝恨确实有足够的自信，不过，他对轩辕并不了解，而轩辕却对他帝家的矛法有一定的了解。至少，轩辕曾跟帝十交过手，不可否认，帝家的矛法的确可算是一绝。

叮叮叮……帝恨寸步未退，全凭矛杆左右的震动而挡开了轩辕的三十六记快刀。

轩辕根本就无法得以寸进，帝恨的防守犹如铜墙铁壁，没有丝毫的缝隙，使得他心神有些微急，虽然这些日子他的武功大进，但与帝恨相比，仍有一段距离。

帝恨对轩辕的凶悍也不由得刮目相看，这时候他才深切地体会到这个年轻人的不简单。当然，他依然无法得知轩辕是如何让帝十几乎全军覆灭的，但他相信这个年轻人有能力与帝十一战，有能力闹翻神堡。至于白虎神将和叶帝都曾在轩辕手中吃过亏，也并不是一件令人觉得很奇怪的事情，帝恨相信这一点。

轩辕从来都没有绝望过，遇强越强，此刻虽然心中很急，但斗志却更为高昂，这是他第二次接触帝氏矛法，对帝恨的每一个动作也更为留意，同时亦将自己所创的刀法发挥至极限，犹如迎风而动的叶片，锋口不停地震动攻击，进退之间也如披风之乱物，似毫无章法，但却有着绝对超乎意料的威力，便连帝恨也不能轻忽。

帝恨竟没有狠下杀手，而是在研究轩辕手中的刀和脚下的步法，因为轩辕的刀法是他往日从未见过，但却精奇至极的杀招。是以，帝恨竟未痛下杀手加强攻击。

“总管，将这小子交给我吧！”一声低语传入帝恨和轩辕的耳中，接着便是一道冷厉的幽风以快绝无伦的速度截入轩辕和帝恨之间。

是一柄剑，好快好绝的一剑，轩辕禁不住疾退四步方稳住身形，而一条人影犹如轻鸿般悄然落在他与帝恨之间。

“叶帝！”轩辕忍不住轻呼。

“巡察使！”帝恨也有些意外，但旋又补充道，“巡察使小心了，这小子很诡……”不过帝恨立刻想到叶帝曾经与轩辕交过手，根本就不用他提醒。

“轩辕，我们又见面了！”叶帝缓缓抬了抬剑尖，捏了一个奇怪的剑诀，斜指向轩辕的眉心。

轩辕眼中闪过一缕复杂难明的神采，但很快又恢复了平静，深深吸了口气，悠然挥刀不屑地道：“少废话，不是你死便是我亡，有必要这么啰唆吗?”

“好，快人快语，今日我便让你痛痛快快地死去好了……”

叶帝犹未说完，轩辕便已一刀划出，平实而拙劣的一刀斜斜划下。

帝恨的眸子里闪过一丝讶异，忍不住叫道：“好！”

叶帝也有些惊讶，他可以清晰感觉到这一刀中那一往无回霸烈至极的气势，更在这平实的一刀中内扣着千万记后招，这些后招也尽是攻击的连环式。当然，这是一种感觉。

这种感觉很清晰，感觉清晰地告诉叶帝，若是让轩辕这一刀尽情发挥，那么他将会迎来犹如长江大河一般狂野而凌厉的连环攻击。因此，他可以知道在轩辕这一刀之中藏有无限的后招。

帝恨回忆着轩辕刚才狂猛的数十刀之间竟似没有丝毫间隙，可以想象轩辕的刀法本质便在于此。不过，越是朴实的刀法，便越让人难以揣度。因为，那只能去体会其精巧的内涵而不能观摹其绝妙的刀招，这也是一种境界，返璞归真的境界。

叶帝不能不攻，他绝不能让轩辕的这一刀尽情发挥，否则他只可能处在一种挨打的绝对不利的境况之中，是以，他出剑了。

叶帝的剑好快，便连帝恨也极欣赏叶帝的快剑，这也许便是叶帝能够以非本族人的身份成为九黎族巡察使的原因之一。

叶帝的剑不仅快，而且准，准确无比地击在轩辕的刀锋之上，但是叶帝竟禁不住倒退二步方立稳身形。

快、准，对于剑术来说的确很重要，但轩辕的刀却沉重至极，那犹如山洪暴发般的力道绝不是叶帝随便所能阻挡的。

在力道方面，叶帝本就比轩辕逊色，他错在不该跟轩辕硬拼，但他却没有叶皇那诡异而飘忽的身法，无法以身法配合他的快剑。

铮……轩辕的刀势一顿，疾若披风地划出，绝不给叶帝任何喘息的机会。

叮叮叮……叶帝这才真正地领略到轩辕刀法的可怕。虽然每记他都能够以极快的速度挡开轩辕的刀，但却无法抗拒地被震退，两人之间的交手倒像是一个陪练，一个练刀。

帝恨眉头微皱，他对轩辕的这一轮猛攻很熟悉，因为他刚才也同样地遭遇了这样的一轮攻击。只是，他的功力比叶帝高出甚多，并未被轩辕逼退，但也感到有些穷于应付。此刻轩辕故技重施，他作为一个旁观者，依然找不到刀法之中的规律。

轩辕的每一刀都似乎是任意而为，犹如天马行空，无迹可寻，但他的刀每每会出现在最具威胁性的地方，这就使得普通的一刀变得威力绝伦。

轩辕鼻翼间发出一丝极轻的冷哼，似乎是对叶帝的不屑，也似乎是在向帝恨挑战。而在一阵猛攻之下，轩辕几乎已将叶帝逼到帝恨的身边，这本就是对帝恨的一种挑衅。

轩辕的武功的确精进了许多，在受到青云的指点后，更将青云所创剑招的精华领悟一些，这就使他犹如脱胎换骨一般。这些日子来不断地在生死之间挣扎，在众多高手之中周旋，更激发了他体内的潜能。是以，叶帝竟不再是轩辕的对手，这的确有些出乎叶帝的意料，不过，也同时可以看出轩辕的确是潜力无限。

帝恨本想在轩辕的招式之中发现一些问题，但是到目前为止竟仍无所获，他并不想让轩辕再闹下去，因此，他确有准备出手的意图。因为神谷的众高手都在松林之外，敖广更在封死其他几处路口，所以，他只好亲自来对付这顽强的高手了。

“帝恨，还是你来吧！”轩辕竟然根本就不将叶帝放在眼里，竟弃叶帝而飞扑向帝恨。此刻叶帝几乎与帝恨并肩而立，是以，轩辕刀锋转换的角度丝毫不费力，更没有半丝破绽和间隙。

“哼，不知天高地厚！”帝恨不屑地冷哼一声，拄在地上的长矛犹如一条雷雨中奋起的灵蛇，标射而出，更在虚空之中扭曲成一道古怪的幻痕。

叮叮叮……轩辕大惊，他竟用了五刀方挡开帝恨这似乎早已蓄势的一击，但却倒退了三步。

轩辕不得不再次换招，他的刀似乎无法阻挡帝恨的长矛，刚才那连成一气犹如长江大河般的攻击迅速瓦解。

帝恨也似乎有些意外，他发现轩辕刀上的力道大减，与第一次与他交手时的力道相去甚远。不过，帝恨并不怀疑有他，轩辕这一气狂攻若说功力没有损耗，谁会相信呢？此刻的轩辕仍能够坚持战下去，的确已是不易了。当然，对待敌人帝恨从来都不会客气，既然轩辕已是强弩之末，那么，他便要乘机落井下石，对轩辕迎头痛击。

轩辕退，帝恨进，一切都在极短的时间内变换着。

帝恨的矛法狠辣至极，但轩辕竟止刀不迎，只是目光紧紧地盯着帝恨的矛锋。

轩辕的表现连帝恨也感到一阵惊讶，但帝恨却在心中暗忖：“不知死活！”他绝不相信轩辕能够看出什么，在他这般攻势之下，妄图看出其中的破绽，那几乎是痴人说梦。

“呀！”轩辕一声低吼，手中的刀竟以暗器的形式射了出去，这之间的速度绝对比任何人出刀的速度更快。

帝恨大惊，轩辕竟弃刀而战，全力射出利刀，的确可以在长矛刺入其咽喉之前首先伤敌。轩辕竟看出了帝恨所行走的弧迹，而这一刀所射的方位正是对方攻击所必须经过的地方，这怎让帝恨不惊？

帝恨本以为轩辕绝不可能在他的矛法之中看出破绽，但轩辕却在他的身法与矛法配合之中找到规律。

帝恨自不愿意因为要杀轩辕而让自己撞上刀锋，是以，他身子微侧，矛锋再改，而便在这时，轩辕出剑了。

轩辕不仅仅有刀，还有剑。

轩辕剑一出，空气竟似乎在刹那间如炸开的松针般沸腾乱舞，沙石横飞，气破枝碎……天地之间涌动着的竟似乎不是剑，而是九幽奋起的怨气所凝成的撕毁万物的手……

帝恨惊，这是什么剑法？他怎么也想不到到了这种时候轩辕仍能使出如此惊天地、泣鬼神的剑招，他不由得想起了帝十三的护卫们所描述的一剑，也便是轩辕以一人之力挡住所有追袭叶皇追兵的那式剑法。当时帝恨绝不相信轩辕能够使出如此惊世的剑招，但此刻却不容他不信，因为已有来自千万个方向的气流冲击着他的每一寸肌肤，几欲将他撕成碎片，这还是轩辕刚刚出剑，剑招并未全出所展现的威力，如果……

帝恨不敢想，生命比一切都重要，他不能不退，也不敢不退，他以比之进攻速度更快的速度飞退，但当他正以为已脱出轩辕剑势范围之时，却感到背部一阵冰凉，同时背上连遭数记沉重的敲击。

帝恨做梦也没有想到，杀机竟是来自身后。

剑气尽敛，轩辕拄剑而跪，喘着粗重的气息，像是一个重病之人，但他的脸上却露出了一个得意而欢悦的笑容，悠然道："帝恨，你中计了！"

帝恨无话可说，背后的剑只是刺入他体内三分，但却无法动弹，是因为那几记重击正准确地制住了他的穴位和经络，哪怕是动一根手指的能力也没有。原来出手的人竟是叶帝！

在帝恨的身后也只有叶帝，叶帝的武功绝不差，轩辕为他制造了那么好的机会，他又怎肯错过？不过，若没有轩辕为他创造的机会，他想制住帝恨，那根本就是不可能的，便是出其不意地暗算，也只可能击杀帝恨，而无法活捉帝恨，但这一刻，他却活捉了帝恨。

帝恨后悔，后悔刚才没敢正面面对轩辕的那式剑法，因为轩辕根本就没有能力将那一剑发出，所能做到的只是挥出一个架势吓唬人。这时候，他又想起了帝十三那群护卫的描述，轩辕那一式剑招发挥至一半时，自己便成了一个功力尽失的废人。现在想起这一重要的细节，帝恨唯有苦笑，比哭还难看的苦笑。的确，他中计了，中了轩辕和叶帝的诡计，但他有些怒，因为叶帝的背叛。

“叶帝，你可知道这么做会有怎样的后果吗?”帝恨仍想挽回，因为轩辕此刻几乎虚脱，真正掌握主动的人只是叶帝，他希望能用自己的话打动叶帝。

“一切后果便让叶帝去承担吧，因为我根本就不是他!”

帝恨愕然，他几乎给蒙住了，几乎当叶帝是不是疯了，于是又怒又气地问道:“你不是叶帝？那你是谁?”

“叶皇!”

“你就是叶皇?”帝恨终于想起了这个与叶帝长得一模一样的孪生兄弟，他的心几乎陷入了一个无底的深渊，所有的一切只是叶皇与轩辕合唱的双簧戏。其实，打一开始他便有一些疑惑，因为这个“叶帝”出现得实在太突然，也很及时。不过，他并没有太多在意，因为以叶帝那鬼魅般的身法，三天时间足以让他来回。